饵人

吴铭溪 等 著

南方传媒 | 广东人民出版社

· 广 州 ·

图书在版编目（CIP）数据

饵人 / 吴铭溪等著. —广州：广东人民出版社，2023.10
ISBN 978-7-218-16944-6

Ⅰ.①饵… Ⅱ.①吴… Ⅲ.①幻想小说—小说集—中国—当代
Ⅳ.①I247.7

中国国家版本馆CIP数据核字（2023）第182270号

ERREN
饵人
吴铭溪 等 著

出 版 人：肖风华

责任编辑：黄洁华 郑方式
插 画：孟宪龙
责任技编：吴彦斌
装帧设计：奔流文化

出版发行：广东人民出版社
地 址：广州市越秀区大沙头四马路 10 号（邮政编码：510199）
电 话：（020）85716809（总编室）
传 真：（020）83289585
网 址：http://www.gdpph.com
印 刷：珠海市豪迈实业有限公司
开 本：889 毫米 × 1194 毫米 1/32
印 张：10.375 字 数：200 千
版 次：2023 年 10 月第 1 版
印 次：2023 年 10 月第 1 次印刷
定 价：48.00 元

如发现印装质量问题，影响阅读，请与出版社（020-87712513）联系调换。
售书热线：020-87717307

梗　概

公元2156年，阿卡迪亚星球，宇宙风暴眼。

大洪水后，原生人蜷缩在由五层水坝围筑而成的数个碗形"高塔"中，企图塑造一个乌托邦式的栖息地。然而危机接踵而至，悬案交错迭生。方舟计划搁浅，仿生人浮出水面。人工智能酿变，人体改造之论甚嚣尘上，恐慌蔓延发酵。党派分裂，公约撕毁，社会震荡，利益各方蠢蠢欲动。杀戮机器搅动恩怨，惊天阴谋渐次揭开，腥风血雨，幕后黑手隐现。一切演化不过罪恶游戏，所有乱象缘起于欲望交易。一个人的疯狂令所有人沦为代价。前尘往事钩沉，怎一个"情"字了得。

或毁于星球自爆，或困于高维异族，原生人何去何从？失落的记忆被唤醒，少年举刀屠龙，不料恶龙竟是自己。他是寄生蜂，亦是屠龙者；他是杀戮机器，更是孤胆英雄；他是迷路人，也是领航员。危难关头，饵人舍身饲虫，上演逆天绝杀，意外洞开生存秘境。殊死博弈之下，原生人终得救赎。

信标闪烁，前路迢迢，领航员淬火而来，倏然而去。弦歌不辍，履践致远。又是一年春草绿，若问归期未有期。

分章署名

主创团队

主　笔　吴铭溪（Holly Wu）

第一章　吴铭溪（Holly Wu）

第二章　吴铭溪（Holly Wu）

第三章　张珈闻（Jiawen Zhang）

第四章　李佩桐（Peitong Li）

第五章　吴铭溪（Holly Wu）

第六章　汤嘉熙（Jiaxi Tang）

第七章　吴铭溪（Holly Wu）

第八章　陈羽铭（Yuming Chen）

第九章　许楷浠（Kaixi Xu）

第十章　祁子轩（Zixuan Qi）

第十一章　吴铭溪（Holly Wu）

第十二章　胡家睿（Jiarui Hu）

第十三章　关得强（Deqiang Guan）

第十四章　吴铭溪（Holly Wu）

第十五章　马浩源（Haoyuan Ma）

第十六章　马浩源（Haoyuan Ma）

作者风采

吴铭溪（Holly Wu）

阿德莱德西蒙学校（Seymour College），17岁

致广大而尽精微，这是我的人生信条。宇宙的浩瀚无垠，人性的幽深莫测，两者的碰撞，会产生怎样奇妙的化学反应？探索并沉浸于诸如此类的大脑游戏中，令我乐此不疲。甚至设想，如果用生物改造、外星物种中的特能或者植入实验里跑出来的变异细胞来诠释《天龙八部》里的一阳指，又会引发怎样的故事？

张珈闻（Jiawen Zhang）

纽约霍瑞斯曼学校（Horace Mann School），16岁

我叫张珈闻，也叫卡门（Carmen），出生于广东省广州市，现在美国纽约读高中。一个热爱数学和计算机科学，也喜欢奇幻小说和科幻电影的女孩。我相信，科技是个变形金刚，能创造出无限可能，让我们一起拥抱美好未来吧。

饵人

李佩桐（Peitong Li）

佛山市南海区石门实验学校，14岁

我平时很少看科幻小说，刚开始参与科幻小说创作时，内心除了有几分挑战自我的小兴奋外，当然还有迷茫。但我想，科幻世界与现实生活不同的是外在的环境与事物，而并非人们内心深处的情感，比如自古以来人们对美好与希望的追求。所以作为主角的霍普一行人，在面对虚假的美好与真实的绝望时，创造了第三选择，即去追求真实的希望。我也相信，在现实世界中，哪怕遇到再多磨难，也总会有真实的希望这一选择，因为所谓真实的希望，就深藏于人们的内心，无论过去、现在，还是未来。

汤嘉熙（Jiaxi Tang）

广州市医药职业学校，16岁

在我的想象中，未来应该是世界和平，科技发达，人们安居乐业的景象。但很多时候，生命因为磨难而伟大，彩云因为易散而绚烂，若真的存在一个完全没有饥饿、疾病、战争，没有任何冲突的乌托邦，是不是也就感受不到安宁的可贵呢？

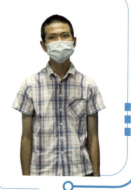

陈羽铭（Yuming Chen）

广东实验中学，15岁

我是一个热爱生活的鬼马少女。在繁忙的生活中，常常停下脚步思考未来。在我所写的科幻小说中，未来世界充满了科技与传统的碰撞，既是多元自由的，更是光明正义的。

许楷浠（Kaixi Xu）

广州市执信中学，14岁

科幻是对未来世界可实现的幻想，儒勒·凡尔纳的《海底两万里》中，"鹦鹉螺号"更是对未来的预估。未来会是什么样的？是高科技的时代、和平发展的时代，还是环境污染的时代、动荡不安的时代？也许取决于人类的行为。未来已来，我们理应为她保驾护航。

祁子轩（Zixuan Qi）

广东实验中学，15岁

我认为，科幻是现实与科学的结合，每一位优秀的科幻作者都是一位"先知"，对未来做出预言，为世人揭开未来世界的面纱。科幻小说是集想象力、智力乃至道义和思想于一体的。我们需要掌握丰富的知识，同时发挥想象力，创造一个在意料之外却又在情理之中的世界。

胡家睿（Jiarui Hu）

广东实验中学，15岁

世界瞬息万变，人们对未来有着不同的遐想，满足这些美好的想象就是科幻作品的意义所在。正因如此，我希望通过写作构建一个天马行空、充满奇思妙想的空间，使读者在阅读中脱离现实引力，进入美丽的理想世界。

关得强（Deqiang Guan）

广东番禺中学，15岁

在复杂社会矛盾刺激下，科技发展逐渐扭曲，不再是单纯地创造美好未来。人类也在科技的高速发展下不断做出跨越式改变。两者却都没有足够的时间来适应彼此，科技产生的蝴蝶效应，需要在一个更长的时间维度内，才能得到较充分的展现和评估。一个崭新的时代将在矛盾爆发后降临。那么此时，我们是否已经站在了临界点？

马浩源（Haoyuan Ma）

广州外国语学校，17岁

幻想未来世界的光景是一件非常迷人的事情。而在对技术的幻想中再写一点对"被技术改变的心灵"的挣扎，两者交错的感觉让我们对各种事物产生一个新的理解角度。在未来世界中，人会怎样，非人会怎样，超人又会怎样，这一切都充满了未知，同样也令人向往。

序言

"南有乔木，不可休思。汉有游女，不可求思。汉之广矣，不可泳思。江之永矣，不可方思。"

古人这几句诗，冥冥中似乎预示了现代人的焦虑之源：我们奔奔波波、营营役役于万丈红尘，心中又何尝没有对"乔木"与"游女"的向往？只不过，真正面对浩渺广阔的"汉江"时，往往徘徊踌躇，止步不前，耽于幻想，精于权衡，从而屡屡与机遇女神擦肩而过。

是谁说"不可休"？是谁说"不可求"？今天，就有这么一群少年偏偏"不信邪"，选择第一个吃螃蟹，勇敢跨越了一道天堑鸿沟。

2021年暑假，困顿于一个个"泡泡"中的几名少年突发奇想，决定写一本关于人类命运的长篇科幻小说。他们说干就干，简单合计后就发起招募启事，迅速成立了十人主创团队，并通过网络持续讨论、沟通，确定了小说主题、人物设定、情节设计、篇章结构和整体风格。最终，在2022年暑假完成了分章撰稿。之后，担任主笔的吴铭溪同学又对全书进行了调整和润色，并交由广东人民出版社出版。

如何评价这本书？如何评价这群孩子？我觉得，要鼓励，但不要捧杀；要督促，但不必苛求；要祝福，但不必担忧。还有人认为中国孩子缺乏创造力吗？不妨看看这本书吧。卓尔不群的想象力，新颖的世界观设定，对宇宙与人性的哲学思考，充满张力又诙谐生动的语言……轻易就能粉碎上述成见。当然，限于阅历、知识储备以及创作条件，部分情节处理仍显单薄，人物描写还可以更饱满。

站在某个维度，我们也可以把这次集体创作视为一次人文实验和教育探索。这十个孩子，全部来自广州、佛山地区的普通家庭，其中既有顶尖名校的学霸，也有普通学校的普娃，在进入这个写作团队时，并没有经过任何遴选，完全是出于兴趣自主做出的决定。

但他们有一个共同的特质，那就是蓬勃的生命力：拥有对未知领域的好奇心，自我突破的勇气，以及持之以恒的意志力。他们偶尔也会抱怨应试和竞争的压力，但更有将压力转化为资源的精神和能量。

有孩子渴望做一名外交官，有孩子梦想成为生物学家，还有孩子期盼未来深耕人工智能领域……他们的理想是那么璀璨而高远。也许有一天，他们果真成功登顶一座座高峰，并被世俗贴上诸多标签；或者，现实的引力太大，与初心渐行渐远，他们被羁绊于格子间，穿梭于名利场，每每夜深人静再拂落一身尘土……但是，我相信，无论境遇如何，命途怎样，花火始终会绽放于他们的心田。

我相信，他们必然能够生长出这样一种能力：在潮涌潮落间静观云卷云舒，于花开花寂处聆听风过竹林。即便行到水穷处，也不乏坐看云起时的气度。既能创造"瞻彼淇奥，绿竹猗猗。有匪君子，如切如磋，如琢如磨"的诗意画境，也能享受"相逢意气为君饮，系马高楼垂柳边"的快意豪情，更能活出"乘兴而来，兴尽而归"的真如智慧。

是的，我们不必对他们报以期待，他们亦不必回应任何期待，更不必按照任何一种模式去成长。他们就是他们，是鲜活的、独一无二的生命。

那么，就在这浩瀚澎湃的大千世界里尽情探索，让生命的华彩肆意绽放吧。愿你们出走经年，归来仍是明朗少年，胸有千山万壑，眼有星辰大海。

后喻时代已然来临。此刻，唯有祝福。

是为序。

（朱朱）

目录

第一章

狩猎

"我从来不曾忘记，你乌黑的头发，你生气时说话的语气，你为我包扎时担心的表情……与一千年前相比，现在的我更加爱你啊。归来吧，归来吧，我心甘情愿赌上所有。"男人抚摸着花瓶里的月季花瓣，喃喃自语。

纵使这些都有预兆，但灾难的到来依旧让人猝不及防。

傍晚，阿卡迪亚星球一号水坝边缘并肩坐着两个人影。围合成圆形的水坝，将世界分为截然不同的两部分：圈外，是接近天空的海平面；圈内，如同一个巨型碗底，是原生人最后的栖息地。碗外的海平面不断攀升，如今已高出碗内的地平面150米，而且落差正以每年3米的速度在拉大。从云端俯瞰，一只只巨碗矗立于浩瀚澎湃的洋面，像一根根直插云霄的擎天柱，又像一座座沉默的灯塔，似乎暗藏着某个意味深长的谜题和隐喻，原生人习惯把这些避难所称为"高塔"。

二人凝神看着火红的太阳在西边慢慢地被海浪淹没，夕阳已经浸透海面，一层层细密的浪花，面朝落日的那侧闪着点点光斑。"时间横扫的镰刀，不仅在美人的额角刻上平行线，也在天际线切开了一道漫无边际的口子，使黑夜从光明的伤口处弥漫。"其中一名男子见此美景文绉绉地开腔道。

霍普奇怪地看了旁边这人一眼，垂下了眼帘，他眼皮内双，这半睁不闭的状态显得睫毛纤长微卷，海面跳动的光线照到他轮廓周正的脸上，在笔直挺秀的鼻子下投下灰黑色的阴影。他冷淡的眼神微微有几分空洞，没有这个年纪普遍有的朝气，白皙的皮肉包裹着修长的指骨，正握着一块昆虫标本的吊坠把玩，嘴唇微微抿起。

这是霍普儿时，身为科学家的霍泽想引导儿子投身科学事业，便带着他，从化石馆到AI馆，在知识的海洋里，遨游了一整天，结果发现儿子除了呛水，就只对门口卖的漂亮吊坠感兴趣。看着攥着豆娘吊坠不撒手的霍普，霍泽福至心灵，觉得要是他能成为昆虫学家也挺好。

"表哥。"霍普盯着渐渐模糊的海平线说。"干吗？"旁边的年轻男子漫不经心地问。他的面色虽然是常年待在室内的苍白，眼下也有淡淡的黑青色，但气质温文尔雅，身量高大，宽肩挺腰，正值二十四岁风华正茂的年龄，称得上英姿勃发。"我们现在是相依为命了吗？"霍普语气十分平淡，海风吹过盖在他眉尾的碎发。"哈哈。"寇称挠了挠乱糟糟有些长的头发，目光从远处海面上翱翔的海鸥移到了表弟身上。

"那倒不至于，"寇称把左手搭到霍普肩上，笑道，"你老哥我还照顾不了小屁孩？"霍普把寇称的手从肩上拿开，扭头道："我不需要你的照顾。"寇称揉了揉霍普的头发，抱起身旁的一个黑色骨灰盒，说："走了，晚点就到宵禁了，明天还要早起赶飞机。"霍普抱起另一个一模一样的骨灰盒慢腾腾地跟着。

寇称隶属于三大集团之一的朱诺集团，是其威名在外又臭名昭著的"工程设计部"的机甲设计师。前几日，他收到了集团聘书，不日就要搬到总部所在的联合基地，就任部长。"说来奇怪，这职升得也太突然了，前几日老师还和我们哭穷呢，今天就什么都办好了。"寇称说，目光从表弟的身上回到海面上，那只海鸥刚刚捕到了一条大鱼，因为距离远，光线暗，所以只能看到黑色的剪影。

脚下"咕咚"的水声传来，两人低头，是几尾黑色的大鱼，不时跃出水面。水花已经溅湿二人的裤腿，而鱼鳍都快要碰到寇称的脚了。

"海里的鱼，应该没想到自己会这么靠近天空吧？"寇称揶揄道，抬起脚卷裤腿。"撒哈拉沙漠的骆驼，肯定想不到自己会被洪水淹死。"霍普淡淡道。他对湿漉漉的裤腿并不在意，天气炎热，风一吹还凉快些。

"时间不早了，得抓紧。"寇称说，他卷好裤脚后就起身了。霍普回头又看了一眼海面，才跟着寇称走到水坝边停着的一辆银白色的水上交通工具上。

这辆水上交通工具形似鲸鱼，流线外形经过精密计算，可以像敞篷车一样从后方支起金属制的外篷，密封且坚固，内有独立的空气循环系统和优良的排水设备，因此可以水面水下两用。它是朱诺集团最大众化的产品之一，被人们称为"方舟"。

寇称一下就把方舟的速度调到最高挡，霍普险些掉进海里，霍普抓紧扶手，风把他的衣摆吹得猎猎作响。寇称降低速度，说："系好安全带。"等霍普吃力地把安全带系好后，又把速度调到最大。方舟的行驶速度极快，安全带必须可以最大限度地固定司机和乘客的身体，避免急开急停和严重碰撞所带来的危险，因此设计得十分难系。

"没必要开这么快吧？"霍普大声说，因为速度太快，风声大，他不得不提高音量。"你以为我想啊，我脸皮都吹疼了，后面有鲨鱼！"寇称大声回答。霍普回头，眉头一挑，说："α-1型变异虎鲨。"那是一条足足有两个方舟大的虎鲨，双眼血红，正张着鲜红的巨口，口里交错的锯齿可以瞬间把猎物撕成碎片。它紧随方舟，霍普感觉它嘴里腥臭的热气已经扑面而来了。霍普不慌不忙地从座位边摸出电击棍，毕竟以变异虎鲨的速度和耐力，想要甩开它无异于做梦，只能硬搏。"还能再快吗？"霍普问，他记得寇称前天更新了速度系统。"方舟还在反应，昨天试的时候是没问题的。"寇称挑眉道。

这时虎鲨离方舟只有一步之遥了，它似乎也知道面前这位伙计即将逃之夭夭，于是鱼身向上跃起，张大了鲨口就朝霍普咬去。千钧一发之际，霍普用尽全身气力，把电击棍狠狠地砸向虎鲨的鱼身。可惜这个电击棒的设计初衷是对付人的，杀伤力并不大。

当微弱的电流以虎鲨的皮肤为媒介传进其体内时，霍普以为电流会起到一些作用，哪怕是让虎鲨有一丝的停顿都是好的，然而虎鲨被电击后更加兴奋，扭动着比霍普大好几倍的身躯，一半在水里，一半在方舟上。霍普微感诧异，道："不对劲，这只虎鲨有问题，不是α-1型变异虎鲨。"寇称从后视镜扫了一眼，一边操控着方舟极速航行，一边大声道："不太可能，具备α-1型的变异特征，不过颜色过深，估计是只衍生变异种，让我们赶上了，真晦气。"

在百年前的那场灾难中，大量的核废水入侵海洋，让本是人类赖以生存的温床演变成了扼住人类命运咽喉的绳索。无边无际的海洋变成了变异生物的摇篮，长满倒刺的海豚，满身吸盘的鲸鱼，半人高的磷虾……核废水释放的离子辐射致使许多海洋生物的基因发生改变，经过百年的自然选择后，越来越多的大型海洋生物发生变异。体型变大，生命力顽强，嗜血残暴，极具攻击性便是其最主要的特征。经验丰富的水手都懂得一个道理，当你航行时发现水下出现大量血迹，如果想活命那就赶紧转向，因为水下一定存在变异种。

霍普记得寇称在座位右侧的紧急箱里藏了把小型手枪，虽然是朱诺集团研发的居家型手枪，但聊胜于无。他左手弯曲抵抗着鲨鱼，右手伸向紧急箱，手指划过箱体开了锁，不动声色地拿出手枪，快速地把枪抵在鱼头上，给这条不知好歹的恶鱼一记爆头，结束了它的生命。完事后，霍普回头道："哥，把紧急物品放在这种地方，要是真有紧急事件，还有命拿吗？"寇称道："直接放在座位上不是更危险？"

没等霍普回话，寇称便示意他抬头向上看去，霍普看见七八个人，牛仔打扮，手里拿着印着"HERA"的猎枪，站在不远处高高的二号水坝上，正看着他们嘻哈大笑。寇称有点近视，看不太清那些人的打扮，以为是外围水坝的巡逻人员。霍普掀起眼皮看了一眼，没什么表示就直接坐下了，寇称不明所以，从后视镜里看着霍普发黑的脸色问："怎么了，他们有什么问题吗？""那个子弹，是177系列的。"寇称闻言抬眼扫了一下那些人手里的枪，虽然看不大清，他耸耸肩，半带讽刺地说："你别跟这种'人类爱好者'计较。""知道，遇到他们只能自认倒霉。"

说话间，方舟已经到达二号水坝的闸门前，寇称在闸门前的显示屏中输入自己和霍普的ID号码，拇指按在指纹录入台上。顷刻间，屏幕上显示"寇称霍普本地居民"字样，水闸的门挡随即慢慢上收。

霍普看着从近到远的三号水闸和四号水闸，缓缓闭上了眼睛。

这是公元2156年，按照西方占星学家的说法，是双鱼时代的双鱼期（公元1977—2156年）尾声。太阳每年3月20日左右经过的位置，被当作春分点。春分点绕黄道十二宫一圈的周期被称为宇宙年，或是柏拉图年。一个宇宙年是25920年，相应的，一个宇宙月是2160年，一个宇宙天是72年，也是25920天。一个宇宙月又被划分为12期，与十二宫对应。传说春分点变化的时候，人类世界也会发生变化。双鱼期的人们，面对日益恶化的生存环境，正在觉醒，开始厌倦在物质世界无止境地内卷与争战，视线慢慢转移到精神层面。

随着全球温室化效应而导致的海平面不断升高，人们自欺欺人的大脑被连年反常的暴雨浇醒，终于意识到仅仅颁布几项保护环境的政策，开发一些洁净环保的产品，开展几场爱护环境的活动，只是隔靴搔痒。于是在联合政府的默许下，当时三大集团——朱诺集团、埃洛斯集团、厄庇特集团，不受国籍地域的限制，在拥有极高的许可下，合作搜寻建设适宜人类生存的环境。

符合条件的地区不多，最重要的是有足够的海拔，三大集团要在那些高地上建起一圈圈高耸的坚不可摧的水坝。

其次是要有足够的可使用面积，来提供至少两亿人的生存需求。面对全球一百多亿的庞大人口，符合这两个条件的地区数量是远远不够的。一开始，虽然三大集团都同意以环境友善的方式进行开发，不打扰不迫害别的生物，以保护环境为前提施行计划，但是到了后来，即使是动物爱好者协会的人都不得不认同：在全人类的生存关头，除了人类以外的任何生物，若不能成为食物或提供能源，便是在与人类争夺生存资源，而且变异种残害人类的事件越来越多。于是，在全人类的默许下，"NH（Neo-Hunter）"这个职业应需而生。

刚刚站在二号水闸的那些牛仔打扮的人，就是NH，隶属于朱诺集团，该职业的标志就是集团研发的"177"系列生物猎枪。其外形酷似19世纪盛行的温彻斯特M70猎枪，是用这种猎枪为人类清扫生存空间的行业标配。也许是长期的高强度杀戮活动，唤醒了这些人基因里的嗜血因子；也许是这种以全人类的名义又有丰厚薪金的职业太有吸引力，虽然现在各国的生存基地已经趋于完善，但是从事NH的人数依旧不少。他们一边号称"为了全人类"，一边打着减少变异种的旗号，继续对海里的生物展开狩猎活动。虽然现在的生存基地已经没有对人类有威胁的生物，但他们的举动却越来越疯狂。在政府有意向取缔这个行业的时候，他们为了向政府和公民证明自己的重要性，竟然把变异种弄到贮存居民生活用水的水库里，在人们惊慌失措的时候，挺身而出。

人们，包括政府，在不明真相的时候，都对这些NH表示感激和赞赏，并称他们为英雄。可后来时间一长，这些"×国×号基地×区出现凶残变异种，NH成功保护了居民并杀害了变异种"的新闻，在各大媒体中出现的频率却越来越高，甚至比基地建成前还高，简直匪夷所思，人们开始质疑。终于，一个古道热肠的市民的举报，将这一职业推向风口浪尖，以联合政府颁布"禁止任何有关狩猎的行为"这一法规为所谓的结局。

说来也怪，这么一个盛极一时的职业，在为人类做出了这么多贡献后，竟在瞬息间就落得这个下场，真是令人咋舌。不过这个举报有这些"英雄"将变异虎鲨引入居民区的饮用水库的视频为证据。居民们的饮用水大部分来自海水过滤，饮用水库的水池里蓄的是海水，连着外海口，和隔着基地外围的五道水坝的大洋是相连的，所以之前在水库出现海洋猛兽的事并没有令人称奇，自然也没人怀疑。不过现在这个职业落到过街老鼠般的田地，与朱诺集团事后杰出的公关功不可没。事态发酵后，朱诺集团迫于舆论压力发出一份让人声泪俱下的通稿，数日的新闻大会，董事们自责悔恨的面容，生动到连数世纪前就已经灭绝的北极熊都要活过来的演讲，各大媒体对朱诺集团常年低调进行公益活动的适时报道，联合政府发表的对朱诺集团的高度赞赏和鼓励的声明……让单纯热心的纳税人领悟到：朱诺集团，是具有极高的社会责任感的科研公司，成就杰出，热心公益，不愧被誉为本世纪三位救世主之一。至于那些NH犯下的罪行，就像远古时期的一本游记里写的一样，菩萨仙君们的坐骑自己下界临凡为非作歹，菩萨仙君有什么错？

"现在这些人竟还如此猖狂。"寇称脚踩加速器，悠悠地说。霍普垂下眼睛："NH最鼎盛的时候甚至可以控制议会，虽然后来爆出了这些丑闻，但是百足之虫，死而不僵。"

方舟已经驶进了五号水坝，霍普看着水坝里光影虚实变换的场景，耳边响起蚊蝇振翅和机器运转的声音，在一股持续了五分钟左右，让人头部微有刺痛感的低温气流下，霍普看见方舟前的铁门缓缓上升，面前豁然开朗。

方舟驶出水坝，驶入高塔的内海航道。不算新鲜的空气涌入鼻腔，霍普看着两岸快速倒退的繁华街景，往来的行人或行色匆匆，或闲庭信步，路灯已经亮起来了，一盏盏白色的灯，与水面倒映着的成排的亮斑交相辉映。

"而且，毕竟是救世主豢养的'猎人'，有什么不敢的？"霍普伸出左手，探进方舟掀起的水花里，里面还有太阳的余温。"这种话，要是被旁人听见，明天咱俩的骨灰就可以和叔叔阿姨一起在北海飘了。"寇称话虽这么说，但语气却十分轻松。"我们是两个无依无靠的可怜孩子，他们怎么狠心下杀手呢。"霍普的声音在晚风里显得清清冷冷的。

"不会下杀手？我亲爱的弟弟，刚刚的虎鲨是假的？"寇称拖长语调，懒洋洋地说道。

"只要这时猎物亮出了自己独一无二的漂亮羽毛，猎人就会把枪口放下，因为救世主是不会舍得让这样的猎物受到伤害的。"霍普语气平和，晚风吹过他额前的碎发，露出右额角靠近发际线的位置，一个小拇指指甲盖大小的灰蓝印记，依稀能看出是一只类似蜻蜓的昆虫。寇称从后视镜中看到了印记，眉间出现几条细褶，握着方向盘的手指关节微微发白。"那这样猎人想要的就是猎物的皮毛了，猎物免不了受剥皮之苦。"寇称看着前方说。霍普没有说话，似是默认，可他黑亮的眼睛在后视镜里和寇称深褐色的眼睛对视了一下，随即低下头压住了眼里的冷意。

"阿挚，老先生的人体芯片已经开启。要启动'鱼饵计划'吗？"

"不急，毕竟忘恩的儿女比丑恶的海怪还要可怕。我要先等等，等他的狗开上几枪，就当是尽尽孝。"

一只食指上戴着珐琅豆娘鱼戒指的右手，用虫夹子夹起一旁玻璃碗里游动的水蚤，丢进面前底部雕刻着几只翅膀直立于背上，做停栖状态的豆娘的鱼缸里。四尾大小不一、条纹鲜艳的豆娘鱼，摇头摆尾地争抢鱼食，密密麻麻的气泡在水面爆开。

这是一个年轻的黑衣女子，她看够了鱼争食，抬眼对上面前男子的眼神。她的眼睛有点下三白，眼尾上挑，睫毛密长得如同昆虫在阳光下扇动的翅膀，眼瞳是黝黑的，天花板上的灯光，从鱼缸的水面上反射到她的眼角膜上，使得这双眼睛像蓄着天使瀑布的恶魔峡谷。

男子沉默了好一会儿，垂下了目光，高挺的鼻梁上架着的金属框眼镜，细细的镜框遮住了他的情绪变化和右眼下的一颗泪痣，他面容秀雅，身材高挑挺拔，布料柔软的灰衬衫勾勒着他宽平的肩膀。"知道了。"他说，嗓音听起来有几分硫磺消散后，点燃的雪茄的味道。"这达摩克利斯之剑也该落下了。"女子看着男子的眼睛轻声说，声音温柔得像是在吟唱赞美诗。

方舟上，寇称和霍普两人一路无话。方舟的速度很快，当楼下的夜市都还没有出摊，一向勤快的王姨，还没给煮馄饨的机器人充好电的时候，家门的密码锁已经成功识别了寇称的虹膜。霍普屏息凝神，耳边只依稀听见楼下夜市王姨和顾客讨价还价的争吵声，以及隔壁夹杂着AI管家的劝解声和李叔的打骂声，想必是李叔又在辅导儿子做作业了。并没有蚊蝇振翅的声音，霍普微微紧绷的肩胛骨不禁放松了下来。寇称看到霍普的状态后，垂在身侧的左手握了握，想起十几年前的那场意外。

进了家门后，不等寇称把门关好，一只橘黄肥猫就蹿了出来，霍普一把捞起这只猫，在怀里挠着猫的肚皮。霍普奇怪道："司康今天怎么这么热情？"话还没说完，司康就扭动身子跳到地上，咬着霍普的裤腿进厨房。不一会，霍普无奈的声音传来："哥，你又忘记喂猫了。""医生说了，司康现在严重超重，要控制饮食。""控制饮食也要给饭吃啊，我看司康瘦了不少呢。"寇称脚上的休闲鞋的原子转移重组，已经自动切换成了拖鞋，听到这句，他沉默了，连猫窝都换了个更大的，哪里看出来家里这只肥猫瘦了的，他弟是什么时候瞎的？

"真的无力吐槽了，在自家产品上做手脚，又放变异种虎鲨，他们这么喜欢干砸自家招牌的事吗？不过倒也在意料之中，这至少能确定他们是总部的人。"寇称走进厨房，边开冰箱门边说。霍普喂完了猫，又回到玄关换拖鞋。寇称走到客厅，从冰箱里拿出来的汽水瓶外凝结了细细密密的水珠，瘫在沙发上一口气喝了半瓶。叮咚的提示音传来，是航空公司发来的航班延期信息。

"自从我发现实验室被监听后，我就故意表现得忠心耿耿，温顺可欺，让他们以为我们离妥协又近了几分，没想到我这个'软柿子'的机甲设计天才的形象并不深入人心。他们竟然来招狠的，他们从哪弄的这大虎鲨。"寇称摇着汽水瓶说。霍普自动忽略了机甲天才的自恋话语，面无表情地说："我觉得那只虎鲨不是为了让我们死，如果想要我们的命，就不会仅仅是只虎鲨了。"霍普直觉告诉自己这反而像是一个测试，测试他们是否有能力在变异种面前自保。寇称笑道："那难不成是给你的17岁生日礼物？"霍普扶额："我18岁了。"寇称尴尬喝水。

寇称看了一眼信息，说："航班改期到后天了，明天你就正常上课吧，也可以和同学好好告别。"霍普平静地说："其实，我早就告好别了。""那就当给他们一个惊喜。""……"霍普无语，就一天，连一天的上学时间都不放过。

往日里一向沉稳的少年颇有些沉重地回到自己的房间。

四小时后，寇称也放下手里的研究。

此时天穹上月明星稀，海面上翻滚着随波逐流的浮游生物，它们体内的荧光素和氧气结合而生成的氧化荧光素，正以光的形式释放其产生的能量的火舌。喧闹的夜市也万籁俱寂，王姨馄饨铺门口的机械看家狗好像也懂得疲惫似的，趴在地上连舌头都懒得吐了，忽然它似乎受到了惊吓，一头扎进身后的狗窝里。几名在黑夜的街道徘徊的黑衣男女，在王姨馄饨铺门口遇见了几名牛仔打扮的男子，双方无声地对峙了一会，又各自隐于黑暗中。

无论黑夜怎样悠长，白昼总会到来。

霍普睁着一双困意浓厚的眼睛，清晨的阳光投射到街景上，再反射进他的瞳孔，给大脑传递了一幅有牵着小孙子的老奶奶、提着鸟笼的老爷爷、追逐打闹的小男孩、结伴上学的小女孩、热气腾腾的早餐铺的温馨景象。美中不足的是，不远处明艳的教学楼大煞风景。

"哟，你还在呢？"一个乖乖巧巧背着双肩包的白白胖胖少年，在校门口遇见了霍普，并不乖巧地问道。

霍普闻声一看，是他前桌高鹏，便说："航班延期了，明天走。"高鹏咋舌，这也太惨了，刚好今天是以严格出名的地中海的作业截止日，他可不管你明天走不走呢，只要你一日是他的学生，你就得写一日作业。"作业写完了吗？"高鹏嘻嘻一笑。霍普冷冷淡淡地瞥了他一眼，高鹏见状抹泪道："这次是论文啊，你敢给，我还不敢抄呢。你是明天就走，不怕地中海了，到时候就只有我，孤家寡人的，在升旗的时候，凄凄惨惨地在联合政府旗下，当着全校的面宣誓……"霍普眉尾一挑："我的给你？""既然如此，那往事就不再提了！当初是我第一次抄作业，经验不足，搞得咱俩对的一样，错的一样，地中海不发现就怪了。那事怨我，但是这次不一样嘛，我就看一眼你的论文，不抄。"高鹏快步跟上霍普的步伐，"再说了，读书人的事，那能叫抄吗？"接着就是一段之乎者也……霍普没有理他，快步走进了教室。

"谢主隆恩！"高鹏如获至宝般双手捧着霍普的论文。"高卿倒也不必行此大礼。"霍普被他的样子逗笑，一边说，一边从书包里拿出下载了电子教科书的电脑。高鹏一屁股挨着霍普坐下，霍普看了他一眼，没说什么。高鹏伸长了手，探身向霍普前面自己座位上的书包，抽出自己的电子稿纸。霍普静静地看着他略显艰难的动作，和他说到做到的只看"亿"眼的行为。高鹏似乎感觉到了霍普的目光，于是决定用他高情商的幽默话语来缓解尴尬，便说："你这同桌的位子都空了两年了，还替张慧慧守着呢？霍哥，我以前怎么没看出来你还挺……哎哟！"高鹏还没幽默完呢，就发出了一声惨叫，霍普抬眼看去，见高鹏捂着脑袋，叫嚷道："哪个胆肥的敢碰……陶哥！来上课啦！"高鹏脸上的神情从对霍普的挤眉弄眼，变成被人给了一记爆栗的恼怒，再到发现打他的人是凶神恶煞的陶凯宇的惊慌，以及怕因冒犯而被打击报复的恐惧，变幻莫测。霍普感觉自己在他脸上看到了春夏秋冬的更替。

"你挺闲啊，要不把我那份论文也写了？"一个身形高健的少年一边说，一边拉开高鹏前面的凳子坐了下来。他是高鹏的同桌，霍普的发小——陶凯宇。"你也没写？那待会上课岂不是得我去演讲？"霍普欲哭无泪。"哼，我才不写呢，我是有骨气的！谁叫上星期地中海在升旗的时候，让我当众朗诵我写的检讨，脸都丢光了。"陶凯宇的语气颇为委屈，他的五官端正，细看还有点温文尔雅的味道，只是右眉眉尾上一道一寸长的暗红色伤疤，使这个好好的斯文气质，变成了街头一霸的痞气。毫不夸张地说，就他这长相，够给俩辅警转正的。他打开手里的电脑，检查着网络链接，他之所以不背背包，是因为每当他背着书包，走在街上或者进出公交车的时候，总有公检人员让他留下，做"例行检查"，每次都是他，搞得他很不自在。

"哇，辛苦霍哥啦！"高鹏即使手不停笔，也不影响他拍马屁。"没事，谁叫我长得太对得起观众了呢。"霍普说完，不禁暗自感叹：有时候，当人越抵抗一个事物，那个东西越是在他的生活中无孔不入，例如寇称的自恋。正在奋笔疾书的高鹏抬头看了霍普一眼，霍普说："看什么呢？"高鹏咂咂嘴，说："霍哥，你知道你刚刚崩人设了吗？"接着，高鹏喜提两枚爆栗。

这时陶凯宇也准备好了上课要用的资料，便和霍普一手抱着电脑，一手拖着正"勤奋好学"写论文的高鹏，这两人说说笑笑，高鹏一人哭哭闹闹地往工程科教室走去。

等三人走到工程科教室的时候，还没有学生来，教室是以座位围成一个半圆形，讲台在圆心的布局。霍普他们一进教室，就看见工程科徐老师正拿着一张图纸放在展示台上，霍普看见那是一个蜻蜓模样的模型设计图，手指微微蜷缩了一下。

徐老师见他们来了，说："来得挺早，来，把这些图纸都放到展示台上。"说着指了指讲台上一沓A3纸大小的设计图。高鹏堆笑道："老师，这些是什么？"徐老师说："这是朱诺集团新推出的集团logo（标志）草案，高层决定在各个基地的学校里选拔人才来参与最终logo设计。"高鹏满眼放光："哇，这可算得上殊荣了，可是为什么让学生来参与设计呢？"徐老师说："这也算一个提前选拔吧，为集团的子公司选拔人才。"

陶凯宇依旧不解："我们才高中啊，这会不会太早了？"徐老师投来关爱的目光说："每个能为集团效力的科研人员都要接受大量高强度的专业培训，接受的都是高保密的训练，要是选拔上了，光是基础知识的准备都要三四年。现在科研人员匮乏，这不得在高中里找？"高鹏又发现了盲点："老师，集团的logo不是一条鱼吗？怎么变成桃花了？"霍普开口道："这不是桃花，是夹竹桃，不过确实长得像桃花。"徐老师也严肃地补充道："先前的logo是豆娘鱼。"高鹏奇道："好好的干嘛改logo，而且这改动也太大了吧？"徐老师道："听说是换掌门人了，是钱老先生的女儿。"陶凯宇也奇道："这也没必要换logo吧？"徐老师看着教室里渐渐多起来的学生，摆摆手道："不干活，净扯闲篇，现在要上课了，还不快坐好？"

三人找好座位，霍普看着墙上的夹竹桃设计图陷入回忆中。凄惨的孩童哭喊声，火一样滚烫的铁爪抓住自己的手臂，把他按在冰冷的金属手术台上，白炽灯照得眼睛发疼，拿着手术刀看不见脸的人朝他慢慢走来。鲜血从耳朵里流出，耳鸣不绝，大脑里的阵阵剧痛让他只能以头撞墙，可是四周经过特殊设计的墙都包上了软绵无害的海绵，耳边不停地传来齿轮转动声，让他难分真假……他像独自坠入太空的宇航员，信号阻断，仅剩不多的氧气在一点一点地消耗，只能绝望等死的恐惧让霍普想大口呼吸，从回忆里挣扎出来。

丁零零的下课铃响传来，霍普彻底回神，高鹏搭着他的肩，陶凯宇对他笑道："今天食堂有烤冷面，你明天就去总部了，咱食堂的招牌可得最后再尝尝。"霍普点头，阴霾渐消。

第二章

出征

　　霍普躺在柔软的咖啡色皮椅里，脸上盖着一本奶白色软皮书，左手手背轻轻抵在额头上方，一束金黄的阳光穿过窗外的枝丫，投射到了他的手心。手指微曲，霍普感到掌心的暖意，嘴角微翘，右手指尖轻动，有一下没一下地抚摸身旁胖猫背部橘黄的短毛。胖橘猫舒服地"喵"了一声，尾巴上下摇动了几下，团成一团，耳廓微微耸动，沉入黑甜梦乡。

　　司康到这个家已经两年了。两年前的一个傍晚，霍普刚走到家楼下，正准备伸手验证掌纹解锁，忽然听到几声凄惨的嚎叫。好奇的霍普循着声音找去，看到一只幼猫蜷缩在墙角，王姨家的机械狗正虎视眈眈地盯着它。猫狗天生不合，也许机械狗也算狗的范围吧。霍普赶走了机械狗后，才仔细打量起这只小猫，四肢纤细，瘦骨嶙峋，黑灰色的毛发结成块黏在皮肤上，依稀能看出发根是橘黄色。看到这只小猫，霍普似是想起些什么经历，微微有些失神。接着他从包中取出一块面包，揉碎后放在小猫的面前，接着起身离去。可是小猫见到这一幕，竟然踉跄着跟了上去，丝毫没有留恋眼前的面包碎。霍普见状后，心知表哥不会允许他收养一只流浪猫，只好狠下心来道："死开！"小猫竟然喵了一声，更加紧跟着霍普的步伐。直到霍普进了家门，它也没有离开。后来的事情顺理成章，在霍普的软磨硬泡下，寇称勉为其难地接受了这个家庭的新成员。霍普后来才意识到，小橘猫以为霍普给它起的名字是"死开"，在霍普不懈的努力后，它还是没有改变自己的想法。最后还是寇称指了指桌上摆着的早餐，取了个谐音"司康"。

这时，门哐当一声被打开，寇称风风火火地进来了，半长的微卷黑发随手扎成了一个低马尾。霍普在听见响声的同时，起身拿起盖在脸上的书，塞进书柜抽屉的深处。厨房传来寇称微哑的声音："快收拾收拾，航班三小时后起飞。"霍普边走出卧室边说："又改期了？从下午改到上午？"寇称把一瓶营养剂递给霍普，说："你今天吃药了吗？我们要早点到，司康还要办宠物托运。"霍普无奈道："我吃药了。"他总是感觉这样的对话很奇怪，说完他又看了眼营养剂瓶子上的标签——原味，便恹恹地放到桌上。寇称摊手说："没办法，今天我去买的时候只有原味的了。要不我煮饭？"已经坐在沙发上的霍普猛然回头："真的？""唉，"寇称耸肩，"明天就走了，冰箱里的食材总得解决一下吧？"霍普奇道："我记得冰箱几乎是空的。"
寇称笑道："我在冷冻室找到几块冻肉冻鱼，我都不记得什么时候买的了。""……"

一小时后，安检口前无论是来来往往的旅客，还是业务繁忙的工作人员，甚至连不远处的警犬都转过头来，注意到了这样一幕：两个身量高挑的男子在川流不息的人流中面面相觑。

这两个人的外形本就抓人眼球，而且年纪较轻的那个怀里还抱着一只喵喵叫的胖橘猫，他看着面前五官与自己有几分相似、年纪稍长的男子，面色不善，就像爸爸送孩子上学都到校门口了，孩子要上课了，自己上班快迟到了，这时孩子说忘带作业了的表情。霍普面无表情地说："没带护照？你还不如把我落家里。"寇称眨眨眼，干笑道："我怎么能把亲爱的弟弟忘了呢？还有点时间，我们可以办临时的呀，亲。"霍普咬了咬牙，寇称感到一阵压力，赶忙一边把司康接过来一边说："机场的信息保护很足的哟，不用担心的，亲。"霍普迈开长腿往不远处闪着红光的DNA中心走去，寇称松开手，直接把怀里不停折腾的司康摔到地上。"啧啧，猫科动物的平衡感啊……"寇称看着四脚着地摔到地上的胖猫，眉毛挑起，声音冷淡地嘀咕道。他微微抬起脚，司康便屁滚尿流地跑向霍普。

现在的护照仅需要录入DNA信息，所以只要抽血办一个

DNA样本就可以办理临时护照了。

　　两人根据DNA中心的指示牌穿过一个曲折且宽度仅容两人的走廊，前往抽血室。霍普看到走廊两侧水幕上的DNA广告，鲜亮流动的色彩，结构精细且不停变换的几何图形，组成了不同语言的"筛选基因""寻找更好的基因""为了人类的未来"等字样，霍普垂下目光，加快了脚步。他身后的寇称看到了，眯了眯眼睛。走廊尽头是抽血室，里面是排成一列的自主抽血机器。霍普在第一个机器前坐了下来，把右手伸进抽血机器的黑色大口里，闪着金属光泽的圆心抽血口里面黑洞洞的，仿佛蛰伏着一个笑容狰狞的海怪的深海，让人心生恐惧，好像那个怪物会将人连皮带骨头地吃干抹净。霍普的手带着极难察觉的颤抖，呼吸压低，像一条躲藏在角落里与鱼群走散的鱼。

　　他对这种漆黑幽深的东西，有着难以消灭的恐惧，因为这种东西让他感到好像一辈子都会待在一个不见火光的深渊，冰冷刺骨得像刚融化的冰山，从小腿不停地往上蔓延，淹过胸膛，呼吸停滞……"叮咚"一声从耳际传来，霍普回过神，感到手臂一阵酥麻，抽血机器的显示屏显示血已抽好。

　　霍普弯腰拿起血样，抬头看去，旁边的寇称还紧闭着眼没把手放进抽血口，机械医护人员正拍着他的背鼓励他。霍普低声笑了一下，走过去把手按在寇称的右手臂上，快准狠地把寇称的手递进抽血口。"啊啊啊！"寇称叫着要把手收回，可是机器已经开始抽血了，"你你你……这么残忍啊！"霍普："……要误机了。""叮咚"抽血完成的提示音传来，寇称从下方拿起血样，对霍普用鼻腔"哼"了一声，跟着温柔体贴的机器人走了。霍普看了一眼抽血机器，也匆匆离开了。

DNA样品的概念由厄庇特集团提出，分为三种：血液样品、毛发样品和骨髓样品。其中，毛发要拿去检验，费时；骨髓的提取方法太"反人类"，费命费时还费钱；所以使用率最高的是血液DNA样品，即抽即用，只是血液会过期，得定时更换，一般为一年一次。DNA样品相当于一种新型身份证，用于证明你所持有的身份证是你本人的，毕竟现在整形技术十分发达。但是DNA所表达的信息比身份证更加全面，毕竟个人的基因序列都在上面了。

不仅如此，从DNA样品中还可以预估抽血者的寿命，因为抽血使用的针头上安装了微型探测仪，可以检测被抽血者血管的直径、弹性，血液的流速，所以也算一个简易版体检。而且抽血机器使用的抽血针头，是可以进行粒子分离重组的，所以当被抽血者抽血时，针头可以在被抽血者血管内进行分离，选择抽取任意部位的血液。若是选择胃部，机器可以从其血液中判断被抽血者的营养摄入，这对联合政府每年的全球生活质量指标评估也很有帮助。若是选择肺部或者肝脏，机器可以从中推断被抽血者所在地的空气质量，是否有抽烟、喝酒的习惯，有不少阴谋论的媒体说，这就是厄庇特集团靠烟酒产业就达到每年几百亿华特币利润的原因。其他地方，像四肢、心脏……机器都可以从中推断他们想要的。换句话说，只要针头进入了你的皮肤，你的身体也就没有了任何秘密。

两人刚出DNA中心门口，因为宠物不得入内而留在外的司康就狂奔到霍普脚边，司康十分委屈地喵了一声，霍普蹲下身把猫抱起，修长的手指轻碾着猫咪背部的细毛，拉起行李箱往登机口走，霍普身后的寇称几步跟上。两人来到登机口，一个穿着西装套裙的机器人抱过司康，放进托运动物的笼子里。"请出示DNA样品。"温柔的机械女声从自主登机机器顶端的音响中传来，霍普把那两个分别装有二人血液的玻璃瓶放在了机器打开的检验口，检验完成后，电子机票便传送到了二人的手机里，霍普和寇称快步往廊桥走去。

两人乘坐的航班是从梁州基地转机过来的，所以机舱里已经坐着寇称的一些同事了。

"想什么呢？"寇称坐在位子上问一直看向窗外的霍普，他刚和几个认识的同事寒暄完。"没什么，只是觉得我在抽血的时候，感觉有点不一样。"霍普懒懒散散地说。寇称嬉皮笑脸地说："想多啦，DNA样品是厄庇特财团推出的，由联合政府管理执行，你要是感到异常，那就是肯定有猫腻。"霍普抬眉看了寇称一眼。

"就你哥俩坐飞机吗？"这时寇称旁边一个蓄着络腮胡的中年男子扭头搭话道。"是的，您呢，一个人？"寇称挑眉问道。中年男子转向寇称，说："对啊，去联合政府基地办点公务。你们是第一次去吧？"寇称笑道："是第一次去，我在朱诺集团工作，以前也去过集团管辖的基地。听说联合政府基地和三大公司的属地大不相同呢。""对啊对啊，联合政府嘛，权啊、势啊、钱啊，哪个都不缺。直属联合政府的基地，自然是那三大公司的属地没得比的。"中年男子发现寇称比看上去要健谈得多，便想着聊聊天打发时间，侧身往寇称那边靠了靠，又说："你去联合基地做啥子？搞科研？还能带着你弟？"寇称笑道："是，公司'允许'亲属陪同。"

这时霍普抬头笑眯眯地问："联合政府直属基地，总面积不过100万平方千米，还不到一个公司属地的1/10，为什么无论基础设施，还是生态环境，反而都是最好的呢？"中年男子没想到，这个看起来多说一个字都嫌累的少年会突然发话，有点意外地说："你没睡呢。哦，联合政府基地要搁几十年前，那可是国家首都，你们那时还没出生，那可是政治中心，肯定是光鲜亮丽的嘛。其他的基地，虽然由几大集团管辖，但毕竟也是政府的分基地，像我们这，就算是朱诺集团管着，不过钱正风就是想，也不敢直接叫朱诺基地，这不还是叫'考斯基地'嘛。"中年男子大笑着说，他倒并不避讳寇称在朱诺集团工作。

霍普笑道："新闻上声称三大集团都对政府忠心耿耿。""那些传媒公司都隶属于三大集团，他们不这么说还能怎么说？总不能说他们的大老板居心不良吧。"中年男子一副懂的都懂的表情说。寇称打了个哈欠，说："现在三大集团权力这么大，联合政府难道没意见吗？""啊呀，联合政府的内阁人员不是三大集团的股票持有人，就是三大集团举荐上去的，能有什么反应？"中年男子看寇称打了个哈欠，便转去和霍普聊天。

寇称揉了揉眼睛，他这一觉直睡到飞机着陆，醒来时看到霍普和那个中年男子还在有一搭没一搭地聊着天，不免暗暗对那个中年男子表示佩服，毕竟以自己表弟的性格，能聊上一路的人是有多能聊和……多厚的脸皮啊。

出了机场，两人刚和其他同行的科研人员碰面，那个中年男子就招手过来了。霍普看着这位大哥走路带风，想起这几小时的尬聊，不禁满脸黑线。中年男子走到他们面前，笑道："我叫赵国亨，是你们项目责任人，幸会啊。"霍普扭头看寇称，脸上写着："你自己的上司你不认识？"寇称眨巴几下眼睛，对赵国亨笑道："您好。"赵国亨哈哈一笑，主动把手伸过来，用力握住了寇称的手。其他基地不少科研人员也拖家带口地过来了，于是一群老老少少上了朱诺集团的接送船。

　　宽敞的商务方舟上，霍普的目光被路边一个人头攒动、装修豪华的汉堡店吸引，霍普眯了眯眼，是牛肉芝士汉堡，不禁感叹道：不愧是联合政府基地啊。众所周知，牛、羊等反刍动物产生的废气含有甲烷，这是一种温室气体。一头牛一生所产生的甲烷，是一辆汽车的50倍，所以，在联合政府的规定下，牛羊的养殖量骤减，而且畜养环境也有所改变，要求饲养在装有过滤甲烷的空气净化器的特质大棚里。这样一来，生产成本可谓是得道的仙人，平地飞升，连乳制品的身价也随着供给的减少而水涨船高。

　　霍普怀里的司康似乎被牛肉芝士汉堡吸引，使劲扒拉着船窗，猫爪摩擦着窗玻璃，发出让人起鸡皮疙瘩的声音。霍普连忙把司康向后捞，可这胖猫忽然像几个月大的婴儿一样，不停地喵喵叫，四只爪子上下扑腾，霍普不禁庆幸自己出发前给司康剪过指甲。"猫猫！好大的胖猫猫！"一个扎着羊角辫的圆脸蛋从后座探出来，下巴抵着霍普的椅背，短短的手指指着司康笑道。扭动的司康也停了下来，看着这笑得甜甜的小女孩，冲她喵了一声，橘黄的猫尾巴都要像狗一样摇成花了，霍普不禁想，大哥你知道她刚刚在说你胖吗？

　　小女孩一看到胖猫猫冲她叫了，伸出双手就要摸，这时，一只白皙匀称的手轻打了一下小女孩蠢蠢欲动的手，那是一个年轻女子，坐在寇称后面。女孩被打了一下后，眼眶立刻就红了，欲哭不哭的，叫人十分怜惜。

"不好意思，让你们见笑了。"那个年轻女子颇为尴尬地说。"啊，没事，没打扰到你吧？"寇称连忙道歉。霍普也伸出头道："抱歉。"又举起司康对小女孩笑道："你可以摸摸它。"女子怕是没想到前面坐着这样两个外形出挑的人，愣了一下，说道："我叫夏菲，是洛森基地的。她是我女儿，小名叫彤彤。"说着指了指坐在她身边，撸猫正欢的小女孩，"跟哥哥们打招呼"。彤彤立刻甜甜地说："哥哥们好。""你好呀。"寇称笑着说："寇称，考斯基地的，这是我弟弟，霍普。"夏菲听到后笑着说："那你应该是机甲工程部门的，我是微生物部门的。"寇称说："微生物部门？那可是很难进的。"夏菲迟疑地说："是吗？我两年前才入职，不是很清楚。"寇称有些惊奇地说："很不常见啊，入职两年就争取到了这次科研机会。"夏菲笑道："没有没有，是前辈们带领得好。"这时彤彤已经和霍普十分熟络了，霍普还获得了彤彤分享的一颗草莓软糖。

到目的地了，朱诺集团给此行科研人员安排的住所，是一栋位于郊外，占地面积约有四个足球场大小，造型雅致的公寓楼。公寓楼总共有十七层，一楼是大堂和餐厅，二楼是娱乐场所，三楼是露天公园，四楼及以上是居住区。此行被选拔来的科研人员一共有49名，考斯基地15名，洛森基地10名，达仁基地10名，梁州基地7名，代希基地7名。陪同亲属有成年人、青少年和孩童共几十名，算上公寓的管理人员、安保人员和后勤人员，共计248人入住这栋公寓。

分配给寇称的是一间顶楼复式，内里家具、日用品一应俱全。霍普进了门后，凝神听了好一会，发现没有让人不安的蚊蝇振翅声后，就蹿上了二楼，管理人员在他们坐电梯的时候，就给他们介绍了，这套房间的二楼，有公司特意安排的特殊设计。

"伦勃朗的？还是真迹，放这是不是有点折煞我了？"寇称站在客厅的沙发前，看着墙上的一幅自画像，摸着下巴感叹道。

霍普的声音从二楼的游戏室传来，一向波澜不惊的声线也有了起伏："哥，你快来看这个！"寇称说："来了，你知道一楼还有个影映室吗？"就当寇称抬脚往楼梯上走时，门铃响了。

"Hey！我竟然住在你们隔壁。"夏菲笑着对开门的寇称说。

寇称也笑道："那真是有缘。"

夏菲擦了擦额头的细汗，说："你们这就收拾好了？哦对，进公寓的时候看到你们也没什么行李。"

寇称撑着门框，笑着说："对，懒得带那么多行李，反正生活用品什么的，公司会负责的。"夏菲颇有些无奈地说："哎，我就得东带西带的，彤彤还认床，我还得给她带上床单枕头。"寇称说："没办法，孩子嘛。进来坐坐？"夏菲笑着说："不用了，我还没收拾好呢，彤彤也睡了好久了，这会儿该醒了。我就先回去了。"寇称说："行，拜拜。需要帮忙的话，不用客气。"夏菲笑着回头给他挥了挥手。

寇称回到客厅，看见霍普已经下楼了，正盯着那幅伦勃朗的自画像看得出神。"这不会是真的吧？这归我们吗？"霍普看着那幅画厚重干涸的颜料说。

寇称往沙发上坐下，挑眉开玩笑道："你可以等我们回去的时候，偷偷地带点纪念品。"霍普转头看向他哥，挑眉道："你很勇啊。"寇称耸耸肩，笑道："好好准备，明天要去新学校报到了。"霍普有些无奈地感叹："在考斯的假期还没放呢，总部的学校就要开学了。"寇称笑得十分无情。

次日清晨，霍普在朱诺集团的专车护送下来到了新学校，下车后，在司机第五次90度鞠躬下，霍普逃也似的进了校门。虽然霍普觉得这样并不符合朱诺对外宣传的行事风格，但这并不重要。新学校隶属于朱诺集团，这倒十分合乎情理。

霍普在教室门外深吸了一口气，敲了敲门后推门进去。

入眼的是饰有彩色干花的浅蓝色墙壁，三排正播放着晨间新闻的多功能课桌，纤尘不染的地板以及十八名正盯着他的学生。"早上好，你就是霍普吧。我叫白晓楠，你可以叫我白老师。"讲台上穿着衬衫和半裙的老师微笑着说。霍普扬起青春帅气的笑容道："嗯，白老师早上好。"白晓楠越发笑容可掬："来，你看看想坐在哪。"

与此同时，由于明天才需要到朱诺集团报到，所以公寓楼的二楼十分热闹。寇称在二楼的酒吧吧台边上和两个考斯基地的同事闲聊。"这次来这，也不知什么时候能回去。"一个坐在寇称边上的健硕中年男子说。

寇称晃了晃玻璃杯里的白兰地，笑着说："李哥，您别担心，公司不是说了嘛，这次的实验，为期一年半。"坐在寇称另一边，一个穿着棕色Polo衫、瘦高的年轻男子说："这不仅仅是要在这待多久的问题，公司要求每个入选的科研人员来这都要有亲属的陪同，虽然这也不是坏事，但想起那些传言……"寇称的目光有点晦暗，笑着说："这不也是为了我们考虑吗，有家人陪着挺好的，公司还帮我弟弟找了学校，那些传言，不可信的。"李哥有些激动地说："不可信？当年的那两名科学家，公司为了控制他们，把他们的孩子……我上有老下有小的，谁知道我们会不会也被……"寇称微笑地打断，说："李哥，这些都是捕风捉影的事，不要妄议。江哥，你说是不是？"那个年轻男子点头，低头喝了一大口马克杯里琥珀色的酒。

三楼，露天公园，夏菲拉着彤彤的手在树荫小道上散步，小道上还有三三两两的老人。一个头发花白，步履微有些蹒跚，耳垂上戴着几何耳环，烫着大波浪的老太太叫住了她："这小女孩真漂亮，是你妹妹吗？"夏菲说："不是的，她是我女儿。"老太太问："哇，你结婚真早。那孩子爸爸呢？"夏菲微笑着解释道："两年前就离婚了，都是我一个人带她，我是公司的员工。"老太太咂舌："这么年轻的科研人员，真了不得啊。孩子爸爸平时会常来看看她吗？"夏菲依旧微笑着说："分开后就没联系了，现在估计已经有自己的家庭了。"老太太咬牙说："渣男，这么没责任心！咱还不稀罕呢。"

这时，一个头发染成紫色，穿着西装外套喇叭裤的老太太跑过来，兴冲冲地给那个老太太看她手里提着的高跟鞋，说："刚刚送到的，这是未发售的最新款，我女儿送我的生日礼物！""哇！我超喜欢这个系列的！"两个老太太开心地蹦起来。一旁的夏菲看着她们，感叹道：只要心态保持年轻，岁月也可以是一把维生素。

这时霍普刚刚上完人文课程中的政治课，在老师自带灯光师和背景音乐的深情演讲下，他只能悔恨地表示打算课上睡觉的自己是社会的"蛀虫"。霍普在这"圣光普照"的教室里好不容易挨到了下课，正当他打算争分夺秒地补补觉时，政治老师叫住他："霍普、王洪洋，你们过来一下。"霍普和坐在他后面的一个高个男孩对视了一眼，两人一起跟着政治老师去了教师办公室。"霍普，新生，之前是考斯基地的？"政治老师问，他坐在办公室里的沙发里，厚厚的眼镜有点滑落。政治老师是一个大腹便便的中年男人。霍普点头道："是，张老师。"政治老师干瘪的嘴咧了一下，从鼻翼延伸到下巴的法令纹，从水沟变成了海沟。他面带微笑地说："来自那种地方的人就要多努力，你也知道我们这是联合政府基地，是由政界精英管辖的地方，那些不伦不类的人的地盘又怎能和这里相比？"忽然又眼露凶光，中气十足地吼着："你们两个！上课不专心听讲，睡觉！回去给我写一份检讨，字数要求王洪洋你跟霍普说，明天十点前交给我，给我少一个字试试？"平静的霍普和可怜无助、哆哆嗦嗦的王洪洋在政治老师的狂吼下逃出了办公室。

"那个，张大肚的话你别在意。"王洪洋在两人回教室的路上说。霍普笑道："那是不是不用写检讨了？"王洪洋："……"霍普耸耸肩，说："没事的，那个检讨有什么要求吗？"王洪洋苦涩地大声说："下限一万五千字，没有上限。"霍普看了眼王洪洋憔悴悲壮的表情，笑道："以前在考斯基地的时候，还没怎么写过检讨。"王洪洋苦笑道："我回教室给你看看我们的'范文'。"

"这些，都是你写的？"霍普看着电脑里王洪洋发送给他的文件，有些震惊。"这几篇出自我之手。"坐在霍普旁边的一个叫海力，脸上有雀斑的矮个男孩，笑着用白花花的胖手指着屏幕中显示出的几篇检讨说。霍普用手撑着脑袋，说："这一共有30篇。"他边用手指往下滑屏幕，边说："都是关于打架、不写作业、上课睡觉什么的。"王洪洋从后面探出浑圆的脑袋，说："我们小学的时候，每一年写的检讨几乎都可以出本书了呢。"霍普只感到两眼发酸，说："他们这么重视孩子的教育吗？你们不会写死吗？"海力神秘地说："我们呢，其实是有帮手的。"

　　放学后，霍普和王洪洋一起去了联合政府基地最大的图书馆——莱茵图书馆。莱茵图书馆位于市中心，馆内的电子书籍会实时更新，作家可以随时把自己的新作上传到莱茵图书馆，另外，馆内还有当世并不常见的纸质书，种类丰富，无论是来自东方大地的传记，还是西方皇宫里的传奇……都在莱茵图书馆各层的书架里躺着。但是对于这两人来说，最重要的是，按王洪洋的话来说，就是"道上有兄弟"。

　　"你好，有需要帮忙的吗？"一个仿生机器人走向霍普，问道。霍普看着机器人跟人类几乎无异的脸，说："嗯，我们想问……"王洪洋赶紧说："不用不用，谢谢哈。"然后带着霍普往电梯跑去。进了电梯，王洪洋在墙上按下了"3"按钮，扭头对霍普说："我那道上的兄弟神秘得很，轻易不露面，更不想让别人知道他，他这次能出面帮忙，是我求爷爷告奶奶求来的。"霍普双手插兜，学着王洪洋的口吻道："那哥们，文笔忒好，人又仗义，一篇检讨，

亲娘嘞，才收三千元。"说话间，两人已经到了王洪洋和
"道上的兄弟"约定的三楼。

　　出了电梯，一种平和的气息扑面而来，这里座无虚席，
却宁静得像黎明前的旷野，窸窸窣窣的翻书声，最多只能算
是秋虫的私语，更增添了一丝庄严肃穆。霍普突然为在这样
一个地方找代笔感到罪孽深重，他想小声问王洪洋"那哥
们"在哪，但又因不忍和不敢打扰面前这"立志要将有限的
生命投入无限的学习中"的氛围，只是扭头看了看王洪洋，
王洪洋脸上则是和他同样的表情。

　　两人尽可能地压低声响，往左手边尽头的休息室走去。
"这些人还活着吗？"霍普瞄了一眼那一片低压压的人头，
心想道。到了休息室，宽敞的房间里，只有沙发上坐着一个
年纪和他们相仿的少年，少年肤色白皙，金黄色的短头发有
点乱糟糟的，他双手正插在宽松的棒球外套的口袋里，眯着
眼打盹。"兄弟！"王洪洋压低了声音轻轻说。"嗯？来
了。"少年睁开深蓝色的双眼。"鲍勃，我们这次就靠你
啦。"王洪洋一屁股往沙发上坐下，抓着少年的手，带着哭
腔说。"放开放开，你这样我怎么写啊。"鲍勃把抓着自己
胳膊的胖手挣开，打开手腕上的微型电脑，电脑在空中投射
出键盘和屏幕。这时，他才看见站在门口的霍普，就对霍普
开口道："把那个请勿打扰的灯开一下。"霍普照做了，鲍
勃挑了挑眉，对王洪洋说："你这次带的人比上次那个脾气

好多了。"王洪洋连忙弯腰赔笑道："上次那个性格就那样，兄弟你可千万要大人不计小人过啊。"霍普在一旁暗笑，王洪洋来之前和他讲过上次带海力来这的事。

王洪洋在旁估摸着鲍勃需要两三小时，就拉着霍普往外走。霍普压低声音问道："去哪？"王洪洋挤挤眼睛，高深莫测地说："Wonderland。"霍普的脑袋往后仰了仰，王洪洋见状连忙说："哎哎哎，别慌，到了那儿你就知道了。"

悬浮在铝制门槛上，厚重高大的磁铁门，卷杂着空气中遇冷液化成水的白雾，悄无声息地在两人面前缓缓拉开。

霍普十分稀罕地看着脚边弥漫的冷气，搓了搓手臂，瞄了眼丝毫不为所动的王洪洋，说道："你说的Wonderland不会是被联合政府秘密保存下来的冰山冰川之类的吧？"一听见"冰山冰川"一词，王洪洋立刻说道："为冰山冰川的融化表示深刻的惋惜，并在此以……""打住，别背联合政府宣言了。进去吗？"霍普无奈地说。王洪洋挠了挠头，笑着说："没办法，学校要求从小就得每天上午下午各一遍诵读，这宣言已经刻进DNA里了，一提到关键词就会有条件反射。哦，你问进不进去，进啊。"霍普心想：我在考斯基地的时候，连读都没读过几次呢。

"哎，发什么呆啊，快看快看！"王洪洋一边扯着霍普的衣袖一边指着前面，兴奋地说道。霍普的目光先是扫了眼快要被扯成露肩装的校服，再顺着王洪洋的手指看去，霎时，他的瞳孔像泡在热水里的压缩毛巾一样胀大。

磁铁门后面的世界，宽广到仿佛横跨了人类的进化历程，好像如果有一只母猿从左侧出发，到达右侧的时候，我们就得以"小姐"称呼了；长深到似乎每一个站在门口的人，都是即将抵达特洛伊，要用十年的刀光剑影，来攻破这座由神建造的城池的斯巴达将士。

目光所及之处，是一片片纹理细密、色泽丰富的板岩，片状突起、层层叠叠的千枚岩，质地似玉、花纹斑斓的大理岩堆积形成的陆岛，不远处还有不停撞击岩石的海浪，振聋发聩。可这浪花没能叫嚣太久，在天海相接的远方，寒冰以波塞冬驾驶马头鱼尾兽的速度，在海面开疆拓土。瞬息之间，波澜壮阔的海面成了广阔无垠的冰面，即使站在岩石之上，也能感受到这几乎可达数千米深的冰层。

"这是元古代，就是原始时代的意思。"王洪洋捧着自己的圆肚子，乐呵呵地说。霍普感觉他的肺泡里充斥着寒冷的空气，他甚至感觉自己血管里流动的红细胞上承载的是一块块冰碴儿，他看着王洪洋，示意他继续说下去。王洪洋拍了拍肚子，肚皮发出敦实的声响来回应，他笑着说："我们一般称之为震旦纪，在震旦纪，出现过全球性的大冰期。哈哈哈，你别瞪我，我知道这用不着我说。这里是莱茵图书馆特别打造的体验馆，全息景象，完全拟真。以一天二十四小时来表示阿卡迪亚星球从太古代到新生代——也就是我们的时代——的样子。现在是下午五点，刚好是藻类繁盛的元古代，大气圈有更多的氧气，要是早一会儿，我们还得戴氧气面罩。体验馆全天二十四小时开放，但今天少爷我包了场，随便看，待会可能会有火山爆发，别怕哈，伤害不了我们，而且我可以切换频道。"

霍普在一块较为平滑的大理岩上坐了下来，手插裤兜，微微缩着脖子，牙齿打战地说："莱茵图书馆的星球史主题体验馆举世闻名，我今天已经体会到了，换一个吧。"于是王洪洋点了一下腕表的显示屏，一份"莱茵图书馆——体验馆主题菜单"投影到了两人面前。"这，这个吧。"霍普快要冷得说不出话来了。

"救命啊！""娘！不要啊！""快跑！""军官老爷，您行行好，我……""废话怎么这么多，绑上！""大人！饶命啊！我……"

一个穿着羚羊皮袄、挥着流着血珠的大刀、胡须枯黄的匈奴人，骑着褐色的高头大马，连看都没看滚落到马脚的人头一眼，带着部下就往别处去了，他部下的马后还绑着几个满脸血污、头发凌乱的妇女。这个原本街道纵横、人声鼎沸、川流不息的繁华都城，在叛军的铁蹄下，只剩正在燃烧的房屋。逃窜的人们在呼救和求饶，遍地的残尸却连只苍蝇都没有，孩子的哭喊却招来鞭挞和刀剑……

长安城像一个倒在污泥中的贵妇人，满头的珠翠散落

一地，金钗上的明珠也破碎入泥，绣着牡丹花的锦衣爬满了蛆虫。来往的人把她围起来，撕扯她的衣裙，踩碎她腰间的金香囊，抓起她的头发，把她的头从污泥中拽起，又狠狠地按进泥里，她的泪水和血和在一起，流过肮脏不堪的脸庞落下，她那以香膏纯露养护的手，用凤仙花花瓣染红的指甲，抓着地上的污泥，可惜除了在地上留下几道触目惊心的抓痕，她什么也做不了。

"安史之乱。"霍普说，虽然这是一千多年前的事，但这些触目惊心的画面还是让他的手几乎攥出血来了。王洪洋靠着一棵佝偻的槐树，缓了会神，说："不仅有国家的可以选择，名人、单一的历史事件都可以。"

"那就看看徐福东渡和鉴真东渡吧。"霍普淡定地说道。"果然，每个首次来到这个体验馆的人都会点这两个事件啊。"只见王洪洋手指飞舞，轻车熟路地在虚拟屏幕上一顿操作，一张张或祥和或血腥的图片飞快闪过，每一张图片便代表着一段历史。不多时，一张显示着宏伟大殿的图片停在了屏幕的正中央。紧接着体验馆中一暗，这突如其来的明暗交替使得霍普不得不闭上眼睛适应，紧随而来的是一声宏大的钟声在他耳边炸响。

睁开眼后，霍普发现他正在那座宏伟的大殿中。数十根巨柱默然肃立，金丝楠木如锦的花纹隐隐散射出一种欲说还休的华贵，顶上雕梁画栋，四周墙壁上刻着不同的壁画，有的画面是工匠举着装有刀币、布币、蚁鼻钱的箩筐，一筐筐地将其中的钱币熔化成铜水，然后浇筑成统一大小的刀币。有的是一人身披铠甲，站于战车之上，车前四马同驱，所过之处无人可挡……殿中文东武西排列整齐，宝座台上一身玄色服饰男子端坐在龙椅之上，那男子神色严肃，不怒自威，眉梢眼角不经意间流露出气吞山河的气势，可是他鬓间的几缕白发展现了他已并不年轻的事实。

"朕自登基至今，奋六世之余烈，平六国，驱胡虏，车同轨，书同文，名比三皇，功过五帝，朕便自称个始皇帝吧。"那男子便是千古一帝——嬴政。这时，外面有一人信步走进大殿，只见该人脚踩木屐，身穿蓝灰色长衫道袍，右手持一拂尘，左手托一木盒，脸上带有三分笑意。那人上前两步，左手虚托木盒，右手甩起拂尘，将之搭在左手臂上，弯腰道："方士徐福参见大王，臣下幸不辱命，为大王又炼制出一枚延年益寿丹，请大王过目。"得到秦始皇示意后，边上一中年太监走下台阶，将木盒打开，只见其中是一颗暗红色的丹药，足有幼儿拳头大小，上面还不时传出一股刺鼻的气味。

霍普不禁纳闷道："这东西，真是人能吃的？""这谁知道呢，反正看着就不是好东西。"王洪洋回答道。霍普诧异道："你刚才去哪了？"我就靠在柱子后面，这历史事件我看了不下一百回了，早就腻了，也就是像你这种第一次来

饵人

的还看得津津有味。"王洪洋解释道。

宝座台上，秦始皇拿起那颗丹药，想也不想，直接吃了下去，咽下之后神情缓和道："国师炼药有功，朕很欣慰啊，说吧，你想要什么赏赐。"方士徐福道："臣下深感大王治国艰辛，愿带领五百童男童女东渡，去无尽汪洋上寻找蓬莱仙山，为大王求取长生不老药。愿大秦为万世之基业，千秋万代。"秦始皇道："善！赵高，着你去协助国师准备求药一干事务。"边上的中年太监连声称是。

"你说这徐福是修仙修傻了，真想去找长生不老药，还是知道秦始皇要完，跑去一个天高皇帝远的地方躲起来啊？"霍普问道。"很难说，毕竟之前人们认为徐福东渡的确是想找长生不老药，但至于给谁吃就不知道了。这也直接导致了那个岛国的诞生。但根据百年前考古秦王陵的信息来看，徐福可能真是出去躲难的。据说当时的科学家研究了秦始皇吃的丹药，里面的成分和砒霜差不多……"王洪洋解释道。

紧接着画面一转，方士徐福站在一艘大船之上，挥别前来送别的众人。横帆扬起，大船乘风破浪，驶向东方。

霍普慢慢道："你说，要是当初秦始皇没有想要长生不老，是不是也就没有那个岛国了？那我们是不是也不用活得那么辛苦了啊？"王洪洋回道："这世界上哪有那么多的如果啊，历史是偶然的，也是必然的。就算没有徐福，也可能有其他的什么人到达那座岛，并随之繁衍生息。千百年后，那个国家还会出现。历史还会重演。就如同时间悖论，玩弄时间的人终将被时间玩弄，躲不掉的。"

　　历史不会改变，而历史的悲剧，也始终在轮回。百余年前，联合政府发现海平面正在上升，温室效应的危害也展现在了世人的面前。据专家推测，随着温室气体的不断排放，星球两极的冰川会随之消融，届时海平面会上升约70米，星球上大部分土地会被淹没。仅存的土地不足以供近百亿人生存。于是联合政府通过一系列会议，商讨出了解决方案——"方舟计划"。这个方舟可不是朱诺集团的水上摩托产品，而是能承载数以亿计人口的大型水上生存器，成型后规模远超航母的海上巨兽。届时一半以上的人口可以转移到方舟上生活，粮食、能源方面也不用担心，广阔的海洋中有无穷无尽的资源。随着计划的展开，华夏的南方生物研究所已经完成了金属菌群的提取与发酵。该菌群能产生特定金属逆转酶，用于对土壤中金属的提取与纯化。据当时的科学家推测，运用金属菌群提取出的金属，再结合全人类的生产力，有望在冰川彻底消融前的十年内完成方舟计划。

　　计划稳步推进之时，某岛国发布一篇声明，表示由于本土面积有限，战争遗留的核泄漏已经严重影响到了国家的发展。该岛国计划将核废水排入太平洋中以减轻本国负担。有经验的人可能知道，当一个孩子说想要撒尿的时候，他很可能已经尿了。果然，在联合政府的调查下，太平洋有将近一半的海水中含有核残留。这导致方舟计划不得不破产。核废水中还有许多离子辐射，而离子辐射是诱使基因突变的主要因素。生物是神奇的，四种核苷酸的排列方式，使得基因拥有了无限的可能。基因突变、基因重组、错位突变，虽然突变是随机的，甚至突变的概率仅有百万分之一，可是无尽的海洋中的生物何止亿万。其中有多少已经变异，我们无从得知。甚至通过检测发现，倒入海水中稀释后的核废水与海水中存在的稀有元素结合后发生的离子辐射对人体也具有危害，长时间暴露在海水中的人免疫力下降为正常人的十几分之一。

岛国的举动无疑是将人类推向深渊，联合政府终止了方舟计划，转而采纳了三大公司的围海造陆计划，通过修建围绕大陆的五层水坝，尽力保存现有的土地。至于之前生产的半成品方舟，也渐渐淡出了人们的视线。

事后，某核武器大国以拖累人类自救为由，一发氢弹击沉了该岛国。因为事发时正处在人们群情激愤的最高点，联合政府只好采取高高扬起轻轻放下的应对方法，最终不了了之。

思绪拉回，霍普望向了眼前的体验馆投影仪，正准备观看一下鉴真东渡时，王洪洋说道："说实话，鉴真东渡和徐福东渡大同小异，只不过是一个带去了人口，一个带去了技术。不过看时间，鲍勃那边也快完事了，我们先回去吧。"

霍普抬手看了一下手机道："这也就两小时不到吧，三万字的检讨书就写完了？这是人该有的速度吗？"王洪洋得意地回道："那可是鲍哥，道上人称魔术手的存在啊。我们这些年可全是靠他应付张大肚。走吧，十有八九写完了。"

霍普和王洪洋两人回到休息室时，鲍勃正坐在沙发上打着哈欠。面前的光幕上密密麻麻地排列着文字。霍普隐隐约约看见"我深表歉意""为此事做出诚恳道歉"之类的话。见到两人进来，鲍勃慵懒地从沙发上起身，对着王洪洋道："三万四千字的检讨书，承惠6000华特币，一手交钱一手交货。"王洪洋笑道："鲍哥这不是见外了嘛，咱都合作多长时间了，我还能赖账不成。"说着他从手腕的微型电脑上转出了6000华特币。

华特币，是联合政府颁发的新式货币中的一种。在金属菌群被培养出来后，单质的金属化物变成了可再生资源，这意味着承担了几千年的一般等价物的黄金变得普遍。钱币的迅速贬值导致了通货膨胀，物价飞涨之下还一度引发了政变和战争。最终，联合政府颁布了《重建世界货币体系公约》。该公约规定，以国家信誉为基础颁发货币，并时刻以国家力量保证其货币价值。自那之后，各大基地便只存在五种货币：华特币、俄特币、美特币、欧特币和法特币。虽然各个国家的生产力有所不同，导致五种货币之间购买力略有不同，但总体上，汇率还算稳定。

两人出了图书馆后，王洪洋道："这头一次的检讨算我请你了，我看你这样子，估计以后少不了找鲍哥帮忙。这份检讨我明天顺便直接交上去，省得你还要再经受一次张大肚的'洗礼'。"霍普道："谢了，我看天色不早了，也该回家了。"说着，霍普用自己的微型电脑发送了一段信息。霍普扭头看向王洪洋，面色冷淡地说："一会你别笑。"不多时，早上送他上学的那辆车停在了他的面前。依然是恭敬地行礼问候，在王洪洋手捂着嘴，肩膀一颤一颤的笑声中，霍普满脸黑线地上了车。

第三章
密信

回到公寓后，霍普熟练地识别了虹膜，解锁后进入了客厅。客厅漆黑一片，按理说寇称早就该回来了。难不成他们第一天上班，小组还要搞个破冰活动？别再是考斯基地那边的狗顺着味道跟过来？不可能，他们人都到总部了。

感应灯亮了，霍普发现客厅的桌子上躺着一个文件袋，封面上还写着"霍普亲启"。霍普打开文件袋，映入眼帘的是一封信，看字迹应该是寇称写的。霍普眉尾一挑。信，还是手写信，这在当下这个时代可不常见。要知道现在电子信件都少得可怜，一般都是微型电脑联系或者虚拟投屏。但是无论何种联系方式，只要有心人想找，就能窃取出联系的内容。唯有手写的信，只要将信纸一烧，灰烬一撒，就是神仙也不知道信上写了什么。

霍普仔细打量着这封信，看得出来，字迹先是工整，后逐渐潦草，最后几句甚至仅仅是几个杂乱的字符。表哥应该是遇上什么突发情况了。霍普消化着信里的内容，他知道当下情况不适合立刻联系。霍普垂下眼睛，拿起信仔细观看，内容很简单，让霍普明早去莱茵图书馆门前等一个人，和他前往摩福斯基地进行一项调查任务，任务详情会由那人转告。信的末尾还有一句：小心救……之后便是完全看不懂的字符了。文件袋中还有两张车票和一张照片，以及一束白色的郁金香。

是夜，霍普躺在床上，想到寇称下落不明，一种不安的感觉在心里难以控制。寇称自霍普记事起就和他生活在一起，寇称的父母，也就是霍普的姨父和姨母，都是杰出的生物学家，对金属菌群的研究已经取得了重大突破，然而在一次出海考察时意外遇难，搜捕队只打捞出遇难的船只，并没有发现任何死者的遗体，仅在海底捞出了几块碎裂的骨头。经专家推测，该船只极有可能遇到了强对流风暴，沉船后又恰好遭遇变异种群，导致遇难者尸骨无存。自那之后，寇称表哥时常一个人对着大海发呆，嘴中还呢喃着什么。之后他意外发现了自己在工程设计方面的天赋，在此领域进展飞速，年仅二十四岁便成为机甲小组组长。不幸的是，寇称在他的父母出事后也被监视起来，原因无他，匹夫无罪，怀璧其罪，寇称的机甲天赋让三大集团都觊觎忌惮。

霍普深深呼了一口气，他无法入眠，思维像是断线的风筝在无尽的夜色中向远处飘荡。不知何时，霍普才沉沉地进入了梦乡。黑夜慢慢褪去，晨曦悄然到来，霍普只感觉眼睛刚刚闭上，闹钟便响了起来。霍普洗了把脸，镜子里的人眼神冷淡，面无表情，像是个立在美术馆的没有呼吸的雕像。他看了一下微型电脑，离约定的时间还有半小时。把司康拜托给隔壁夏菲后，霍普来到了图书馆门口。

在图书馆门口，霍普一眼就看到了那个臂弯里抱着一束郁金香的人，郁金香花瓣往上是一段修长白皙的手臂，在清晨的阳光照射下，透出独属于青春的美感，一袭浅绿色的针织短裙，乌黑的短发十分利落，明亮的眼睛带着笑意。

霍普身形微怔，眼睫抖动，眼前的这个背影与记忆中的身影逐渐重合，这时女子抬头看过来，正是记忆中的那张脸，今朝与往昔完全重合，焕发出了彩色的光芒。那是张顾盼生辉却又内敛自持的脸。"好久不见，霍普。"张慧慧眉眼弯弯。霍普快步来到张慧慧身边，张慧慧把花递给霍普，笑道："今后请多指教，合作愉快。"

霍普接过芳香馥郁的花束，垂眼盯着自己的脚尖好几秒，才抬起头，看着张慧慧的眼睛，轻轻地又郑重地说："早上好。"

张慧慧是霍普高中的同桌，两人一起朝夕相处了三年，不可谓不熟，但是眼下霍普实在不知道该说什么，他想询问任务，开口却是："三年前发生了什么？你怎么忽然走了？"张慧慧移开目光，淡笑道："我们进去说？"

霍普沉默了几秒，看着女孩的脸颊，一时间有许多话想说，却不知从何说起，只好回道："好。"图书馆休息室里，两人面对面坐着。张慧慧道："我们需要去摩福斯基地，喏，这是上面分派下来的机器人助手，叫'阿蓝'。"霍普看向张慧慧手边的机器人，暗黄色的身体反射着金属光泽，通过电刺激金属膜片振动发声的声音系统裸露在外，头部是一个方方正正的显示屏幕，以各种文字符号组成其表情系统，既显得有几分人情味，又不失科技感。

阿蓝："你好。"

霍普应了一声，点头道："你好。"说完他依旧看着张慧慧，眼神冷淡却目不转睛。"我办了休学，之后便在联合基地做一些任务。"张慧慧回答得有些敷衍，虽然她一直看着桌面，但还是感受到了霍普的目光。霍普张了张嘴，但眉尾一挑，想到了寇称的那封手写信，于是不再言语。虽然霍普不知道张慧慧为何会突然休学，但是她语焉不详的态度很明显是在欲盖弥彰，她究竟想要掩盖什么？最重要的是，寇称在信中让他小心什么？难道这次的任务有隐情？霍普心中的疑问像司康爱玩的线团，越拉扯缠绕得越紧。

两人没有过多叙旧，整理好信息便向着车站赶去。检完票，提交DNA样本之后，两人一机器坐上了开往摩福斯基地的列车。值得一提的是，机器人阿蓝不需要提交DNA样本，（阿蓝："我也得有那东西才行啊。"）而是要下载检测软件到其终端数据库，由软件检测后出具报告书提交到车站管理平台，通过报告书，验证机器人的身份信息。

钛金幕墙的摩天大楼飞速地闪退，一大片荒漠突然出现在车窗外。天色转暗，太阳慢慢钻进薄薄的云层，霞光把大地映照得如同玫瑰色幻境。列车上的乘客无一不面露沉醉，希望时间停留在此刻。

霍普默默地看着窗外，眼里依旧没有情绪，或者是有太多的情绪，只能扎紧心事的口袋，不敢泄露分毫。

太阳渐渐垂落于地平线，天空被星星点亮。

"醒了吗？到站了。"霍普低声叫醒靠着车窗睡着的张慧慧。

"嗯？天都黑了。"张慧慧睁开双眼，她的气息印在窗玻璃上，形成小小的扇形白雾。看到陆陆续续下车的乘客，张慧慧撑着坐起来。

"摩福斯基地到了，请乘客们有序下车。"电子音从广播传来。

"下车后先要找地方过夜。"张慧慧一边收拾行李，一边说道。

宁静的夜晚，微微的风声，荒漠中的B-26车站低调神秘。一辆接一辆的无人驾驶的士接走了下车的乘客们，只剩下霍普、张慧慧和机器人阿蓝。车站旁插着一块荧光牌，上面写着"摩福斯基地"。

"我们要找一家酒店是吧？"张慧慧问道。

霍普无奈地看着张慧慧，道："张小姐，你不是说一切都安排好了？"

张慧慧拢了拢脸旁的碎发，歪头笑道："考验你一下。有一点你得知道，就是咱们的经费其实并不充足，所以并没有订酒店。"

霍普面色不变，垂下眼皮，心中却吐槽道，真的有连酒店钱都负担不起的组织吗？寇称到底把他拐到了什么贼船上。

霍普看了眼漫无边际的荒漠，妥协道："阿蓝，搜索附近的酒店，筛选条件设置为短期、便捷。"

阿蓝："收到，检索中……检索完成，符合条件的住所有……"

看着屏幕上显示的酒店，气氛莫名变得有点尴尬，霍普和张慧慧静静地站在沙地上，晚风沉默地吹过脸颊。

"这家？"霍普指着屏幕上显示着离车站最近的酒店道。

"可以，明天可以在这里继续待一天，后天再接着往下走。"

"阿蓝。"霍普弯下腰，脸对着阿蓝冷冰冰的屏幕，"帮我们找一辆车，目的地霞彩酒店。"

"正在呼叫附近的士，请耐心等候。"阿蓝回答道，屏幕上展示出一座酒店的图片。

霍普点了点图片，图片放大后是一栋古老的建筑，他猜测酒店应该是2010年代建的，外墙是混凝土材料，现在已经很难找到这种古早建筑。

月光照耀下，一辆黑色无人驾驶汽车把他们送到了酒店。酒店在郊外，附近什么都没有，一路上一个人影都没见到。一夜无话。

天边渐渐地亮起来，好像神在淡青色的天畔抹上了一层粉红色，在粉红色下面隐藏着无数道金光。睡在沙发上的霍普被透过窗帘的光刺醒了。霍普昨晚睡得并不好，心一直在那封信上。而且昨晚到前台办理入住时，只剩一间单人房，当时很晚了，再去别的酒店太过劳累，于是霍普表示他可以睡沙发。霍普坐了起来，看了看智能表，显示早上9：30。全球气候升温，天气变得极端，白昼越来越短，10：00太阳神赫利俄斯的金马车才会出现在东方。

霍普点了下手表更新头条新闻，上面显示着细菌科技小组失踪。点进去第一张图片就是寇称的脸，往下滑是实验组其他组员。霍普看了一遍文章，没什么特别的，他觉得信里那个没有写完的句子，可能就是表哥失踪的原因，也是他要小心提防的存在。霍普仔细回想了最近发生的一系列事情，总感觉有一只无形的手在背后，让他以这个人安排的节奏一步步地走。可是事情发展到现在，霍普得到的有用信息有限，难以梳理。霍普暗想，他究竟遗忘了什么？这时，张慧慧也醒过来了。

"几点了？"张慧慧抬起头问，黑发散乱，衬得皮肤雪白。

看着张慧慧睡眼蒙眬的样子，霍普的思绪也逐渐被拉回到现实。

"差不多10点，不如今天早点去都市，看看有什么可以交易的。"霍普说。

"你先去大堂吃点早餐吧，我收拾好下来。"张慧慧回复道。

霍普来到了大堂，发现非常热闹，和昨晚入住的场景完全不一样。前台负责办理入住的是一对机器人夫妇，正在接待来自考斯基地的一家人，还有一个貌似来自苏格益基地的单独旅行者。

吃完早餐，霍普、张慧慧带着行李和阿蓝离开了酒店。他们坐着公共巴士来到了摩福斯基地中心，这里是一个著名的巨型交易城。二人下车后，看到广袤的沙漠里出现了一栋接一栋的钛金建筑，反射出刺眼的光芒。建筑聚集成一个巨型的圆圈，像一张立在沙漠中央的吞天巨口。

"请问你们需要向导吗？"一个连满管子，身高一米左右的机器人出现在他们旁边。

"不用，谢谢。"霍普说，卫衣的袖口卷起，露出流畅的小臂肌肉线条。

"我叫米兰，对这里特别熟悉，我可以教你们如何在这里做好交易。"机器人并没有走开，接着讲道。

张慧慧看着霍普说："咱们对这里都不熟，不如跟着她吧。"

霍普微微低头看着张慧慧，说："没钱。"

虽然如此，霍普在张慧慧的注视下还是对米兰问道："请问价格是多少？"

米兰说："看着你们样子不是有钱人，那就免费吧！"

张慧慧微笑地对米兰说："谢谢米兰！"

米兰："不用谢！"

看张慧慧回答得非常爽快，霍普微微眯眼，心想，这个机器人八成没那么简单，霍普想着想着就被张慧慧拉着袖子，跟着米兰来到了离巴士站最近的一栋钛金楼。

"这是交易城第一栋钛金建筑，也是唯一有名字的楼宇。"米兰解释道，"它被基地第一任主人命名为'救赎者'。"

"'救赎者'？"霍普心中一凛。

"张慧慧，要不要进去看看？"霍普征询她的意见。

走进自动钛金门，顿感清凉幽暗，和外面炎热的沙漠形成鲜明对比。一眼看去，熙来攘往，全是顾客，像个市镇。中庭立有一个10米高的石像，这是为了纪念摩福斯基地的创始人。

"这栋建筑只有一层，里面是室内都市，每间都是独立的交易摊。"米兰介绍道。

张慧慧好奇地看着旁边的荧光植物。

"不要碰！"米兰喊道。

正要伸手触碰的张慧慧吓了一跳。

米兰立马解释道："这是火星上带回来的毒花。虽然它长得人畜无害，可是10克花粉就可以杀死一名成年男子。"

张慧慧听完米兰这番话，眨了一下卷翘的睫毛笑道："毒性这么强，摆这当观赏花？"

米兰顾左右而言他："请你们等10分钟，我通知一下工作人员。"接着，她驱动四个轮子，离开了霍普和张慧慧的视线。站在入门处，张慧慧在人来人往中感到一丝亲切。小时候每逢放假，她经常跟父亲和姐姐坐3小时高速车来这里旅游。但多年过去，这里改变了许多。在记忆里，进门右手边的咨询中心曾是个迷你游乐园，眼前闪着各种各样灯饰的店铺曾是朴朴素素挂满木牌的大排档……如果能回到过去，那该多好啊，那时候，父亲还在……

"要不要去那里看看？"张慧慧指着前面的圆顶展厅。

"嗯。"霍普回答。

展厅里摆放着几张按摩沙发。

"嘿，小子们，看不看影片？要开场了。"

"我们？"霍普闻声看过去。

"对呀，不是你们还有谁？"一个戴眼镜看起来20多岁的青年男子说道。

"这影片多长时间？"张慧慧问道。

"大概3分钟吧，讲这里历史的，免费的。"青年男子回答。

张慧慧微微仰头对霍普笑道："我想看，反正米兰要10分钟才回来。"

"米兰？"青年男子有点惊讶，"是指那个机器人吗？"

"对啊，你认识？"张慧慧歪着脑袋看向男子。

"她……她……你们小心点！"男子有点紧张地哆嗦道。

"为什么？"霍普问道。

"听别人说，跟米兰参观大楼的人都不知道被她带去哪了，你们看着点吧。"男子回复。

男子的话让霍普暗暗提高了警惕，但另一边的张慧慧却显得毫不在意。霍普和张慧慧讨论后，决定还是看完这影片再和米兰会合。

纪录片设定的历史节点是2070年。在一片广阔的沙漠上，机器人搭起了第一栋楼。张慧慧仿佛看到了自己的父亲。随着时间推移，两栋钛金楼拔地而起，冷寂了数千年的沙漠开始繁华起来。纪录片最后感谢了好多人，张慧慧的父亲张杰明赫然在列，张慧慧心下十分诧异，父亲从没和她讲过自己曾参与摩福斯基地的建设。

霍普和张慧慧看完纪录片，又被张慧慧拉着在楼里逛了逛后才回到入口与米兰会合。霍普看着米兰，回想起刚刚青年男子的提醒，留了心眼。

"不好意思，让你们久等了。"米兰的机器脸上露出了微笑。

"没关系。"张慧慧笑得灿烂。

"谢谢！"米兰说，"那我们继续吧！"

霍普问："那些植物呢？不应该尽快处理？"

话音刚落，几个机器警卫把一盆荧光植物搬走了。

霍普、张慧慧和阿蓝跟着米兰游遍了第一栋楼，又回到雕像脚下。

"嘀嘀"，米兰脸上显示一条新信息。"我收到了公司的通知，现在要去办事，做不了你们的导游了。要我帮你们找个新导游吗？"米兰问。

霍普笑得无害，回答道："不用，我们可以在这里自己看看，谢谢你的陪伴。"

"交易城第三栋楼第二层，最靠入口右边有间挺有意思的店铺，你们可以去看看。"米兰飘然而去。霍普建议和张慧慧分头做点交易，两人约好12点在第一栋楼进门处会合。

"小伙子，你要不要买点东西？"一位满头白发、一脸皱纹的老奶奶微笑着对霍普说。

霍普看了下奶奶摊子上的物品，摆放的都是几十年前的用具：有锈迹斑斑的刀，发霉的布料衣服，几把不知道哪年产的雨伞，堆在一起显得灰蒙蒙的。因为资金有限，霍普本不打算买什么，但听老奶奶说家里没钱，心一软，买了那把刀。老奶奶深深地看了霍普一眼："祝你好运，小伙子。"霍普低头看了一眼手中的刀，再抬头，却发现老奶奶已不见踪迹。霍普见状眉尾微挑，掂量了一下手里的刀。

中心街道人山人海，霍普时不时路过一间旧物回收商店，或者一个智能产品体验站。他正准备离开一号楼，突然看到一个瘦削的背影，身材、发型都和寇称很像。"哥？"霍普心想，快步跑过去。等他越过中间的十几个人，马上要看到那名男子的正脸时，背影消失了。

"寇称！"霍普大喊，"寇称，哥，是你吗？"

大家都在聊天，做交易，没人注意他。

"寇称！"霍普再次喊道，但还是没人回复。

霍普有些郁闷，如果再快一步，就可以看到那个人的脸了。

霍普离开了第一座钛金建筑，站在炎热的太阳下，被晒得满头大汗。汗水流过霍普光洁的额头，他伸出手擦了擦。霍普从背包里掏出新款的智能眼镜，这是最新流行单品。黑色的闪光镜片，架在他挺直的鼻梁上，有几分纨绔的气质。

旁边几个少女看了霍普一眼，笑嘻嘻地走过。

霍普用手碰了碰镜框，镜片上便显示出摩福斯基地时间，上午11点整。

霍普意识到还剩一小时就是会合时间了，他想抓紧时间再做点好的交易，不要浪费这次来摩福斯基地的机会。他发现自己只买了那把毫无用处的刀。其他的要么太贵，要么太旧。

霍普摘下眼镜，向二号楼走去。远方的沙粒被风轻轻带起，在阳光下闪着金光，他竟有些看呆了。这时，他注意到几部智能卡车停在了刚刚被风吹过的沙丘旁，车上下来几个戴着头巾的黑衣人，头巾把面部包裹得严实，连眼睛也没露出来，霍普心中生出一丝不祥的预感。

走进二号楼，里面的装潢明显比一号楼新很多，透明玻璃桥像一株巨大的榕树上的树杈，连通几十层商铺，大楼两边也有着吸管般的音速电梯乘载着上千的交易者。

霍普做了几次小交易。他换回来一台手指大小的电脑，还有最新上市的人体充电器，这种充电器只要在35℃的环境中就可以自动工作，故有此名。

中央大道尽头，是家旧书店。不同于其他店铺的钛金门，这家店的门居然是一块完整的木板，边缘已经被腐蚀，门上挂了一把生锈的铁锁。霍普想起之前在联合基地图书馆读过的一本关于魔法学院的书，就进去转了转，但里面货架上展示的全是屏幕不断滚动的电子书。找了好久，他才在墙角发现一本发黄的纸质书，里面全是古怪的图形。有些是他从来没见过的生物，有些则是神秘的符号，尽管看得一头雾水，他依然隐约觉得这本书有些不同寻常。霍普掏出了仅剩的16个华特币，拿下了最后一件"战利品"。

从书店出来，霍普又逛了其他几栋楼，转眼来到最后一栋钛金大楼——十号楼。里面是一个智能森林，中庭竖立着一个10米高、发紫光的无线充电柱，上百号机器人来回穿梭，伺机游说着寥寥可数的游客。

"先生，您需要买点手信吗？"很快，一个白色机器人出来和霍普搭话。

"这里是虚拟购物吗？"霍普问道。

"是的，我们是摩福斯基地唯一的免税店，能为你提供最逼真的购物体验，当季智能产品应有尽有，包您满载而归。"

霍普正要戴上VR感应帽，米兰突然出现在眼前。

"米兰？"霍普微感诧异，问道。

"我是米兰，请问您需要导游吗？"

"你不记得我了？我们刚刚才见过。"霍普疑惑地挑了挑眉。

"您可能认错了吧，我刚刚一直在总部，没有带客。"米兰回答。霍普心想，难道这里的机器人都叫米兰？

"我们虽然是机器人，但也是独一无二的，不会重名。"米兰像是看出霍普的想法似的回答道。

"但是刚刚有个自称米兰的机器人给我们做向导。"霍普暗道不妙，到底是哪里出了问题。

霍普支开眼前的机器人，搭乘高速地铁赶回一号楼入口处，正好上午11：45，离会合还有15分钟。他点开手表上的地图，却发现已追踪不到张慧慧和阿蓝的定位。心中的不安愈发强烈，四处询问，但无人搭理。霍普定了定神，突然想起米兰提起的"三号楼二层"的商店，挤过人群，跑向了三号楼。

这家店位于一处偏僻角落，里面空荡荡的，一片漆黑。

"张慧慧，阿蓝，你们在吗？"霍普喊道。除了自己的回音，再没有别的声音。他不禁嘲笑自己，心想张慧慧怎么会来这种地方，准备回到约定的地点去会合。正准备离开，霍普仿佛看见一个人影在黑暗里闪过，接着又在地上发现了一只手表。他捡起手表，屏幕已经打碎，表带也有刮痕，霍普紧紧皱着眉头，手指颤抖，这是张慧慧的！

就在这时，霍普被一只戴黑色皮手套的大手从后面捂住了口鼻，正要挣扎，一阵眩晕袭上脑门，眼前一黑，便失去了意识。

"喂，醒醒！"一个粗重的声音喊道。

"这是哪里？"霍普猛地睁开双眼，入眼是一个昏暗的房间。

"这里是总部，欢迎您的到来。"另一个声音听上去温和许多。

"总部？"霍普抬起头，才发现自己的手脚都被扣在了椅子上。

"对，没错，你现在就在总部。"一个穿黑西装的高大背影缓缓说道。

"什么目的？"霍普的头靠着椅背，眼神发冷。

"我是来帮助你的。你这身板还不错，加入我的机甲队吧。10万华特币的入门红包，够意思吧？"男子把身子转过来，凶狠地盯着霍普。

"张慧慧在哪里？"霍普按下内心的担忧问道。

"她？你要找她呀？还想英雄救美？不妨先想想自己的处境吧，哈哈。"男子突然咧嘴阴笑道，像生活在沼泽的蜥蜴。

"咚咚咚"，敲门声响起。

"请进。"男子说道，旋即恢复平静。

穿着高跟鞋的清脆的脚步声由远及近。

霍普低头，一双深紫色的缎面高跟鞋踩在大理石的地面上，依稀能从大理石的反光看出那是一个穿着深色衣裙的女子。霍普抬头，女子正看着他，见状扇了扇手里黑色的蕾丝小扇，只露出一双睫毛浓密的狐狸眼。

"这就是霍普？"那女人问道，声音倒是娇媚可人。

"是的，我找到他时，他正在找张慧慧。"男子露出一丝讨好的笑。

"长得倒还不错，很好。这次会重赏你。"女人身姿摇曳地绕着霍普慢慢打量。霍普垂下眼皮，仿佛他是被邀请来的而不是被打晕来的。

"你没跟他说吗，汉森？"女人斜眼瞥了一眼一旁的男子。

"没来得及细说，他刚刚醒来，卡米拉小姐。"汉森说，他的头都要低到地上去了。

"霍普。"卡米拉手里的小扇遮住了她的嘴巴，只能隐约看见两瓣饱满鲜艳的唇。她褐色的眼珠一转，嘴角露出得逞的笑容。她用扇子挑起霍普的下巴，笑道："你可真不幸运。"

霍普这才仔细看了看卡米拉，黑色的卷发盘在脑后，鬓角处有几缕卷曲的头发，硕大的钻石耳环在她脸两旁轻轻晃动，折射着房间里不多的光线。怪不得她一来，感觉房间都亮了，霍普心想。霍普撇开了脸，女子拢了拢臂弯里的白色皮草，微微弯腰，和霍普对视。

卡米拉直勾勾地看着霍普，张开鲜艳的唇，嘴角带笑，语气却有几分严肃："小帅哥，考不考虑跟了我？"几秒后，卡米拉顶着霍普要吃人的眼神，扇尖轻点霍普的鼻尖，笑道："哎呀，小帅哥脸皮这么薄呀？我们呀，其实渊源挺深的。"

卡米拉伸出白皙的手，汉森连忙把一个水晶球轻放在她手里，水红的指甲划过水晶球，一块屏幕从水晶球里投射到空中，正是他们在一号楼看的交易城纪录片。

"你认识他吗？"卡米拉暂停了视频。

画面里，一名年轻男子站在刚刚竣工的一号楼前，手捧电子合同，笑容灿烂。

"他叫张杰明。"卡米拉说出一个名字，停下来，看霍普的反应。

霍普直视她的眼睛："都没听说过，和我有什么关系？"

卡米拉笑着说："仔细想想，你不觉得似曾相识吗？刚才你还在到处找他的女儿呢。"

"张慧慧的父亲？"其实霍普在交易城时就感觉到张慧慧与片中男子关系匪浅，但没想到猜想这么快就被证实。

卡米拉转身命令汉森："把他带去王秘书那！"

"是！"

几个机器人已候在门外。走过挂满19世纪欧洲油画的长廊，霍普被带到一个雕着天使的木制双开门房间。

"咚咚咚"，汉森敲着门。

"进！"里面传来一个男声。霍普觉得这个声音很耳熟。

这间办公室装潢得金光闪闪。一个戴金边眼镜、谢顶微胖的中年男人站在窗边，侧对大门。

"霍普，好久不见。"

男子缓缓转身，虽然有些逆光，但霍普仍然一眼就认出这个人是表哥以前在实验室的同事，曾经来过家里讨论实验。

"王秘书。"霍普冷冷地看着他。

"哈哈，霍普，你长大了不少啊，看起来比我还高半个头。"王秘书满脸堆笑，但他的声音却让霍普感觉到一丝寒意。

"你找我什么事？"霍普动了动戴着手铐的手。管辖摩福斯基地的是朱诺集团的子公司，王秘书是这个子公司的总经理，钱正风的前秘书。

"汉森！"王秘书说。

"是，王总。"汉森回。

"霍普不会对我有什么伤害，解开他的手铐吧！"王秘书说。

"这……这……是卡米拉女士的要求……"汉森有些犹豫。

"没听到吗？"王秘书提高了嗓音。

终于，手铐被解开，霍普甩了甩胳膊，把身体窝进办公台一旁的转角沙发里。

"霍普，明天有一个机甲大赛，我想你和张慧慧代表我司去参赛。"王秘书说道。他这么一说，霍普就明白他们的目的了，除了三大集团，几乎每个大型公司都有一支机甲战队来参加四年一度的全球机甲比赛，这相当于每个国家都有足球队参加四年一度的世界杯，不同的是机甲比赛的结果会影响该公司的国际地位、股票和市值，毕竟机甲水平在很大程度上反映着一个公司的科技实力。

"不去，没时间。"霍普双手抱胸，收敛着下颌说。

王秘书的笑容瞬间消失，语气也变得冷冰冰："这不是请求，而是命令。汉森，把他带去张慧慧那，然后让其他人员做好参赛准备。"

"收到。"汉森立马回答。

霍普被拉到一个大套间里。

"进去吧！你就在这过夜，明天要参加比赛。"汉森和机器人警卫旋即把钛金门锁了。

回到办公室后，王秘书和汉森对望着。王秘书举起双手，头部微微扬起，道："愿救赎的圣光照耀你我。"汉森一脸虔诚地回答道："愿为圣主献上一切。"

被封锁的房间里，霍普用力摇了摇钛金门，钛金门虽然有些微微晃动，但是依旧牢牢锁着。

"没用的。"张慧慧从里间走出。

"你来这多久了？怎么来的？"霍普问道。

"和你分头走时，我去了三号楼的那个商铺，然后见到了王秘书。"

"王秘书？"

"是的，他以前是我爸爸的私人秘书。"

"张杰明？"霍普问。

"是的，我爸爸曾经是这里一个显赫家族的长子，他原本要继承我爷爷奶奶的公司，但前几年，公司意外破产了。"张慧慧解释道。

霍普问："然后？"

"然后他说来摩福斯基地上班，每年都寄钱回家。"张慧慧说，"我当时真的以为他是这里的工程师，今天才发现，他居然进了黑帮。"

"慧慧！"一个中年男子拿着一杯咖啡走了过来。

"他是……你爸爸？"霍普看着这个和张杰明颇为相像的男人问。

"是的。"张慧慧严肃地回答。

突然，套间里的灯全部熄灭了，荧光钟显示已是凌晨零点。玻璃窗透进一点月光，一个影子移向他们。走近一看，居然是米兰。

"米兰！"张慧慧叫道。

霍普盯着米兰，却向张慧慧问道："你和米兰什么关系？"

"其实米兰不是机器人，她的大脑被这里控制了。我爸爸已帮她把记忆找回来了。"张慧慧这一句话，把霍普说得微愣。

两年前，米兰因误食变异种鱼类而陷入深度昏迷，被黑帮用基因编辑技术救活，他们在米兰的大脑里植入了机器人程序，后来米兰就一直被困在这个机器躯壳中，受制于黑帮。黑帮发现被张杰明背叛后，便指使米兰把张慧慧和霍普诱拐回总部。

听完张慧慧的讲述，霍普看向米兰的眼神才微微放松。他感觉自己正站在冰山之巅，眼中所见，只不过是浮出水面的尖顶，而灰蓝色的水下，才是深不可测的真相。

"叔叔，"霍普强迫自己回归现实，"您了解明天的比赛吗？"

"我也不清楚，只知道比赛要进行好几天，总共有三轮。"

大家闲聊一会，各自回房休息。霍普进到自己房间，点选了森林模式，声、光、温、湿、风全部智能调节，床垫和枕头里的智能粒子也根据他的身体条件定制。他很快就进入睡眠了。而在另一个房间，张杰明父女都没有丝毫睡意，这场分别两年之久的亲子对话，进行得异常艰难。

"父亲，为什么会是这样？"张慧慧小声质问。

张杰明看了张慧慧一眼，起身在房间踱步，似乎在努力寻找一个合理的解释。看到张杰明的反应，张慧慧感到失望，她不明白父亲为什么会变成这个样子。就这样走动了一小会儿，张杰明似是累了，走到沙发前坐下，对着张慧慧低声说道："丫头，你学过历史吧，知道韩信吗？那是我最崇拜的人了。想想，千军万马皆由一人调配，多么威风啊。他可是国士无双啊，国士无双……"张慧慧对他的话感到莫名其妙，赌气上床睡觉了。

第二天一大早，机器人警卫们就闯进了套间，给他们套上机器装备，然后开车把他们送到比赛现场。除霍普、张慧慧和米兰外，他们队还有四名成员：络腮胡蓝眼睛的大个子，一名头发蓬乱、戴圆框眼镜的年轻小伙，一对身高只到霍普肩膀的兄妹。

整个场地像西班牙的斗牛场，因为阳光猛烈，看台上搭起一圈圈帐篷，人头攒动，座无虚席。

"各位朋友，早上好啊！"一名穿着牛仔衬衫的女主持人走进用铁栅栏围成的赛场，"四年一度的机甲大赛即将开锣，八支参赛队贴身肉搏，'沙漠之王'鹿死谁手，50万华特币花落谁家，群星闪耀，敬请期待！"

一阵欢呼声接着掌声。

"现在我宣布：2156年第十届摩福斯基地机甲大赛正式开始！请参赛队伍闪亮登场！第一项任务：组建机甲，以速度论英雄！第一名奖金10000华特币，第二名5000华特币，第三名3000华特币！请参赛队伍前往各自的迷你基地，我们将现场直播赛况。"

迷你基地其实是一排玻璃舱，里面摆放着很多零件，包括金属外壳、发动机和长短不齐的电线。在进门处有个通话设备，应该是用来场外求助的。场内观众可以通过玻璃屋顶和大屏幕观看他们的一举一动。而无线耳机还可以随意切换频道，监听任意一间玻璃舱。

"3，2，1！"主持人的声音从广播传出，"开始！"

"快！"大个子指着张慧慧说。

"先讨论一下需要建一个怎样的机器人吧。"霍普说道。

"是的，明确了目标，才好分工合作。"张慧慧附议。

"要可以装下我们所有人，然后要牢固，有足够强的攻击力。"眼镜小子说道。他名叫陈浩，20岁，在大厂做工程师，是团队的技术担当，大家都叫他"浩哥"。这次是因为姥爷生病，没钱医治，自愿来参加。

"明白了！"张慧慧回答，"我和霍普可以负责搭建，那么谁做设计，谁来编程？"

"我们也可以参与搭建。"双胞胎全亨、全果异口同声地说。

"我来编程吧！"米兰说，浩哥也表示认同。

张慧慧笑着对大个子说："那总设计就由你来担当吧，这位大哥怎么称呼？"

"叫我牛爷。"大个子哼了一声，"你是怎么混的，这么没眼力见，大名鼎鼎的牛爷都不认识。"

张慧慧笑着耸耸肩。

到中午，大家的进展都不错。除了牛爷和霍普在设计上发生了点小争执，其他都非常顺利。吃饭前，机甲设计蓝图已经出来了，大家开始搭建，编程也有了框架。

"午饭吃什么啊？"全亨问道。

浩哥回答道："这里应该有专门给参赛选手准备的食堂，我们去找找吧。"

正当团队准备出去觅食时，卡米拉出现在门口，一身酒红色西装，明媚的脸上戴着一副豹纹眼镜，卷发随风扬起，显得有几分飒爽。

"卡米拉女士好！"牛爷走到她面前，鞠了个躬。接着，全亨、全果、米兰和浩哥也过来毕恭毕敬地打招呼。

卡米拉狐狸一样的眼睛在墨镜半遮半露下直勾勾地看着霍普，嘴角勾笑。

张慧慧看了下霍普，又往卡米拉的方向瞧了瞧。

"你们两个这么不懂事吗？"卡米拉嘴角微微向上提，露出带着几分恶意的笑容，"这次的参赛机会还是我给你们的呢。"

霍普身量很高，面无表情地低头看着卡米拉。他面无表情的样子，用寇称的话来形容就是"感觉全世界都是他的逆子一样"。

卡米拉咽了咽口水，她指尖轻划霍普的衣袖说："有什么事吗？""食堂在哪？"霍普甩开了她的手，问道。

"直走左拐。"卡米拉摘下墨镜，虽然笑容依旧，但是语气加重道，"好好表现，不然后果很可怕哟。"

张慧慧赶忙说："卡米拉小姐，我们会好好表现的，我们非常感谢您能给我们这次机会。"

霍普径直走远，张慧慧向卡米拉微微鞠躬后连忙去追他。霍普停下脚步，等张慧慧跟上后才继续走。

卡米拉问了问机甲的进展后就离开了。王秘书安排的警卫队带着队员们来到交易城的食街吃午饭，霍普和张慧慧找了个远离人群的角落坐下来。

"喂，霍普，接下来该怎么办？"张慧慧问道。

"不知道。"霍普对这话题有点烦闷。

"咱们也不能比赛一结束就跑路。"张慧慧捧着脸无奈地说。

"阿蓝呢？你知道她现在在哪吗？"霍普严肃地说。

"我被带到这儿的时候，阿蓝就不在我身边了，被他们带走了。"张慧慧说道。

霍普烦闷地喝了好几口水，水珠顺着喉结滑落。

吃完饭，大家坐着黑色卡车回到玻璃舱。路上，霍普呆呆地望着无垠的沙漠，一颗一颗金黄的沙子反射着刺眼的阳光，霍普眯了眯眼睛。

霍普看着被风吹出纹路的沙坡，按下莫名的烦躁。就在这一刻，卡车停了，一群沙漠旅行者从前方走过。有的牵着骆驼，有的扛着麻袋，但是这群人的腰后都明目张胆地别着一把印着"HERA"的猎枪。

一个戴着头巾的女子从霍普窗边走过，风把她的头巾吹得猎猎作响，她的丹凤眼里带着盈盈笑意，却让霍普如坠冰窟，即使现在是中午，即使他正处于沙漠。

霍普攥紧拳头，头巾把女子的面容包裹严实，只露出一双黑白分明的眼睛，她的腰上没有猎枪，反而系着一串铃铛，绵长的铃声像是针扎一样进入霍普耳朵。

霍普嘴唇颤抖，被绑在实验室日夜不分的恐惧袭来，每当他被按在手术台上的时候，这样的铃声就会响起，和他额角的豆娘印记共振，刺骨的疼痛攥着他的心脏。

她立在原地看着霍普。头巾洁白，眼神慈爱。像立在尸山上的神明。

"他们是什么人？"张慧慧看着这群人奇怪地问。

"他们是NH，专门猎杀变异种的。"一旁的陈浩搭话道。

卡车驶离得越来越远，霍普背靠椅背，面色苍白。

"你怎么了？"张慧慧担心地问。霍普垂下眼皮，说："没事。"霍普拿出搭建要用的材料，说："抓紧时间建机甲吧。"

其他人都各司其职，不到6点，机甲即将完成。晚上9点，组委会要求所有队伍停工休息，以示公平。

霍普、张慧慧和队友被黑色卡车带到了营地。营地外观像是一个山洞，但里面曲径通幽，所需物品和设施应有尽有。

大理石门后是一个椭圆大厅，七扇门环绕成一圈。在大家挑选房间时，霍普和张慧慧对了眼神，策划今晚逃离。下车后，霍普就在暗中观察营地地形和装置。虽然当时铃声带来的剧痛难忍，但是这么多年霍普也习惯了。

"咚咚咚"，霍普躺下假寐，米兰走了进来。

"霍普，"米兰机器般的声音说道，"对不起！"

霍普回答："是你说的吗？"

米兰明白，霍普指的是行踪被泄露："是的。"

霍普有点奇怪："在交易城第二次见你时，怎么说不记得我了？"

米兰解释道："当时我的记忆被抹除了，但后来张慧慧的父亲帮我恢复了。"

"你来这干什么？"

"因为我想帮你和张慧慧逃跑！"米兰飞快地说，"你看看你床下。"

霍普有些迟疑，但还是把手伸到了床底，摸出了自己交易回来的几样东西，刀柄上还包了一张纸。

霍普打量着那张纸。

"这是摩福斯基地地图。张慧慧的父亲曾经是这里的一个头领，这是他安排以前的手下偷偷送进来的。今晚你们就按地图上的红色箭头走，我会负责引开警卫。"

霍普心下思忖，是否应该相信米兰。这时张慧慧走了进来，坐到了床边，看着霍普："你不信她吗？我也有点不放心。但是，单靠我们两个，怕是插翅难飞啊。"

米兰说："请相信我吧，两个小时后行动。你们先休息一下，我出去看看情况。"

说完米兰离开了房间，只剩下霍普和张慧慧。

不多时，米兰回到房间，催促两人动身离开。三人潜出房间，拐进大厅一个角落，米兰停了下来："你们就按照地图走吧，洞口的两个警卫已经疏通好了。我去把外面巡逻的警卫引开。"

"明白了，谢谢！但是阿蓝还在这里，我们要先去找她，不能只顾自己就走了。"张慧慧说道。

米兰了然，她说："看来我没有帮错人，祝你们一切顺利。"

霍普和张慧慧潜入禁闭室，两人早上分析了阿蓝会被关押的地方，禁闭室是最有可能的地点。

霍普贴着墙不发出声音，张慧慧紧跟着他。

禁闭室里空无一人，霍普试探地出声："阿蓝？"无人回应。

两人的心沉到谷底，阿蓝如果不在这，那会在哪里？

"先出去。"霍普低声说。

霍普带着张慧慧悄悄绕过一座岗哨，正好目睹张杰明下车被带进山洞。看着自己父亲双手反剪、脚缚镣铐的样子，张慧慧心如刀割。

"霍普，我们去看看吧？"张慧慧请求着霍普。

"嗯。"霍普应道，他安慰地轻拍张慧慧的肩。

两人从柱子后溜进了营地会议室，隐身于一个放置着古董的书架后。

卡米拉正坐在椅子上摆弄着一副纸牌。

"他们在哪？"王秘书对着一名金发女子吼着。

"王先生，您先别着急。"

"地图母本不见了，人也不见了，你们一帮废物到现在都没找到，你却让我不要着急？！"王秘书大发雷霆，一把将桌上的茶杯扫到地上。

啪的一声，卡米拉忽然看向两人藏身的书架。

"有人。"卡米拉示意王秘书，她放下手中的牌，拿起扇子，正欲起身走去。

"小姐，怎么了？"助手忙问。

这时，门开了，另一个助手走进来，手里拿着一沓文件："王先生，您要的文件我拿来了。"

"小姐，要不我去查看一下？"助手再次问回被打断前的问题。

"阿信！"卡米拉给助手使了个眼色，朝门口点了点扇子。

阿信心里领会，悄悄退出去。

不一会，一名警卫进来，一把抓住两人手臂，霍普反手一扣，手肘就要击打警卫脖颈时，那铃声又传来，霍普强忍着不适稳住身形。卡米拉一手摇着铃铛，一手拿着扇子走到霍普面前，笑着说："钱董的发明真是好用。"

"你怎么有这个？"霍普额头冒着冷汗问道。

卡米拉娇笑道："钱董说得没错，你就是最佳人选。当年的实验，活下来的可没几个。这几年，你肯定不好受吧？我听说好几个撑过实验的人最后都发疯自杀了。"她语气里充满了惋惜，但不是在惋惜这几条人命，而是惋惜他们的实验白白中断。霍普愤怒地说："你们的这些妄想永远不可能实现。"卡米拉用扇子敲了一下霍普的脑袋："不敬长辈！"

王秘书走过来道："别和他浪费口舌。"接着转头吩咐警卫："把这两人关起来！"

"算了，让他们回去吧，还要赢比赛的。"卡米拉双手抱胸道。

"罢了，多派两个人，把大门给我看好了。"王秘书摆了摆手。

霍普、张慧慧回到椭圆形大厅，其他队员们都聚在沙发上。牛爷单手托腮，若有所思，流露出一副失望的表情。坐在旁边的全亨和全果也摇着头，叹着气。只有浩哥对他们表示出同情。

浩哥道："你们太冲动了，想逃也要制订一个完整计划啊，哪怕和我们商量一下呢。"

牛爷走到霍普旁边说："其实我和双胞胎也是被绑来的，据说绑架我们是因为他们怀疑我们身上有一个很重要的东西。"

全果道："而且我们已经合计好了，你们看这个。"说着打开了手腕上的微型电脑，里面正是下午搭好的机甲蓝图。

霍普挑了挑眉毛，已隐约猜到他们的计划是什么："你们有几成把握？"

全亨回答道："不知道，只能说尽力而为吧。"

米兰看着大家脸上担忧的神情，说："这样吧，如果出现什么意外，我留下来帮你们拖延时间。你们在这，都是因为我，有什么后果也应该由我承担。"

牛爷思考片刻，说："我也留下来吧，反正我没有家人，无牵无挂。等拿到机甲后，我来制造混乱，米兰负责打开后门，你们趁机溜走。"

"不行，要走一起走！"张慧慧说。

"不行，必须要人留下来操控机甲，你们不要再劝了，我已经决定了。"牛爷的语气不容置疑。

"我也留下来断后，他们不会把我怎么样的，因为我本就是赏金赛手。到时，我就说是被你们挟持的。"浩哥沉默良久，给出了最终解决方案。

剩下的人看劝说无果，无奈散去，回房休息，养足精神以应对明天的局面。

第二天早上9点，赛程继续。不到半小时，机甲已经搭建好了。牛爷、米兰进入驾驶舱，一番调试后，牛爷操控着机甲驶离玻璃屋。又在赛场转了一圈，就驶向大门。现场观众以为是组委会特别安排的开场大戏，雀跃不已，欢呼不已，山鸣海啸般的掌声淹没了警报声。轰的一声，尘土飞扬，大门被撞。警卫这才反应过来，但电子封控设备已经失灵，他们只好一拥而上，试图用肉身阻止这台失控的机器。

"快走吧！"牛爷放下悬梯，大叫，"不要让我们的牺牲白费。"

霍普、张慧慧、全亨、全果、米兰和浩哥下了机甲，跑进了人群里。张慧慧回头看去，在警卫的围攻下，机甲摇摇欲坠。

"快走，我们的时间不多了！"霍普跑到张慧慧旁边，一把拉住了她的手。

张慧慧最后看了一眼机甲，强忍着泪水和霍普跑走。

双方火力越来越猛，机甲已经散架。

轰——机甲炸了。张慧慧看着眼前这一幕，眼泪止不住地往外流。站在旁边的全亨、全果、霍普和浩哥也惊呆了。

"给我抓住他们！"环绕立体声里传出主持人气急败坏的喊叫。

此时，浩哥朝着人群大喊："救命啊，救命啊，我是参赛队员，有人劫持我！"警卫们循声赶至，才发现上当。此时，霍普他们早已越过半圈看台，向后门狂奔。观众还以为正在上演连环好戏，可能是想让这场戏更精彩些，纷纷给霍普他们让道，又故意设置障碍，阻断警卫们的追赶。等他们奔到后门，米兰已经候在那儿，她熟练地拉开门，朝不远处挥了挥手，一辆沙漠巴士停在他们面前。

"赶紧上车！"来人居然是张杰明，"霍普，你来开。"

"你们跑不了了，束手就擒吧！"这时一群警卫赶至，气喘吁吁地喝道。

"你们快走！快走！我来拖住他们。"张杰明指示霍普。说着，就和米兰朝着人群冲了过去，边跑边大喊："慧慧，别忘了我告诉你的话，切记切记！"

霍普踩下了油门。看着被拉走的爸爸，张慧慧默默流下了眼泪。

全速开了45分钟，巴士终于来到200公里外的一个小镇。霍普一行人十分狼狈，行李没了，家人没了，朋友没了，口袋里只剩下几个交易来的物品。正在几人面面相觑、不知所措的时候，之前卖给霍普古董刀的老奶奶收摊回家路过看到了他们，认出了霍普，答应免费收留他们一晚。霍普洗了个澡，手里拿着一张已经被捏得皱巴巴的纸条，那是卡米拉昨天晚上敲他脑袋时偷偷塞的，他细细地读着上面已经读过一遍的文字，指尖泛白。

纸条上写着：

鱼饵计划已经启动。拿铃声来伤害你真的很抱歉，但为了不让他们起疑，只能这么做。阿挚接下来会和你一起完成任务。祝好。

第四章

镜城

晨曦中一缕纤细的微光划破了笼罩在这个世界的昏暗，照在霍普熟睡的脸庞上，他懒懒地揉了揉眼，怔怔地透过玻璃窗往外看去——回到联合政府基地已经有一段日子了，自上次逃离摩福斯基地后，张慧慧迅速联系了联合基地的负责人寻求帮助。之后的事情就顺理成章了，摩福斯基地配合联合政府对王秘书一行人进行了调查和追捕。

同时，机甲大赛也被紧急叫停，作为知情人的主持人首当其冲地被问罪入狱，迎接他的想来不会是什么优待。那几日，摩福斯基地的街道上不时会有装备精良的士兵踏着整齐的步伐走过，某些幽深的小巷里在夜晚也会传出几声枪响。王秘书的下属们逐渐被逮捕，但始终不见王秘书的踪迹。就这样将摩福斯基地彻底搜查了一遍之后，联合政府不得不放弃了无意义的寻找。没人知道王秘书是如何逃出层层围捕的，值得一提的是，张杰明也下落不明，警卫没有找到他的尸体。联合政府经过讨论，认为张杰明大概率是被王秘书秘密转移到了别处。

霍普和张慧慧也在一切尘埃落定之后返回了摩福斯基地。

"早上好！"当霍普和张慧慧走到酒店的门口时，一道爽利的女声从上方传来。两人抬头，酒店二楼的露台上，一个穿着黑色风衣的女子双手搭在栏杆上，面孔素白，嘴唇嫣红，浓密的黑发在风中浓墨重彩。

霍普少见地颇有几分尊敬地点点头，回道："早上好。"那女子笑着招了招手，说："这段时间辛苦你们了，等你们上来再好好说说。"

"她是？"张慧慧问霍普。"钱挚。"霍普回答得言简意赅。张慧慧一惊。

钱挚，朱诺集团董事长钱正风的女儿，为人低调，所以各大基地的居民除了她的名字和朱诺集团执行董事长的身份，其余一无所知，因此，张慧慧在此之前并不知道钱挚的长相。

霍普和张慧慧来到了露台。

钱挚倚着栏杆，丹凤眼里洋溢着笑意，说："这是张慧慧吧？早就听霍普说起过你，果然是个机灵漂亮的姑娘。"张慧慧有点受宠若惊地说道："您好，您知道我？"钱挚一只手撑着下巴，看了眼霍普笑道："略有耳闻。"

霍普走到钱挚身边道："酒店的房费是我垫付的，记得报销。"钱挚用食指敲了敲霍普的脑袋说："不敬长辈！"丹凤眼似笑非笑，原本有点下三白的眼睛显得十分有人情味。

　　钱挚转头对张慧慧道："慧慧，我准备了些吃的在三楼餐厅，这一路下来，你肯定饿了吧？"张慧慧点点头，一个服务员走过来领着张慧慧离开。

　　"有什么要问我的？"钱挚等张慧慧离开后，对霍普慢悠悠地说。霍普也靠着栏杆问道："嗯，卡米拉是谁？你来这干什么？"钱挚笑道："她算是你姑奶奶？"霍普素来平静的表情出现了裂缝。钱挚笑道："我朋友，那不就是你奶奶辈的？"霍普捏了捏鼻梁，他放弃讲话。钱挚接着回答道："我来这是为了帮你做接下来的任务。"

　　钱挚睫毛一眨，说道："你知道钱正风的人类改造计划在十一年前挑选三个人进行人体改造的目的吗？"霍普淡淡道："他闲得无聊没事找事？"钱挚秀眉一挑，说："其实我个人也觉得这算一个，不过他当时的主要目的是打造杀戮机器。等那三个人长大，那些改造程序与他们的身体完全融合后，清空他们的意识，操控他们。""操控这些人去做什么？""去杀人，去杀所谓的残次品。"霍普眉毛一挑，说："残次品？什么意思？""朱诺在进行人体改造的实验，这个实验以全人类为实验体，必然会出现无数的残次品、失败品，所以他需要杀戮机器去清理那些没有价值的人类。而那些成功的、完美的实验体，钱正风会提取他们的基因，来创造越来越多的、听话的、任他们摆布的人。因为"，钱挚顿了顿，眼神里闪过一丝彷徨，续道，"神看中了阿卡迪亚，于是钱正风和他们做了一笔交易，一笔很大的交易，他交易了阿卡迪亚。那些NH，是钱正风专门培养用来保护那些来到阿卡迪亚的外界的神，而进行改造实验的地方，就在方舟。"说罢，钱挚抬眼看向霍普因刘海被风吹起而露出的豆娘印记，接着说："他在每一个经历了改造实验的人的额头上都刻了一个豆娘标志。"

霍普懒洋洋地嗯了一声，说："这些我都知道，还是你和我说的，这也是我参与'鱼饵计划'的原因。"钱挚道："我发现当年被改造的三个人都有一个共同点，他们的祖上都是镜城人。""镜城？从来没听过这个地方。""那是我妈妈的故乡，那地方现在古怪得很，所以我们接下来要去那儿，搞明白到底发生了什么。"

钱挚抬手拍了拍霍普的肩，她身量高挑，还踩着一双高跟鞋，但也只到霍普的耳朵，她笑道："乖孙，你接下来可要万事小心，钱正风这个老狐狸诡计多得很。"霍普深吸了一口气，勉强应道："嗯。""不过不用担心，反正接下来我和泽林会和你们一起。泽林现在还在总部，明天我们离开的时候会见到他。"钱挚见状安慰道。霍普看了她一眼，钱挚恍然大悟："你是不喜欢我叫你孙子？可是亲缘关系是改不了的呀，当年我收养你爸爸的时候，他才这么大一点。他当时好乖呀，都不怎么哭的，人又聪明。"钱挚拿手比画着，眼神带着怀念。旁人若是听到一个年纪看上去才二十七八的女子和一个十八岁的少年说她领养少年爸爸的事，估计会惊到下巴脱臼，但是霍普已经见怪不怪了。

全亨、全果兄妹回到摩福斯基地后，表示要回家去看看，在基地门口就已经与几人分别。霍普和张慧慧在车站见到了马泽林，那是一个沉默寡言的人，像一棵雪松一样立在人来人往的站台。几人聚齐后，钱挚揭晓了他们的下一个目的地，那是个众人从没听过的地方，镜城。

登上飞船前，钱挚回头对大家道："镜城的时间流速与别的地方不同，你们可以理解为镜城一天，外界一个月。"

张慧慧疑惑地说："为什么呢？"钱挚笑了笑，没有回答。

乘坐了海陆空一系列交通工具以及徒步一小时后，霍普四人终于到达了这座边陲小镇。一个身穿衬衫西裤、与穿着传统服饰的当地人格格不入，面容俊秀的人正嬉皮笑脸地向他们走来，是寇称。

寇称笑着走上前来，与众人打着招呼。霍普淡淡地看着寇称，寇称挠挠头，笑道："事出有因，事出有因。"钱挚打趣道："你知道霍普有多担心你吗？那可真是想你想得失魂落魄的。"霍普看了钱挚一眼，钱挚对他嘻嘻一笑。霍普无语，都活多久了，怎么还这么幼稚。

寇称眨眨眼，说："这里没有酒店，也没有地方可以留宿，我只能买下一栋别墅。幸好碰上一家着急出手。"张慧慧说："直接买下一栋房子？"寇称无奈道："是的，也没别的办法了，总不能睡大街吧？"

次日，霍普根据分配的任务将这座城市的构造布局观察了一遍——坐着光能飞行器在城市上空飞行了一圈，他竟然没看到任何一片农田或一座工厂，换句话说，这座有着自给自足型经济，极少与外界沟通的小镇没有任何生产的痕迹。

霍普操作着飞行器降落，他需要在城镇里再走走，他觉得这里还有他没发现的秘密。他走着走着，约莫一小时后，霍普停下了脚步，他发现这些建筑都十分相似，不是外貌上的相似，而是功能上的。这一小时里，他没看到一家商店、一栋写字楼，全是居民楼，霍普不禁想，这里的人，不用交易和工作？

傍晚，霍普回到寇称购置的房子，寇称正在调制营养液，霍普进到厨房问寇称："你来这儿这么久，就没发现什么古怪吗？"寇称耸耸肩说："我来这没几天，如果你是指找不到商店的话，那我沉痛地告诉你，这里就没有商店，咱们现在只能靠营养液生存了。"霍普皱眉道："何止没有商店，这里没有田地和大棚，没有工厂，只有一栋栋居民楼，连公司、学校都没有。"寇称靠在了冰箱上，惊奇又羡慕道："那岂不是这里的人没有996、007？镜城的移民政策严不严？"

霍普拿起寇称调制好的营养液，喝了一口，对着洗手池呸了好一阵。许久，霍普一边漱口一边问寇称："这什么味的？"寇称正靠着冰箱笑得十分欠揍，道："香菜味的，还没来得及叫你别喝，你就喝了。"这时张慧慧走了进来，寇称递给她一瓶营养液，说："霍普喝了你的香菜味，你喝他的吧。"张慧慧抿了一口，随即笑道："霍普你喜欢草莓味？"寇称笑着搭上霍普肩膀，霍普点了点头，说："一般。"钱挚也走了进来，三人向她点了点头，寇称问道："泽林呢？还在查资料？"钱挚说："是，这地方有点古怪。"张慧慧咋舌道："今天我想着去商店或者学校附近问问那些居民，结果愣是没找到一个商店，他们去哪买东西？"寇称慢悠悠地补充道："他们还不用工作呢。"霍普道："学校、警局、医院，这里都没有。"钱挚喝了营养液，道："负责管理镜城的子公司也没什么人了，就一个看门大爷和两个管事的。"张慧慧回忆道："而且我今天在街上走着的时候感觉很奇怪，说不上来。"霍普道："感觉就是一群行尸走肉。""对！"钱挚羽睫一眨，说，"而且，你们不觉得这个几乎与世隔绝的小镇，还能有这样的发展很奇怪吗？"

众人顺着钱挚的话回忆今天看到的景象，的确，这个城市高楼大厦矞矞皇皇，街道绿树成荫，花香四溢，来来往往的人衣着贵气，面色红润，丝毫看不出资源紧缺的困窘。而镜城之外，各种自然灾害频发，人们虽依靠营养剂还不至于饿死，可绝不会和这里的人一样红光满面，华冠丽服。镜城仿佛将外界一切痛苦、恐惧全部隔绝，只留下一片富足与美好。

厨房门口传来矫健的脚步声，马泽林进来了。他戴着一副无框眼镜，白衬衫的袖口挽起，露出结实的小臂肌肉线条。钱挚揶揄地笑着说："怎么舍得下来了？"马泽林扶了扶眼镜，无奈地说："这地方没有任何之前的记载，仿佛一直以来就是这样。"寇称道："你是说，这里没有任何大洪水之前的记录？"马泽林道："是，而且知道镜城的人更是少之又少。"张慧慧点头道："我来之前都不知道有这么个地方。"

钱挚喝完最后一口营养液，说："我对这里了解不深，很久没来了，这里算是钱正风的半个故乡。"霍普道："既是钱正风的故乡，没理由这么名不见经传。"钱挚道："他一直在有意地掩饰镜城的存在。"说完耸耸肩，又道："他从来不会提起镜城，但是我能感觉到他很忌讳这里。镜城的总部没有任何痕迹，子公司又十分荒败，但镜城总不能真的与世隔绝，明日咱们去码头看看。"霍普四人点头答应。

次日，五人准备搭乘飞车去镜城码头，飞车租借处一向由当地管辖的公司负责，所以依旧正常运行。

"镜子。"霍普停下脚步突然指向张慧慧身后。

"你说什么？"张慧慧疑惑地转身看去。

霍普发现这里的每个人，都以各种方式带着一面镜子。

几乎每个人身边都有一个机器人，帮忙装载出行所需的行李，唯独有一面镜子，被每个人紧紧地抱在怀里，生怕一个不慎碰碎了，或许也是因为这个原因，每个人走路都慢悠悠的，倒还显得一派宁静祥和。

"喂！再不来，我们可就走了啊！"忽然，远远地，已经搭到一辆飞车的钱挚等人笑着朝他们高高地招起了手。

"好，这就来。"

飞车上，霍普跟其余三人说起这个现象，寇称刚想说些什么，突然被一个陌生的声音打断了。

"诸位是异乡人吧？"

嗓音低沉，略显苍老。飞车是自动驾驶的。张慧慧吓了一跳，朝四周看了看，也没有别的飞车，奇怪道："怎么回事？"

不知何处又传来了一阵干涩的笑声，声音再度响起："不用害怕，我是这辆飞车的主人。"

钱挚挑眉道："您是飞车租借处的负责人？"

苍老的声音突然变得有些伤感了："现在人人都有飞车，不需要来租飞车，这日子是一天比一天冷清。你们是外地来的吧？"

"是。"霍普答道。

老者突然古怪地笑了笑，拔高了声调，声音格外刺耳："真的？"

张慧慧对老者态度的陡然转变感到莫名其妙，一头雾水地答道："对啊，怎么了？"

钱挚问道："您是看门大爷？"

老者突然陷入沉默，良久，有些颤颤巍巍地说："您……您是昨天的那位？"钱挚噗嗤一笑，道："是我，怎么，您是太寂寞了吗？都上飞车找话聊了。"

老者干巴巴地说："不好意思，是我打扰你们了，您别怪罪。"说罢便不再言语。飞车上陷入沉默，最后竟是一向话少的马泽林打破了沉默，他对钱挚说："你昨天在子公司做了什么？"

钱挚拢了拢墨一般的长发，轻笑道："那位大爷连门都不让我进，说是我还没接管我爸的公司，年纪轻轻，丫头片子一个，还没资格管他们。"钱挚把"年纪轻轻，丫头片子"八个字咬得很重。马泽林侧头，看着钱挚的红宝石耳坠正因为飞车的飞速行驶而轻微晃动，他继而问道："你使用暴力了？"钱挚耸耸肩，不置可否，后又说道："到了，大家下车吧。"

这时大家才反应过来，飞车不知何时已经降落了，或许是降得有些急了，车身发生了剧烈的摇晃，张慧慧被颠得有些头晕，过了许久才缓回来，她弯着腰面色苍白地抬头看向站得笔直、毫无不适的四人，张慧慧："……"

因为海平面的迅速抬升，每个基地都不得不逐年筑高水坝，有些城镇已经实现"高空化"，楼宇的下面几层全部架空，通过空中走廊互相连通。而"码头"所临近的也不再是海，而是天空。踏在水坝上往下望，即是万丈深渊，所以不接壤的城镇之间，只能通过飞车、飞船等实现往来。

霍普等人相继在一阵小眩晕中下了飞车，却被眼前的景象震惊了。这里没有看管的机器人，没有停靠的飞车、飞船，没有往来的顾客和货物，本应忙碌繁荣的景象被一片了无生机的荒芜之地取代。钱挚见此却只是微微挑了挑剑眉，她扭头问马泽林："你怎么看？"马泽林沉思道："城里既没有生产用地，又与外界毫无贸易往来，以城内居民的生活条件来看，这是根本不可能的。"

霍普走向码头，年久失修的站台发出让人牙酸的金属摩擦声，他停下脚步，低头看着已经被侵蚀得摇摇欲坠的栏杆，说："这确实是不可能的，不过，如果他们根本不需要生产就能获得想要的东西呢？"

刹那，霍普、寇称、钱挚、马泽林四人几乎是同一时间说道："镜子！"

张慧慧一脸疑惑。

"我曾经设想过很多次，如果有初来乍到的外地人，该会有什么感受。"老者的声音突然幽幽响起，带着轻微的电流声，"你们的反应，倒还算得上有趣。"

"详细讲讲到底是什么情况。"钱挚双手插兜站在码头边上，用不大不小的声音说。海风袭人，吹得她衣袂翻飞。钱挚站得离飞车远，这声音本该传不到老者那，可老者竟然语气恭敬地解释起来。

当年老者还是个没糖吃就会哭闹的孩子，这里与别的地方一样，生灵涂炭、民不聊生。当属于灾害的时代裹挟着滔天洪水汹涌而至，苦难的黑色斗篷早已笼罩着所有人。血水将洪水染成红色，越来越宽广的海面拍打着鲜红的浪花，那是千万人宁愿放弃生命也要逃离的至暗时代。当绝望的浓雾弥漫，将人们所有的退路紧紧包围的时候，一位身穿金丝绣制的仙袍的神秘人，伴着来自极乐之境的仙乐，如鹅毛大雪中燃烧的木炭一般降临。

他赐给镜城的人们一道福祉。这福祉的载体，正是镜子。

那位神秘人带来了成千上万的镜子。

他将镜子分发给众人，那些镜子不知被融入了什么物质，竟然可以把照过物体所形成的虚像转化为实体。人们可以通过镜子复制出自己拥有的任何东西。不可思议的是，镜城的居民开始变得团结一致、互帮互助。说来可笑，这群前一天连亲生兄弟都下得手去杀的人，现在竟然开始分享物资，邻里间变得其乐融融。

镜城的居民跪拜在神秘人的高座下，神秘人看着脚下乌泱泱的人群，嘴角勾笑。

接下来，神秘人颁布了拆掉码头的命令，断绝镜城与外界的联系。神秘人坐在镶满了宝石的座位上淡淡地开口，飘渺似空灵的声音环绕着人们，他说，这是为了保护他们，防止外来人争夺镜子。

"怎么样，听完这些有什么感想吗？"老者说着说着有些激动，饶有兴致地问五人。

"所以这就是镜城的居民不用上班的原因？"寇称一只手搭着霍普懒洋洋地问。

老者笑道："我们不需要辛苦工作去换取钱财来维持生活，我们自己就可以制造我们需要的，没人工作，没人消费，那些公司自然就没有了。当然也没多少人愿意当老师，所以镜城也就只有一所学校。"

一直没说话的霍普突然开口："镜子可以复制一切事物吗？包括人吗？"

老者停顿了一秒，随即道："镜子无法复制生命，所以是不能复制人和动植物的。"

张慧慧奇怪道："那要是有人需要一样东西，但他没有，那他岂不就无法复制了？"

老者哼了一声，道："我们每位镜城居民都有一本物品图集，上面什么都有，根本不会出现这种情况。"

钱挚轻眨着眼睛，问："如果镜子和镜子相照，会多出镜子来吗？如果镜子打破了，那碎成几块的镜子还有复制功能吗？因为成像的完整度、大小其实与镜子的大小无关，哪怕是镜子碎片，随着光线调整姿势，也是能形成全身像的。"

老者这会儿缄默了，良久，他斟酌着开口："钱小姐，您这是……您这是想干什么？"

钱挚无奈地耸了耸肩，艳丽的红宝石耳坠在墨发里若隐若现，她笑得风情万种："这么多年了，难道没有人提出过这样的理论？"

老者愣了半天："曾经是有过的，在好久之前，有一个疯狂的科学家，他总认为把两面镜子对立放置，只要在中间任意放些什么，就会有无限的资源，可是后来他失败了。"不过再复制一个镜子出来这样疯狂的想法，你倒是第一个，老者腹议道。

霍普疑惑道："以两面镜子的特性，立即会产生无限空间，也就是空间回廊。如果镜子的复制效果没有限制，那么无尽的资源也是可以实现的啊！"

寇称屈指弹了霍普的脑门一下，霍普揉了揉脑袋，寇称道："你可真敢想啊"

　　老者接着说道："这位年轻人说得对啊，当时人们也是这样劝导那个疯子的，可是他还是做了那个实验。"

　　"那结果呢？"众人齐声问道。

　　老者缓缓地说："结果啊，没有结果，两面镜子放到一起时什么都没有发生，当他往中间放了一个杯子，然后两面镜子就消失了。是真的消失，镜面上的镀银渐渐变少，最后只剩下两块普通的玻璃和一个杯子……"

　　霍普抬眼看了看寇称，会意地问道："老爷爷，您可知那位神秘人的一些其他信息吗？"张慧慧补充道："譬如是男是女，长相身形，或者他所居住的是哪个基地。"

　　老者缓缓道："当年我还是个孩子，只记得他穿着闪着金光的袍子。"

　　霍普点了点头，道："非常感谢您的告知。"

　　返程的途中，老者再没说过话。

　　到达镜城市中心后，众人下了飞车。寇称突然含笑看向霍普，眨了眨眼睛："你应该发现了吧？"

　　霍普点点头，回答："看得出来，你也发现了。"

　　钱挚靠着马泽林道："我和泽林可能和你俩想到一块去了。"

　　张慧慧被他们的话搅得一头雾水，忍不住开口了："你们打什么哑谜呢？不妨展开说说！"

霍普闻言，缓缓道："我问你，你照镜子时，身后可会有背景？"

"那当然了。"

"那物体照镜子时也同样有背景，若镜子真有复制的能力，为什么不把背景一同复制？镜子没有思想，怎么还会这样带有舍取意识地去复制主人想要的单一物品？再结合那个疯子科学家的实验，我们可以得出结论，镜子的秘密，就藏在那层镀银上，甚至有可能，那根本不是什么镀银。"

"好像，是这样的。"张慧慧恍然大悟，"那你们刚才为什么不去问那个老人呢？"

钱挚在外头笑道："那大爷无缘无故的，为何会突然在飞车上与我们搭话？这里会去码头的人除了我们还有谁？他不是闲得无聊没事干，是故意透露信息给我们的。"

霍普垂眸道："我隐约有关于神秘人的推测，我猜，那个人是钱正风。"

钱挚伸出手与霍普用力握了握，赞同道："听那大爷描述，这确实是钱正风的行事风格。"

马泽林道："根据那大爷的描述，那是72年前的事，那年钱正风确实有段时间外出了。"

寇称惊讶道："泽林，你怎么知道得这么清楚？我记得你不是……"

马泽林道："查资料查的，别多想。"

五人在金属地砖铺成的人行道上走着，远方的海岸线乌云滚滚，西沉的太阳艰难地探出一道光，洒在五人身后，拉出一道道长长的影子。

五人的影子照在了路边的一棵树上，这时，这棵树的树冠间传来了"簌簌"的树叶抖落声，从中飞出一只五彩斑斓的鸟儿，扬开双翅，朝某一处飞去。

这种鸟，可以被称为鹦鹉。伴随科技发展、环境污染带来的负效应，许多生物出现了基因突变，甚至诞生了新物种。这只鸟受到一种新研发的药物影响，语言中枢被少量开发，从而比起之前的鹦鹉，对于"学舌"这一技能掌握得要更好些，能更好地帮助主人转述他人的谈话。

鸟儿用磕磕绊绊的人类语言将霍普等人的交谈大致转述了一遍，这个空间内霎时陷入了安静沉默的氛围中。微弱的火光在昏暗的房间闪烁，一个坐在皮沙发上的男人陶醉在雪茄的香气中，他伸出修长的手摸了摸鸟儿的羽毛，"你做得很好"。低沉而有磁性的声音像是在旷野上响起，带着几分飘渺，仿佛是庄重虔诚的牧师双手高举十字架在祷告。

镜城，五人在人行道上停了下来，原本还算热闹的街道仿佛在一瞬间只剩下他们几个，这真的令人毛骨悚然。

钱挚道："这是回去的路，不可能走错。"马泽林点头道："是和早上同一条路。"

霍普看向白雾逼近的后方，霍普又往左右看去，也有逐渐弥漫的雾气，那白雾浓如牛乳，散发着阵阵令人反胃的腥臭，他说："现在只能往前走了，大家不要慌。"

寇称捂着鼻子表示他快要被臭死了，张慧慧则忽然指着前方说："前面有灯光！"

五人皆是心头一跳，这时候有灯光是福是祸还说不准。

白雾悄无声息地逼近，张慧慧忽然惊叫了一声，霍普回头看，只见那白雾已经蔓延到他们身边，有一小股白雾甚至直接将张慧慧的小腿刮去一片肉，鲜血淋漓，十分可怖。

"跑！"几人同时大声说道。

五人拼尽全力往灯光处跑去，霍普扶着因腿伤而行动不便的张慧慧，速度明显要慢，寇称在张慧慧左边，钱挚、马泽林在最后，霍普感觉到胸腔在剧烈起伏，也能感觉到那白雾将他的衣角烧着了。白雾有了血肉的滋养，厚重得仿佛是一桶白色油漆，原本的阵阵腥臭现在更是像山一样扑过来的尸臭。霍普和张慧慧屏住气息，加快速度，这时，白雾忽然涌起，在即将包裹住两人的时候，两人被一只脚踹了出去。紧接着，那人也跑了出来，是钱挚。

霍普一边剧烈地喘气，一边抬头看，他们已经跑到了那灯光处，这是栋旅馆。

那白雾似乎很害怕此处暖黄色的灯光，飞快地散去了。

几人进了旅馆，空荡荡的旅馆大堂里，前台似乎早有准备，问都没问，"啪"地把五串钥匙放在桌上，几人各拿了一把钥匙。钱挚半靠在马泽林身上，纤长的食指转着钥匙，似笑非笑地看着前台，马泽林摩挲着挂着房号牌的钥匙，他已经很久没见过钥匙了，更方便快捷的开锁方式早就把钥匙淘汰了。霍普、寇称和张慧慧更是没见过几次，颇有几分新奇地瞧着手中的钥匙。不得不说这五人心态真好，莫名其妙地经历了生死危机后，来到这样一个看上去危机四伏的陌生地方，竟没一个人面露惧色。

钱挚半眯着眼睛问："你好，这里是？"前台面无表情地开口，语气冰冷得像机器："这里是月季大酒店，各位是被选中的人，请根据手中的房号进入自己的房间。每人每晚须在自己房间入睡，否则后果自负。"钱挚盯着前台，猛地抓紧前台的衣领，问了一个毫不相关的话："你叫什么名字？"前台眼睛瞪大，呆呆地愣住，像是程序崩溃的机器，她喃喃道："名字，我的名字，我的名字……"钱挚见状松开了抓住她衣领的手，对四人说道："走吧，先去我房间。"

从大堂到钱挚房间的路程里，没有见到其他人，五人也没人开口说话，只余脚步声在走廊里回荡。

用钥匙打开门，钱挚进了房门，依旧没有说话，霍普在房间里粗略转了一圈，而后对钱挚点点头道："这房间没有问题。"钱挚"嗯"了一声，就要往房间里的沙发走去，马泽林想要扶她，钱挚微笑道："没事。"

钱挚陷在松软的沙发里，面色苍白，她的头靠着马泽林，看着面前或好奇或探究或担忧的目光，微笑着开口道："朱诺有个项目是研发人体芯片，详细来说，是用芯片把人改变成服从一道道程序指令的东西。当我知道这个项目存在的时候，这个项目已经进行了很久，被用来实验的人数不胜数，我当时很疑惑，为什么这么多人失踪了却没有报道，没有任何消息？但是如果那些人来自镜城，倒也可以解释。"

大家恍然大悟。

与外界隔绝的镜城居民来当实验体那是再合适不过，更何况镜城的居民不用上班上学，减少了绝大多数的社交，所以当那些社会关系淡薄的人失踪时，短时间内不会有人发现。只要用被抓走的人的智脑ID告知这个人要长期外出甚至离开的消息，再加上朱诺集团的官方通知，那就不会有人起疑。而这个项目有专门的人来处理实验体身后的问题，例如房产变卖。

寇称皱眉道："那先前卖我房子的……"钱挚无奈道："现在一看，八成是了。这栋房子的前房主，估计是镜城最后一位拥有自我意识的'人'。"

张慧慧担忧地问："挚姐，你有什么不适吗？"钱挚缓缓摇了摇头，说："老毛病了，无碍。"

马泽林握住钱挚冰冷的手，钱挚接着说道："刚刚我问她的名字，是因为名字就是最小的自我，是与自己羁绊最深的东西。而且那个……人，应该算得上半成品，所以名字是有可能唤起记忆造成程序混乱的。"

霍普靠在墙上，他低着头问："所以这是把我们挑选成实验体了？"钱挚把玩着马泽林修长且骨节分明的手指，说道："目前还不能断定这就是镜城的真相，但是很有可能。"

寇称冷笑道："这抓实验体的方法可真是另辟蹊径。"钱挚笑道："钱正风的经典作风，就要与众不同。如果他是西天取经的唐僧，那也是那种会洗脑徒弟，召集一路上的妖魔鬼怪攻打灵山的类型。"说完，她顿了顿，又开口道："这家酒店应该就是他们圈禁实验体的地方，朱诺不止一个与改造人类有关的项目。"

五人交流了一下今后的计划，决定以不变应万变。

霍普回到自己房中，躺在洁白的床上沉沉睡去。

梦中，那白雾把他包裹，蚕食着他的血肉。他好像又梦见了儿时的自己，小时候的他正牵着父母的手，妈妈温柔地对他笑，爸爸伸出宽厚的手要摸摸他的头。忽然，好似鬼怪的尖叫声撕裂着他的耳膜，他捂住耳朵，而爸爸妈妈，也化作一把把细沙，消散在风里的漩涡。霍普伸出手想要抓住那即将消散的沙，任凭他抓得再紧，那沙子依旧从他的指缝流出，随风而散。他只能眼睁睁看着父母消失。蒙眬间，一句喟叹，仿佛从亘古的时空穿越而来，清晰却又遥远："在美好的梦里，为什么要离开呢……"

霍普猛地醒了，他缓缓坐起，望了望窗边的明月，那一轮弯月好似一个玉钩，钩住了一片夜色，以弥补它自己的残缺，正像霍普现在一样，内心突然缺失了一块，空落落的。

此刻，他已了无睡意。忽然，他听到一阵让人不安的脚步声，于是跳下床，来到寇称房间。

寇称给他开了门，正要开口，被霍普一个"嘘"的动作打断了。细听，远处竟传来了一阵嘈杂声，步履匆匆。霍普神色凝重，低声道："听上去有十来个人，正向我们这个方向逼近。"

寇称疑惑地挑了挑眉，快步走到窗边，侧身看着，那脚步声突然小了，越来越安静。他本想再探头往外看，突然被霍普往里一拉，窗外忽地出现了一个黑衣人，他利落地跃入房内。霍普灵敏地拉着寇称往外跑，黑衣人穷追不舍，霍普和寇称借着楼梯间的地形躲避黑衣人的攻击。这时前面又冲上来十来个黑衣人，前后夹击，进退不得，突然一个人出现在那些黑衣人身后，一记手刃将一个毫无防备的黑衣人打晕过去，另一个黑衣人警觉地回了头，接着就被扭断了脖子。五分钟后，楼梯间的黑衣人没有一个站得起来，都死的死伤的伤。

"怎么回事？"

　　钱挚和马泽林在房间里听到动静，沿着打斗的痕迹跑下楼梯间，就看到霍普、寇称和张慧慧正站在乌泱泱躺着十来个黑衣人的逼仄的楼梯间。

　　霍普对钱挚和马泽林解释了一下起因、经过，钱挚听完点点头说："这抓人去实验的阵仗有点大，应该是有别的目的。"寇称沉默片刻，问张慧慧："你这是练家子吧？"张慧慧谦虚道："一般一般，从小就学了。"霍普道："她10岁的时候就已经是跆拳道黑带三段了。"寇称瞪大眼睛，满脸写着质疑，虽然现在科技可以大大提高人的身体素质，AI甚至可以设计出病毒的蛋白质外壳来制造完美的疫苗，但不至于这么恐怖吧？张慧慧笑道："不要这么震惊嘛，我还有外挂。"说着便伸出戴着四个锋利无比的尖刀戒指的手指，"上面淬了麻醉药，强劲麻醉药"。

　　几人回到走廊，看着外面天将大亮，只感觉眼皮发沉，便各自回房间补觉。

　　霍普一进房间，刚关上房门，就倒了下去。

　　潮湿的空气，昏暗的房间，霍普艰难地睁了睁眼，整个空间仅有几缕浅浅的光线，深邃的黑暗带给他的压迫感让他整颗心都提了起来，猛地惊跳了起来。

　　"这是哪里？"

　　无人回应。他暗想："也不知道寇称他们怎么样了。"

　　"有人吗？"

仍然没有人说话。他只好自己摸索起来，双手正举着，往前走去，不一会儿，果然摸到了一堵墙，接着他又往右手边走去，前面，右面，后面，左面，一点点摸索着。

手探到左面的墙时，他依稀感受到有几个凹凸不平的小疙瘩，似是刻了什么字或什么画，但那仅有的几缕微弱的光线都凝聚在右面的墙上，左墙上有什么，他根本看不清。

抬眼望向这一片黑暗，他原地坐了下来，地上都是杂草，坐得一点也不舒服。也不知道那人是怎么把自己送进来的。

他低下头细细想着钱挚说的话："接下来，你会进入精神干扰，可能会只身入险境，但是切记，这都不是真的。"微微一侧身，竟不小心触碰到了杂草堆里一块冰冰凉凉的东西。

旅馆里，天已大亮，几个穿着白大褂的人打开了寇称和张慧慧的房门。

高家原本是做古董生意的，得了镜子后，扩建了这栋别墅，新添了花园，还复制了一些古董和老物件，寇称和张慧慧一睁眼就置身于雕梁画栋的高家花园。

这里以前没来过外人，穿着玫红掐丝旗袍、披着水貂毛的高夫人看到他们，并没有因为在自家花园里看到外人而感到害怕，反而扭着杨柳纤腰很热情地招待晚饭。

寇称和张慧慧对视一眼，跟着高夫人进了贝阙珠宫般的别墅。

两人在连桌腿都镶金的餐厅坐下，只听高夫人刚吃了一口饭，就面带担忧地看向她的大儿子："这么晚了，你弟弟还不回家？"

"他呀，"只见那身材有些肥胖的高老大嘴里塞满了饭菜，囫囵嚼了几口，呛了几声，才满不在乎地答道，"又去隔壁斗宝去了。"

高夫人叹了口气："真不知道有什么好斗的，一样的镜子一样的宝物，难道能斗出花来？"

高老大咯咯地笑了几声："妈，要不说您孤陋寡闻呢，您也该对我们兄弟多一点赏识教育。老二之前把那块玉璧复制后，雕上了饕餮纹，不就把隔壁那家斗下去了？"

张慧慧默默听着，低头吃着桃花糕，像是有什么心事。

饭毕，在高夫人不容拒绝的邀请下，寇称和张慧慧在高家的客房入住。张慧慧进到房间，想起钱挚在楼梯间里说的话："想要在人脑里植入程序，清空记忆，那就得先让人原先的记忆错乱，精神恍惚。接下来，你们可能会到一些奇怪的地方，可能是一睁眼就置身于沙漠，或者陌生的地方，也可能回到了过去，甚至看到了自己或者逝去的亲人。不要慌，都是假的，都是他们制造出来的，见机行事。"

张慧慧瘫在床上，心里哀号着：怎么见机行事啊……这时，脑海中突然浮现出一个声音，空灵的、缥缈的、若即若离的，听不出男女，听不出老少，仿佛来自久远的时空，从亘古的地层传来那句话——

"在美好的梦里，为什么要离开呢……"

第二天一早，昨晚不知什么时候睡着的张慧慧被花园的动静吵醒。她跑下楼，见到白衬衫、黑西裤的挺拔背影，寇称已经到了楼下，正冷眼看着花园里发生的事。

寇称指向花园的水塘。张慧慧不明所以，悄悄走上前去，凑近一看，赶紧捂住嘴，以免发出尖叫。

水里浮着一个男子，身体发肿，面色狰狞，看样子已在水里泡了大半夜。两家人争吵不休。

月季大酒店，钱挚站在窗前，柔和如月光的晨光洒在她的肩头，她转过身，狭长的丹凤眼里虽然有狡黠的笑意，但端艳的面孔却透露着几分病弱，光给她修长的轮廓镀上一层洁白的光，像湖面上的白天鹅。马泽林看着钱挚，此刻的他，连心跳都是温柔的。

"准备好了吗？"钱挚笑得像一个趁着爸爸睡着在他脸上胡抹乱画的小女孩。这些天的动作已经引起钱正风的注意，意料之中地把他们控制在这个豢养小白鼠的地方，这是最有可能接触到未投放使用的实验体的地方，霍普他们此时已经进入精神干扰，按照计划，她和马泽林现在要……

"嘭！"墙壁坍塌，尘土四起，钱挚踹倒了隔壁房间的墙壁，房内一个正躺在床上的少年撑起身子，一脸茫然地看向两人。马泽林快步进去与少年沟通，钱挚站在房间门口盯着走廊，口里轻声倒数着："120，119，118，117……"120秒，是她昨天从酒店大堂走到这个房间所花的时间。现在正值巡逻空隙，听到动静从楼下赶上来的人肯定要比120秒快，按照计划，她需要在整个酒店"遛"这些半成品机器人，而马泽林则趁着这时间把那些即将投入实验的人都放走。

哒哒哒，急促的脚步声在走廊回响。钱挚勾唇，跑向脚步声所在的方向，黑风衣在疾风中翻飞。

霍普在那个漆黑的房间里摸到了一面镜子！

他微微愣了愣神，于是迅速拾起镜子，灵活地跳了起来，五步并作三步跑到右墙处，高高举起镜子，那照在右墙的光芒遇到镜子瞬间就反射了回去，映到了左墙，霍普这才看到，那左墙上竟还真的有字有画。

一共两幅图，两幅图的中间都被写了一个大大的字——加，一端则是两个数字密码锁。

第一幅图被刻了几个字母和数字——4i4t33n。霍普低头沉吟，既然密码是数字，那这一串字母和数字应该也代表的是数字。i、t、n代表什么数字呢？

霍普歪头靠在墙上休息，呼吸清浅，他换了个思路，如果数字代表字母，如果按字母歌顺序来排的话，第4个字母是d，第3个字母是c。didtccn？这是什么意思？

霍普叹了口气，又换了个反推思路，如果这一串代表是一个英文单词，那这个单词应该是一个数的英文，t和n之间有两个同样的字母，应该就是英文里"十几"的后缀"teen"了，那几个十几里前面是三位且有一个"i"的，就只有十五，十六和十九了，且i的前后两位是同一个数，所以排除十六。然后……然后霍普只能凝神看着这两个"4"，试图找出"4"与字母"f"和字母"n"的关系。

"f"是字母第六位，比四要后两位，"n"是字母第十四位，比四要后十位。而已对应的"e"是字母第五位，比三要后两位。那四就是同样后两位的f了！

而且，后两位，难道是音阶排序吗？在音阶里，CDEFGAB中的E就是第三位，F就是第四位！所以这个单词fifteen，就是十五。

霍普挑了挑眉，这和他小时候和妈妈一起玩的解谜游戏很像。他看向另一个图——由二十八个词排成一个十字的图，上下左右四边各有七个词，旁边写着四个字"参商之间"。

"参商"是二十八宿里的两颗星，因两颗星在星空中此升彼落，彼出此没，常用来比喻分离不得相见，而参就是参宿，商就是心宿。

他转头看向一旁的图，在二十八个词中找到了参宿与心宿——参宿是西官白虎七宿的第七宿，心宿是东官苍龙七宿中的第五宿，按照数轴来说，5-（-7）=12，则这幅图代表的数是12，15加12，密码是27！

他飞奔到密码锁处，那时阳光正好已经照向左墙，他忙扭动数字密码锁，扭到27时，锁竟还没有开。霍普见状，双手环胸，倒头躺在杂草堆里，反正都不是真的，就这样吧，霍普想着，忽然灵光一闪。

难道是负数？

他一下坐了起来，密码锁只有两位数字，没有正负号，所以应该是个正数，假设加数12其实是负数，那15+（-12）=3，密码是03！他又试了一遍，锁缓缓打开。

在推开门之前，他扭头看了看那二十八宿，原来在图的左边，还写着两个字——"应钟"。是了，应钟是古代乐律名，与十月相应，是十二律中的阴律，阴也可以代表负号。

刚走出密室，迎接室外灿烂的阳光时，他还有些不适应，就像玩了一场旧时听人们所说的"密室逃脱"一样，亲手解完各种烧脑的谜题后总觉得难以置信。

他环顾四周，不知自己正所处何处，只见一张纸在风中飘飘摇摇，落到他脚下，上面密密麻麻写满了字。他拾起一看……

再说到张慧慧和寇称这边院子里，一对夫妻正伏在一具浮肿的尸体上哭喊，声音嘶哑悲切，张慧慧依稀可以听出，那位泡在池子里的男子，是邻居的三儿子，正是常和高家老

二斗宝之人，现在高老二成了嫌疑人，听说是因为两人斗宝起冲突了。

张慧慧把正在争辩的高老二拉到一边，低声问道："我问一下，你和邻居老三昨天斗宝，谁赢了？"

两家人见一个小姑娘突然闯入，甚是惊讶，高老二也疑惑着回答道："当然是我赢了。"

"那你应该没有动机害他吧？"

高夫人听了，忙点头称是，还急匆匆地将她扯到女邻居的面前："这是在我家借宿的姑娘，让她来说最公正。来，孩子，警察还没到，你先评评理。"

张慧慧震惊地看向女主人，傻了一阵，命案这种大事，这位阿姨也真敢让一个孩子来评理，当她是福尔摩斯吗？虽然这都是假的，但是眼下的尴尬是真的，她向不远处的寇称发出了求助的眼神。

寇称看她已经被无厘头地卷入其中，只好无奈地走上去。

张慧慧咳了几声，答道："昨天您说老二不在家，在跟邻居斗宝，由此可见，他们当时是在别处。若他们真是斗宝起了冲突，老二怎么傻到抛尸在自家池塘呢？"

女邻居哭喊声小了一些，神色也变得有些难看了："啊，他们，昨晚的确是在我家斗宝。"

高老大此时也站了出来，答道："昨晚，我们吃完晚饭没多久，二弟就回来了，再没出过家门啊。要说什么动静，也就他房间传出过一声挺大的响声。"

女邻居也冷静下来了："昨晚，我孩子也的确回房睡觉了。"

张慧慧一头雾水，怎么都去睡觉了？

寇称看了看那池塘，朝女邻居说道："这池塘水也不深啊，他怎么会溺水的？"

女邻居摇了摇头，也表示疑惑。

只见他突然俯下身去，从浅浅的池水边捞出一样东西。

"警方没来前，我们不能动尸体，但我刚刚在水底发现了这个，请问两位阿姨，这是什么？"

女邻居看了直呼不知道，高夫人说是老二镜子上挂的一颗明珠。

怎么又跟镜子有关？张慧慧苦恼地挠了挠头。

寇称走到那高老二房间的正下方，积灰的地砖上有两块不一样的痕迹，是横着的、向内倾斜的两条又短又粗的直线。

张慧慧跟过去看了一眼，瞬间明白了过来，转身对众人道："结合现在的线索，我大概有一个推测，可能是昨天两人斗宝后，邻居阿姨的三儿子有些不服气，想要偷走高老二的镜子，搬了梯子想从窗户爬入，结果被发现了，只扯走了那颗明珠，慌乱之中一脚踏空，从这里摔了下去。至于为什么梯子消失了，尸体又出现在池塘，这个就要高老二来回答了。"

"胡说！我儿子已经死了，你们为什么还要污蔑他的清白！"

"嗯，这位客人说得对。是我，我……我悄悄把梯子搬走，又将尸体推进池塘里。我千不该万不该，不该干这些蠢事。"高老二嗫嚅道。

寇称朝张慧慧使了个眼色，示意她不宜久留，张慧慧道："这毕竟只是猜测，待会等警方来了，自然会查出真正的死因。"说罢，她朝高夫人鞠了一躬，"谢谢您昨天的款待，我们与死者无冤无仇，还有急事，就不久留了，告辞"。

另一边，霍普捡起那张纸后，便好奇地看了起来。

讲的是个故事，大概是两个人斗宝，一个人输了不服气，当晚准备等赢家睡了后将他的镜子偷过来，让其以后再不能与自己竞争。他拿来了梯子，架在赢家楼下，爬到窗前，哪知被发现，匆忙中只扯走了挂在镜子上的明珠，然后一个不慎，下梯子时踩了个空，摔了下去。等赢家急忙跑下楼去看时，输家已没了呼吸。赢家怕招惹是非，就把梯子藏了起来，慌乱中将死者推进了浅浅的池塘里。

"难道是一个推理'剧本'？"霍普似嘲似讽地笑道。

他小心翼翼地往前走着，很快就看到了一栋建筑物，他轻步跑上前去，靠在墙边，通过玻璃窗观察。

里面坐着很多人，每人面前都有一台电脑，有的人在画画，有的人在写作，电脑旁的打印机则在快速打印。不远处还有一台很大的机器，很多有字的纸经过它后都被消去了文字，余留一张白纸，再送到各台打印机下。霍普估计，这应该是什么回收利用的机器，但在这个镜子就可以复制一切的世界，他们为什么不用镜子呢？总不能是觉得那样产出的废纸太多，不利于环保，于是循环利用了？

正暗自疑惑着，耳畔一个空灵的声音响起："好奇，就进去看看吧。"

霍普回头，却见身后一个人都没有。他狐疑地往工厂里走了几步，那些忙于写作、画画的人们就好似没看见他一样，仍然忙于自己的事情。

他来到那台正在消字的机器旁，随意拿起几张有文字的纸看了起来。

"王大姨摘了自家别墅里的桃花做糕点，味道好极了，复制了好几碟准备给邻里吃。"

"租借飞车的赵老头终于有生意了，他开心得跟五个外来人摆起龙门阵。"

"他们都梦到了自己在大雾中，见到了他们最牵挂且执念最深的人。"

下一张……

等等！

他们……大雾中……最牵挂且执念最深的人？

霍普抓起那张纸，来回看了好几遍，眉毛深深地皱起。

这难道是指自己之前的那个梦？

再看这赵老头，将飞车租给了五个外来人。不就是张慧慧、寇称、钱挚、马泽林跟自己吗？

霍普的呼吸变得急促，他回头望向这些正在埋头打字和画画的人，他们现在进行的，是记录这里所有人的生活！不，霍普告诉自己，这都是假的，都是为了干扰他的精神做出来的程序罢了。

霍普踏出这个工厂，发现这里其实处于一座高山的山顶，山岚浓烈得像是随时会蹦出一个妖精一样。他一脚踩在山顶的岩石上，疾风猎猎，雾气太浓，看不见山底。

第五章

方舟

　　一阵细碎的铃声好似从天上传来，霍普感觉像是有两只蜜蜂钻进自己的耳朵里，疼得他跪倒在地，双手抱头。"醒醒！"清冽的男声从霍普的脑海里传来，霍普猛地睁开双眼，是马泽林。霍普一转头，感到头痛欲裂，看到寇称和张慧慧在霍普另一边担忧地看着他，他勉强咧嘴一笑。

　　马泽林扶起霍普，说："你和寇称带着这些人，往别墅跑。我、阿挚和张慧慧留下来解决这些人。"霍普看向马泽林身后站着的十来个人，他们年纪都在二十岁上下，有的人看上去浑浑噩噩、精神恍惚，有的倒还算精神。霍普问："这些都是实验体？"马泽林摘下眼镜，点点头。霍普没有再多言，和寇称领着这些人就往楼下跑。

　　出了月季大酒店，外面的白雾已经消散殆尽，平坦的人行道就横在外面，霍普不禁疑惑：这酒店是怎么隐藏自己的？为什么他坐飞行器的时候没有看到？来不及多想，霍普加快脚步，招手示意那十来个人往他这边跑。那些人倒也十分听话，一路上紧跟着霍普和寇称。一路上没碰到人，十分顺利地回到别墅。

寇称擦了擦额头的汗，这一路的狂奔对于天天泡实验室的他来说太难了。寇称喘着气道："我俩就这么跑了，不帮忙？"霍普靠在墙上，斜眼看他："留下的都是武力值最高的，我们就这么跑了不添乱，不让他们分心，就是最大的帮助了。"说罢，看那些人也都休息得七七八八了，便招呼他们坐下，等着钱挚他们回来。做完这些后，霍普拉着寇称悄悄说了些话，语毕，寇称瞪大了眼睛。

月季大酒店，马泽林和张慧慧一路打一路跑到一楼大堂和钱挚会合，三人看着周围横七竖八躺着的黑衣人，正准备往另一边开打的时候，钱挚拍了拍马泽林，拦住了张慧慧，示意他们看向前台。马泽林和张慧慧顺着钱挚的目光看去，顿时瞪大了眼睛。只见一扇古朴且巨大无比的门不知何时占据了前台的整面墙，刺眼的金光从门缝里溢出。

钱挚歪了歪脑袋，走上前。

"闲杂人等不得进入。"稚嫩的童音传来。

钱挚挑了挑眉，像是听到了一个有趣的笑话，她双手交叉放在胸前，笑道："怎样算是闲杂人等？"

"除了镜城原住民外，其他人则要证明自己的价值，如果能在某一方面赢过我们，自然不算是闲杂人等了。"这声音虽然是一个小女孩的，却给人一种压迫感。

"赢过你们？比什么？"这回钱挚的兴趣真的上来了。

"比'说数'，每人按顺序说一个或两个数，从1开始，谁先数到11谁赢。"语气里带着孩童特有的天真。

"我先来？"钱挚用不容商榷的语气问道。

那声音沉默了，过了会儿，才有点委屈地回道："可以。"

"那开始吧。"钱挚抢道，"1。"

"2""4""5""7""9""11"。

钱挚微微一笑："11是我先说的，我赢了，让我们进去吧。"

那声音沉默了，久到钱挚耐心耗尽，抬脚打算来硬的时候，大门缓缓打开。

逐渐增大的门缝溢出的金光瞬间照亮了整个大堂。

钱挚沐浴在刺眼的金光里，她回头向马泽林和张慧慧道："进去吧。"

三人走进大门，金光遮住他们的身影，大门缓缓关上，外界一切如初，宛如什么都没有发生。

张慧慧瞪大眼睛，站在原地，双手颤抖。马泽林瞳孔放大，心跳加快。钱挚回头对张慧慧笑道："你可以呼吸的。"张慧慧这才恍然大悟似的深吸了一口气，等香甜馥郁的空气充斥她的胸腔，她的手才停止颤抖。

脚下，是由黄金铺成的笔直的平坦小路，一直延伸至远处的一座巍峨挺立的雪山，纯白雪山圣洁，似在虚无缥缈间。小路两边是漫无边际的草原，翠绿欲滴，点点淡黄色的花撒满了整片草原。洁白如雪球的羊儿三三两两地遍布草原，绵软的羊叫声像是丝竹空弦演奏出来的仙乐，可以洗涤来者身上的尘埃。英英白云从雪山处升起，摇摇曳曳地飘向碧蓝如洗的天空。

　　自是人间轻举地。

　　微风把玩着钱挚的发梢，钱挚仰起头，下颌线秀气流畅，一片轻柔的白羽从天上降落，落在她的鼻尖，钱挚睫毛轻眨，天空鸟群飞过，没有留下一丝痕迹。

　　三人好像走了很久，又好像没走几步。

　　雪山顶上盈着一池明亮如镜的湖水，倒映着上空的白云。

　　忽然，湖面泛起一道道波纹，美丽的画面被打破，一个穿着白纱裙的女孩坐在湖边梳理着头发，玉雪可爱的双脚在湖面上方晃呀晃，白皙圆润的足尖上下拨动着湖水。

　　女孩卷曲的金发垂落，滑入湖中，那灿烂的金发是赫菲斯托斯耗尽一生，用尽世间黄金也无法打造出来的。女孩望向钱挚，蓦然一笑，开口道："你会编辫子吗？"

　　钱挚眼神闪过一丝厌恶，道："我可以编麻花辫。"

　　黑发黑衣的女子站在金发白裙的女孩前，语气却是难得的温柔。女孩歪头露出一个大大的笑容，双手撑着身体，两只脚颇为兴奋地晃动。钱挚走上前，纤长的指尖穿过女孩如瀑的金发，女孩靠在钱挚身上，仰头看着盘旋的飞鸟，道："你好香啊，我已经很久很久没见过外来者了。"钱挚没有回话，只是仔细地把女孩的头发分成两份，又把其中一份分成三股。

女孩没得到回答，顿了顿，嘴巴一扁："镜子，是能带来幸运和幸福的宝贝。如果你们愿意留下来做我的子民，那么无论你们想要什么，想见什么人，就都可以实现了。"

钱挚开口道："有几个问题，需要你回答一下。"

马泽林戴上眼镜，淡淡地开口道："镜子在照出物品的成像的同时，还有物品身后的背景，为什么单单物品得到了复制，而背景没有？"

女孩秀眉倒竖，生气道："等他们出来了我再告诉你！"

说罢，足尖溅起一串水珠，直直射向马泽林和张慧慧。水珠变成许多面高大的镜子，排成了一个正六边形，把两个人困于中央。

钱挚见状，往下发狠地抓着女孩的头发，语气里是难掩的紧张，问："你干了什么？"

女孩弯了弯嘴巴，懒洋洋地开口道："继续编辫子，他们死不了。"

马泽林用力去推这些镜子，哪知它们就像从地里长出来的一样，根本推不动。忽然，这些镜子浮现出了一幅幅画面。

他们照着镜子，镜子里却不只有他们的模样。六面镜子，一面是镜城人们抱着镜子，穿金戴银，它的对立面是外面的世界，人人食不果腹；一面是高楼林立，繁荣昌盛，一面是废墟成片，死气沉沉；一面是自己记忆里最幸福的样子，一面是自己记忆里最害怕，一直想逃避的画面。

突然，镜子破碎，哗啦啦地掉落。女孩尖叫，一阵疾风刮来，呼呼作响，鹅毛大雪也纷纷落下。

霍普走上来，手执一张纸、一支笔，即使在猎风里，他依旧肩背挺直。他直视着女孩，冷静地说道："纸上说，你叫月季。"

"这个城市，其实早就不存在了吧？"

钱挚勒住月季的脖子，风将她的头发吹得肆意飞舞，她眨落睫毛上的雪，说："镜城里的人，其实都已经不再是人了。"

"你们在他们的身体里植入芯片，"钱挚手臂收紧，"控制他们，让他们成为你们的奴仆。"

风雪急停，世间回归寂静。

月季干巴巴地笑道："钱小姐，我好歹是你父亲亲自交代管理镜城的人，你这样，不合适吧？"

钱挚冷冷道："这里，就是他所谓的实验城吧？这里是与不同维度世界的接口，这里的一切，都已经被改造了。你是那个高维度世界的人，镜城的居民都是被改造成只能根据设定好的程序生活的'人'了。"

月季笑道，"高维度的人对低维度，就像三维的我们在二维的纸上作画一样。你很聪明，不过我补充一下，在这里的人，虽然很低贱，但是啊，这些东西都不知道自己的真实身份，以为他们和我们一样。而且"，她转头看向马泽林和张慧慧，"你们经历的精神干扰，都是从镜城的城志上开发的哟。咱们公司的实景VR技术很不错吧？"

月季喘了口气，继续道："镜城这个景区可给组织带来了很多收益啊，我可是大功臣呢。这具身体只是一个植入我意识的机器罢了，我是这里的管理员，拥有最高权限，可以更改这里的一切。钱小姐，你这样很危险啊。"

霍普扬了扬手里的笔和纸，道："是这个吗？"

月季猛地瞪大眼睛，再也维持不了平静，叫道："我的权限钥匙！怎么在你这？"

霍普心里想着，我一来手里就拿着了，现在才看到……他道："精神干扰里拿到的。"

月季惊恐地叫道："这……这不可能！"

钱挚冷笑道："编写他人人生的感觉很好吧？你竟敢以我母亲的名字命名，植入自己肮脏的意识，好大的胆子！"

钱挚再次勒紧月季的脖子，说道："你说的镜城是个景区，是什么意思？"

月季颤抖地扯起一抹笑，眼睛忽然失去光彩，像是突然熄灭的显示灯。

四人回到别墅的时候，寇称已经急得在客厅来回踱步了，那十来个从月季大酒店解救出来的"人"坐在沙发上颇为担忧地看着他。

寇称一看到他们，就冲了上去，确认他们都全须全尾的，没受伤，才呼了口气，倒在沙发上。

钱挚大致讲了他们在月季大酒店发生的事，寇称皱眉道："可是这些人真的太像普通的人了，几乎毫无区别。"

钱挚看向楼下客厅里的那些已经被改造的人，这些人也看到了她，对她笑了笑，都露出非常感激的表情。

这些人是他们在修理中途放出来的，所以还没有执行修理完后的记忆删改。站在他们的角度来看，就是他们莫名其妙地进了月季大酒店，而后又被囚禁了好几天，最后被钱挚他们救了出来，所以面带感激。

钱挚看着这些人，这些是与人类极其相似的人。她回头看向其他四人，从大家的眼里看到了一样的情绪。他们都没有任何替其他人决定自己是虚假或真实、美好或痛苦的权力。

钱挚微微失神，他们不知道真相之前，这里的虚假，不就是真实吗？

　　当虚假拥有了众人坚定不移的信任，那就拥有了真实的力量。旧时的镜城，已经沉沦海底，如今的镜城，依旧繁华热闹。真实与虚假的界限变得模糊，与其徘徊在虚假的美好与现实的残酷之间，还不如去缔造现实的美好。

　　安顿好从月季大酒店救出来的仿生人后，众人非常安静地离开了镜城。回摩福斯基地的时候，霍普回忆起自己在精神干扰的幻象里的经历。密室里的音阶、音律、星宿三处玄机……总觉得事情不简单。

　　回到联合政府基地，差不多已是四个月后。寇称有事去了研究所，钱挚和马泽林去了朱诺集团总部，他们便约好傍晚在寇称家集合。霍普和张慧慧无事可做，便先回到了公寓。

　　霍普注意到在他们回来之前，门被开过。

　　"等等，我们家可能有别人在。你看门把手上，我们离开的这段时间，应该有灰尘才对，可是这个门把手却过分地干净，肯定是有人先我们一步进来了。"霍普对着张慧慧说道。

　　张慧慧听到霍普的话也紧张起来："会是谁呢？NH？不应该啊，我们这里是联合基地，即使他们能悄无声息地来，也不可能全身而退啊。"

　　霍普沉思道："我也不清楚，先进去看看吧。"

　　话音刚落，公寓大门自动打开了，只见寇称站在门口，无奈地看向霍普："我真不知道你是太聪明了，还是太傻了。还有人提前进来，我不是人吗？你俩去交任务，我不回家能去哪啊？别忘了，这是我家！真不知道你这脑袋里一天天地都在想什么。"

霍普冷着脸旁若无人地走进了公寓，张慧慧吐了吐舌头，也跟着走了进去。

两人一进客厅，发现钱挚、马泽林也在，客厅沙发上还坐着另外一个少年，怀里正抱着司康。司康舒服地闭着眼睛，霍普来了也只是睁开了一条缝，连尾巴都不摇一摇。这肥猫几天不见，过得倒逍遥，霍普看着又胖了一圈的司康心想。寇称朗声道："表弟，我给你介绍一个熟悉的陌生人，鲍勃。"

"你们好，我叫鲍勃。"少年抬起深蓝色的眼睛，笑道。

少年金色的头发衬着他的眼睛愈发湛蓝，冷白的皮肤，深邃的五官，微微一笑就好似万里无云的艳阳天。

钱挚笑着说："霍普，你不感觉鲍勃越看越眼熟吗？"霍普心想那不废话吗，我之前找过他代写检讨，这事能让寇称知道吗？

钱挚补充道："很像一个人。"这下连马泽林都忍不住弯了弯嘴角。

这下连张慧慧、寇称都看向鲍勃，鲍勃有点不好意思地笑了笑。

"你该不会是……卡米拉的弟弟吧？！"张慧慧恍然大悟又十分惊讶地说。霍普沉思了一下，大胆发言："卡米拉的儿子？"

鲍勃点了点头，钱挚哈哈大笑："Hopewins！"

不知道卡米拉真实身份的张慧慧表示非常震撼。

霍普感觉钱挚是不会让无关的人参与这件事的，所以对鲍勃的到来颇感意外。钱挚似是看出霍普的想法，道："鲍勃从一个月前就会时不时听见一串虫鸣声。"霍普了然，但是不明所以的张慧慧问道："看医生了吗？"鲍勃无奈地说："看了，什么毛病也没有。"张慧慧问道："那怎么办？"鲍勃说："后面医生建议我看精神科。"张慧慧有点想笑，但是忍住了。

钱挚说："如果只是普通的声音，倒也没这么严重，问题是这虫鸣声会让他头痛欲裂，而且，那个铃声恰好可以抑制这虫鸣声。"在场的人脸上或惋惜或皱眉，只有张慧慧脸上有一个大大的问号。张慧慧说："为什么呢？这不科学啊。"钱挚笑道："科学？不过是把观察的东西赋予理论规律罢了，这千万星辰都会变化，更别说本就是会产生无数次基因突变而来的人了，没有什么科学不科学的说法。"张慧慧似懂非懂地点了点头。

寇称对着霍普轻语："之前我收到鲍勃的消息，让我前往摩福斯基地，由于事发突然，我只能通过写信的方法来通知你，以便引导你们前往那里与我们会合。你有什么想问的，现在可以问了。"

霍普道："我一直想不通，表哥你信中说的要我们小心，是小心什么？"

寇称正色道："小心救赎组织，但是貌似你们还是遭到了劫持啊。"

霍普惊讶地说："救赎组织？王秘书？那张慧慧的父亲？"

"没错，张杰明也是救赎组织的人。这个组织成立于大洪水之前，其组织的统治者大家都知道，就是钱正风，该组织也是朱诺集团的前身。霍普你应该在历史书上学到过，在旧时代，当时的统一政府为了应对全球变暖，发起了'方舟计划'，但计划几年后就被宣告失败，表面上是拜岛国核废水所赐，实则是救赎组织蓄意为之。这是人类史上最大的浩劫，差点导致全人类的覆灭。当时的氢弹引发了金属菌群的突变，虽然很细微，但是菌群的快速繁殖，导致了变异的产生。救赎组织显然是掌握了变异原理，之后就出现了变异种的海兽，造成了不小的经济损失和人员伤亡。而他们则趁着混乱，劫走了方舟！"

"所以方舟还存在？"

"没错，方舟是结合了当时最先进的技术和全球的生产力，耗时几年才建成的，与其说是一艘船，更像是一座金属岛屿。它真的太先进了，在科技爆炸的今天也丝毫不逊色。他们占据了方舟之后，利用变异菌群对其进行了二次改造，经过几十年的发展，现在其内部什么情况没人知道。"

"可是，救赎组织这样摧毁人类的生存希望，是为了什么？他们不也会死吗？"张慧慧不解地问。

"因为他们已经找到了阿卡迪亚覆灭后的避风港，钱正风那群人把我们的星球交易出去了。"钱挚淡淡地说。

张慧慧瞠目欲裂，她艰难地吞了一口口水，又问道："他们和谁把我们的星球交易了出去？"

"高维度世界。"

"高维度世界？高维度世界要对阿卡迪亚做什么？"

"人类看到一个矿产极其丰富、资源极其富饶的地方，会做什么？"

"开发，采矿？"

"如果那里气候恶劣，猛兽出没呢？"

"猎杀，但不是直接杀死，而是以特殊的方式赶尽杀绝。"霍普冷冷道。

"如果那些猛兽拥有很高的文明，很难对付呢？如果那些猛兽在某种意义上还有一定的价值，就这么杀了很可惜呢？"

一时间客厅安静得落针可闻。

"他们现在做这些事，就是为了资源最大化。顺便说一下，镜城就是他们第一个看中的地方，镜城的居民都被植入了可以控制他们的芯片，那些高维度世界的人偶尔会通过特殊的方法来到阿卡迪亚，这些居民就会被芯片控制着去服务他们，镜城对于他们来讲算得上一个旅游胜地。我们算幸运的了，去的时候正值淡季。"

霍普了然："怪不得那个管理员说什么镜城景区。"

钱挚耸耸肩，道："不要慌张，虽然我们赖以生存的地方被别的生物当作开发区，但是咱们还有机会。而且，我发现人类的长相很符合那些虫子的审美，如果它们真的得到了阿卡迪亚，它们可能会出一本《人类宠物挑选指南》。打个比方，如果想要一个人类当宠物的话，应该挑选眼神明亮、四肢健全、活泼好动的。"

"此外，我还了解到一个情况，霍普，你一定要先冷静。"寇称说。

"好的，虽然有些震惊，但是我还是会冷静下来的。"

"那好，其实，你的父母在方舟上。"

"什么？他们还活着？那我们在考斯撒的骨灰是谁的？"霍普冷静不了。

"现在朱诺集团的高层全是救赎组织的成员！"鲍勃插嘴道。

钱挚道："因为是先有了救赎组织，再有的朱诺。我现在怀疑那些被抓取改造成仿生人的人就来自那儿。"

寇称点了点头，表示认同。

霍普依旧追问："那我撒的是谁的骨灰？"

寇称拍了拍他的肩，道："你不会想知道的。"

张慧慧疑惑道："去解救方舟，我们可以吗？"

钱挚轻笑一声："现在开始这一步，当然是因为实力允许了。霍普，你这次去摩福斯基地是不是得到了一把刀，上面还有锈迹！"

"嗯。"

"这把刀上面的锈迹其实是金属菌群的母本，也是没有被氢弹辐射感染的菌群，这种菌群具有同化能力，一旦与变异菌群接触，会将其同化为原始的菌群，到那时，一切以变异菌群为核心的技术全会失效。到那时……"

"方舟就变成了一大块废铁！"鲍勃接过话道。

"不过在此之前，我先送你们一个礼物。"

"什么礼物？"霍普疑惑地问道。

"对我来说不算什么，只是一个机器人的脑波频率罢了，好像是叫什么米兰。"鲍勃无所谓地说道。

"米兰！真的吗？米兰不是为了掩护我们牺牲在摩福斯基地了吗？"张慧慧激动道。

"冷静，淡定。本来是不可能的，可是既然你们已经知道了镜城的事情，那么一定知道金属菌群的事情吧？"

说着，鲍勃拿出了一面镜子，用小刀轻轻地刮着金属层，刮完后，仔细用小盘收集起来，放在保养箱中保存。

"好了，接下来就是等待了，利用金属菌群产出金属，塑造成米兰的样子，然后将我收录的脑波频率录入就可以了，产出的应该还是你们的那个米兰，这个过程大概需要24小时。最重要的一点，在行动之前，一定要取得联合政府的支持，没有官方力量的帮助，我们很难成功。"

众人答应道："好。"

钱挚马上联系了联合基地高层，但出人意料的是，没有得到半点回应。钱挚挑了挑眉，并不惊讶，只是切换了账号，她大致扫了下里面的内容，抬头对众人说道："我的人拦截了关于我们行动的信息，暂时没有问题。"

张慧慧担心道："那我们要怎样摆脱外围的干扰，进入方舟呢？"

"这个大家不用担心，"寇称说道，"这是我最近的发明，粒子传送机和虫洞穿梭器，原理很简单，就是记录现有的物质结构，然后利用空间折叠技术，实现物质的远距离传送。在鲍勃的帮助下，现在已经记录下了方舟的空间坐标。我们只要躺在模拟舱中等待传输就可以了。不过这虽然方便，却有一个致命缺点，方舟上没有配套的粒子传送机和虫洞模拟器，这意味着只能将我们传送过去，再想回来就只能靠自己了。"

马泽林抬眼，淡淡道："不成功便成仁。"

钱挚沉默半晌，道："慧慧，你没必要冒这个险，留在这等我们吧。"

张慧慧也说道："我父亲的情况大家也是知道的，我就不多说了，我一定要去！"

见这群小孩的表情都有些沉重，钱挚扯开话题："金属菌群应该培养好了，我们可以尝试恢复你们那个机器人朋友了吗？"

张慧慧听了十分激动，几乎要抱着十几斤的司康绕房间跑了。

霍普把他们和阿蓝在摩福斯基地发生的事情简单说了一遍，寇称听完点点头，表情严肃地问最后机甲大赛哪家公司赢了，他可是买了考斯赢的，霍普："……"

随着鲍勃一阵眼花缭乱的操作，一个全新的米兰出现在了众人的眼前。米兰睁开眼睛，迷茫地看着周围的环境。鲍勃走上前来，将自己手腕上的维脑与米兰的智脑相连接。很快，米兰同步信息完成，眼神也生动起来了。

"霍普，张慧慧，好久不见！真没想到，我不在的这段时间里，你们经历了这么多离奇的事情啊。"

"好久不见，米兰！"张慧慧再也忍不住，冲上前来抱住米兰。米兰因为救她而死，如今被鲍勃复活，怎不令人狂喜？霍普拍了拍米兰的肩，难得地笑了笑，道："再次见到你真好。"

除此之外，米兰发现，这具新身体的算力是之前机械身体的几十倍。这意味着现如今的米兰可以同时完成更多的事情，无论是计算、推演还是入侵破解……

鲍勃得意地说道："那是当然的了，你们可别小看金属菌群产生的金属，这可是改变时代的产物。要是功能小了，对得起挚姨赞助的金币吗？"钱挚面无表情地捶了鲍勃一下，鲍勃面孔都扭曲了，钱挚道："不许叫我挚姨。"鲍勃吐了吐舌头。

众人也是十分开心，米兰的实力越强，就意味着潜入方舟时的助力越大。另外，以米兰机器人的身份，很可能会起到意想不到的作用呢。

众人着手准备进入模拟舱，在关闭舱门的前一刻，鲍勃高声说道："诸位，我们方舟见！"

模拟仓闪烁出五彩光芒，一阵机械摩擦的声音传出后，霍普等人的身影便消失了。霍普只感觉一阵天旋地转，渐渐地失了意识。等到他再次醒来，发现自己正躺在一片金黄沙滩上，身边躺着的正是寇称等人。

霍普坐起身来，如画的景色，让他有些失神。不远处是蔚蓝色的海岸，身后便是一片郁郁葱葱的森林，时不时传来几声海鸟的鸣叫。眼前的景象他只在教科书上见到过，自从五层水坝建立以来，沙滩和海岸便只存在于故事中。

不多时，寇称和鲍勃也清醒过来。鲍勃抱怨道："寇称不是我说你，你已经能发明这么先进的仪器了，为什么不在舒适度上多下点功夫呢？每次坐你的传送机都会头昏脑胀，你也不想着改进一下。"

寇称安慰道："这也是没办法的事情啊，将身体粒子打散，传输后再重排，本就是一次意识丧失再重新凝结的过程，头昏脑胀是不可避免的副作用嘛，忍忍就过去了。"

鲍勃叹息一声，站起身来。钱挚起身将身边的张慧慧和马泽林叫醒。米兰因为是机器人，需要重新录入脑波频率。折腾了好一会，七人小队才算全员集结完毕。

众人看着沙滩和森林，虽然景色美丽，但还是感觉有一种说不出的怪异。

对方舟了解最深的鲍勃开腔了："你们肯定感觉这里十分奇怪对吧，其实这很正常。这里的景色虽美，但是一切都太刻意了，你们看沙滩和海水的交界处，是完美的圆弧形。再看森林与沙滩的交界处，也是一道完美的圆弧形。这恰恰说明这里就是方舟。自然形成的沙滩和森林的形状不会这么有规律的，也许这超乎你们的想象，但这座岛就是方舟本身。当时的政府将方舟的外形设计得和岛屿一模一样，他们尽全力地去隐藏方舟上的科技，为的就是在灾难来临后，人类大举搬迁到方舟上时，不会因为过多的科技元素而感到紧张。可是他们并没有等到人们上方舟的那一刻。"

霍普问道："那救赎组织的总部在哪里？是在森林

中吗？"

"不不不，这座岛正如你们看到的那样，真的只是一座岛。方舟的本体其实在下面。这里的土地只有几米深，再下去就是合金层。穿过合金层，才是它的本体。本体一共有三层，每层的入口都在上一层的最远端，霍普刀上的金属菌群母体经过人工迭代存在低频变异，只有初代母体才会保留最初的基因序列。我们要想找到初代母体，就得闯遍这三层。但入口具体在哪里，我也不清楚。这些消息都是我从钱正风书房里的资料库里，冒着生命危险查到的。"

寇称说道："没关系，我有办法，别忘了我的虫洞穿梭器可是将空间折叠技术发挥到极致了。我们可以在地上穿过合金到达第一层，然后再用同样的方法穿过第二、第三层。只要我们小心一些，完全可以不惊动任何人到达最终的控制室。"

众人听到后眼睛一亮，显然寇称的这个发明用在这里再合适不过了。

很快，一个直径一米左右的空间通道出现在众人的眼前，通道后面是一条悠长的走廊，四周的墙壁上遍布摄像头和激光，时不时还有一两个机器人在巡视。

霍普等人没有急着进去，而是先问起了米兰。

"怎么样，米兰，你可以入侵这个方舟的系统吗？"

米兰回答道："应该没什么问题，我的机械结构和方舟是同种材质的，我的电信号频率和方舟的差别也不大。给我十分钟。"

说完，米兰的"脸"上滚动起一行行代码。不多时，她的五官重新出现在屏幕上："搞定。我已经黑进方舟的系统了，现在不用管监控和那些机器人了，不过我的算力有限，只能坚持一小时，伙伴们要抓紧了。"

众人闻言，皆快步奔向方舟入口。

进入方舟内部，众人没有心情去处理那些因为系统错乱而在原地无意义运动的机器人，时间紧迫，必须先寻找张慧慧的父亲张杰明。通过鲍勃的介绍，众人得知张杰明对这个方舟是十分了解的。

顺着走廊前进，众人出现在了一座牢房之前。张慧慧知道，她的父亲就关押在这里。米兰二话不说，走上前去尝试破解门上的密码锁，鲍勃却阻止道："米兰，你别白费力气了，这密码锁是个幌子，想要进去要么通过钥匙，要么就得使用暴力了。"

"哦，是这样吗？"米兰显得很失落。

"没事，我们还有虫洞穿梭器。"寇称说道。

"对啊，我们怎么把这么重要的东西给忘了呢。"

寇称立刻行动，利用虫洞穿梭器穿过牢房，张慧慧看到了她的父亲。

一间阴暗的牢房中，浑身血污的张杰明瘫倒在地上，张慧慧见状再也抑制不住心中的情感，扑上去抱住张杰明大哭起来。张杰明感受到外界的震动，强打起精神睁开眼睛，看到了趴在自己身上的女儿和旁边站着的霍普等人。想要咧开嘴笑一下，可是却牵动了伤口，只能通过不停地深呼吸来缓解伤痛。

寇称上前来询问方舟的情报，张杰明断断续续地说出了当时的情况……

在旧时代，张杰明所在的家族首先获得了金属菌群，并利用金属菌群产生的稀有金属狠狠捞了一笔，但是大量稀有金属流入市场，导致了金融危机，张慧慧家族也因此被治罪，后迅速落魄。张杰明早年想要再次通过金属菌群光复家族荣耀，意外进入了方舟计划，后加入了救赎组织。因为其在科研上具有天赋，所以逃走后被组织圈禁。后来，张杰明在摩福斯基地发现女儿也被卷进来，便想帮助她，却被王秘书发现，后被绑来了方舟。

说完这些，张杰明眼神越发涣散。最终，他用尽全身力气，指向了隔壁房间。随后，他的手重重落下，再也没有了气息。

张慧慧眼角流下眼泪，但她知道现在不是哭的时候，便强忍泪水站起来说："我们去隔壁房间看看吧。"

霍普和寇称点点头，几人顺着张杰明手指的方向走到了隔壁的房间。

第六章
磐石

走到牢房门口的时候，霍普便已听到隔壁的房间有动静传出来，可是到了之后却发现屋内并没有什么人，地上只有一本书，还有一个奇怪的金属箱子。箱子四四方方，长度约为20厘米，表面闪烁着金属光泽，箱子上有一个红色按钮，旁边写着：献给人类的救世主。

霍普抬了抬眉，用维脑收起金属箱子后，转头看向了那本书。书的封面十分破旧，而书籍上记载的消息却让霍普瞳孔猛缩。

事实上，谁也没有想到那一次平平无奇的粒子碰撞实验会引发如此大的轰动，在此之后，如此之多的发明涌现，并直接导致了阿卡迪亚的统一……以下摘录自查文德·万塔尔藏书馆馆藏的古代文献残本，作者未知。

在落日余晖的掩护之下，三架瓜达尔·卡纳尔型无人机——子机"腾1404""所罗门13号"，母机"所罗门76号"正在一号水坝上空数千米的地面不断盘旋，机身上的迷彩正随周围环境的变化而改变，以掩饰自己的存在。三架飞机机腹中，都有数十台侦察设备发出了嗡嗡的叫声，努力维持着"天空之眼"系统对于地面上两名年轻人和他们那台银白色快艇的监视网。这三架无人机如同幽灵一般，除母机尾翼上印有的曾经在早已被彻底削平的巴勒莫岛上耸立的大教堂外，便再无标识。随着夜幕降临，年轻人离开，母机向着子机发出了销毁令，不到十秒，天空中便只有那剩余的黑色灰尘证明子机曾经存在于那片空域，再然后母机也随一阵微小的火花而变成了尘埃——所罗门76号向所罗门76号发出了销毁令。

公元2138年的初秋，拜极端天气以及内战时期使用过或泄漏出的大量化学药剂所赐，即便才刚入秋，气温已经下降到了0℃之下，即便已是正午时分，但天空中仍无法用光学仪器直接观测到太阳，空气中的尘埃如果被没有防护的人吸入，足以带来一场痛苦且漫长的死亡。冰冷的风呼啸着卷过大地，一台古董样式，造型夸张，装饰着数量巨大、造型浮夸的镀铬、镀金饰件，发出嘶哑的叫声，从车尾的排气管中冒出大量灰烟的汽车停在了"磐石"地下建筑群的大门之前，而从车上下来的便是前高级记录官，前统一政府第二记录部的部长，现交接政府临时记录院的院长和唯一的高级职员——记录官科斯马普·李斯林尼·维因迪乌斯特斯，和两名身着刻有复杂且华丽花纹的哥特式全身板甲、手拿单兵自卫武器的卫兵匆匆走下了车。

如果有人在此时从大门前的道路往北方看去，能看到在数个月前就已完工的完美议会议院大楼的一角，但那高达数十米，如同擎天柱般，从未升起过旗帜的旗杆却再也不会有旗帜在它身上升起，那仿照曾经的米兰大教堂的门也不会打开，里面的设备不会有人启动，至于那些豪华的房间，也再不会迎来预计的来客，它还没出生就已死亡。而南边则是一座宏伟无比，直插天际的巨塔——"卢比孔"防卫塔，"执政宫"建筑群的重要组成部分。它在建成后的岁月之中，都是"执政官"最"忠诚"的"卫兵"，但在这最后的时刻，它却需要如那柄刺穿尼禄胸膛的宝剑一般，毁灭它曾守卫的东西——包括它自己本身。但此时记录官却没有心思停留，急匆匆地穿过由数十名全副武装的克隆生化卫兵守卫着的大门，并等待着一套复杂的机械装置将大门上的气门阀开启。这些卫兵身高达三米，身体由刷着白漆、描绘着宪兵部队图样的钢板组成，而本该是头部的位置则安装着如同蟹蛛般排列的传感器头盔。

在开门的一瞬间，大楼之中耀眼的灯光瞬间穿透他所戴的仿生面具的镜片，但他却并没有感到任何不适，他相信自己的系统已经将镜片的暗度调大了。记录官抬头望去，看到了一段标语：通往光荣与财富的钥匙，掌握在最伟大者、文明受托者手中，一切为了统一，一切还有希望。记录官也在心中再次默念道："通往光荣与财富……"同时，他也看到了光源，数十盏巨大的灯泡正在释放着耀眼的灯光。"又是一件目前不常见的古董。"内置系统如此提示。事实上，这里的每件普通物品的技术都是那么古老，连稍稍有一点年轻感的电灯竟也是用直流电所驱动的。他不禁又想到了仅数十公里外的"执政宫"建筑群，使用的都是最现代，最高深，令人激动的技术。全部使用发光材料所建造的永续光墙壁，楼中四通八达，自带高速传送带的通道，无数的AI、仿生人、克隆人提供服务，安装有太空电梯的巨型高塔直达天际，与这座完全没与外界联网的地下建筑高下立判，他又不禁想到了他所在的这座建筑的绰号——坟墓，他像自嘲般通过传声器发出一阵噪声般的笑声。

但从先进性的角度而言，任何一座建筑都难以望其项背。因为统一政府在与内库诺的战争之中，为了防止对方使用其他维度或空间窥视，花费不知多少个星系的资源建造了这座要塞堡垒。而建造它的余波又直接导致了数个星域总督的叛乱，使得统一政府更快地滑进了坟墓。但讽刺的是，这座要塞现在又变成统一政府最后的纪念碑、墓穴、避难所了。记录官继续向内厅走去，他看到了许多与他一样戴着各式插着数以百计管子的动物面罩、披着巨大皮料的人，其身形令他们身后跟着的披甲侍从也如同侏儒一般。他们隐藏在皮料下方的无数机械装置和所连接的武器不断扭动，冒出的机油与高温蒸气使他们所到之处都留下一摊又一摊的污水，体内大量燃气管也不断发出巨大的响声，令大厅中回声不断。

记录官重新将注意力投回前方，此时他已经走进了内厅之中，内厅比外厅更为狭小，也更为狭长，但他的目光却落到了另一边的两台"卫兵"身上——他们是巨大的战争机械，巨大的身躯将六十多米宽的大门堵得水泄不通，仅留一条数米宽的小道。它们身上都安装着无数的紧急武器，从可以分解粒子的速射近防炮到发射超高温金属射流的重型发射器，甚至是可以扭曲一定范围内时间与维度的巨型破坏炮，而其中最为可怕的便是可以将一个区域所对应的物质与空间、时间都湮灭的连环地狱炮，而后部的载人舱甚至可以携带一门巨大的"红龙郁金香"重型迫击炮。最为显眼的便是印着的硕大无朋的统一政府图案，迷彩图案随着环境的改变而变化。记录官不禁一阵心酸——又是一个统一政府失去控制力的例子，要知道即便是在与内库诺的战争中最为艰难的时期，阿卡迪亚上的统一政府的部队也没有使用过任何一种迷彩，追溯到统一政府最鼎盛的年代，那时在整个银河系乃至周边的舒如帕克星系、哈布星系和更大的提坦星系的全境，都有着统一政府的驻军，管理着数百个被统一政府征服的异形种群。那时候的驻军平时都穿着最为显眼的衣物，使用着最为显眼的装备，如同古书上所记载的古代军队一样，彰显着自己国家的强大和自信。

不管是无穷无尽的虫穴，还是拥有着数个星球大小、速度却快得令人不敢相信的巨型船只的高达人，甚至是在维度中自由穿梭、熟练使用维度武器的金贡人，都被统一政府的强大军队打得不断败退。还有无数的敌人被消灭，成为星球上无尽的记录之一。那是一个最为辉煌的年代，一段简单的"斯巴达式"的回复就能让无数的星区为此骚动。"真是多亏了那些粒子，它们让我们成为一个神一般的国度。"想到这，记录官却又在脑中恶狠狠地咒骂："那些可怕的内库诺为何要如此小气，虽然它们是粒子的发明者，但也不至于如此大动干戈。虽然看上去统一政府使用了许多，毕竟四个月前粒子还是一种全民都肆意挥霍的'廉价'能源。根据学者们的研究，那个空间里的这种粒子近乎无穷无尽，如果把那个空间的粒子比作大海，那我们所取用的便是一枚基础粒子，不知道小数点后面还要加上多少个0，内库诺竟然要求把所有粒子和所有取用物都还给它们，害得整个统一政府上至高层下至贫民都失去了这种拥有里程碑价值的能源，并导致人们所挚爱、最伟大者所掌管的统一政府的崩溃。假如统一政府当时有能力将入侵的余波消除，假如战争时间能缩短一半，那……"记录官完全陷入了沉思之中，完全没有注意到自己已经穿越了数个厅堂，走到了三座冒着奇怪紫烟、黑色的大型"雕塑"身边。此时，一道电磁信号如破城锤一样撞开了他设置的层层思维壁垒，闯进了他的思维之中。记录官心中一惊，抬头看向离自己距离较近的两座较大的"雕塑"，那正是两台巨大的里雅托型侍卫机兵，而稍小的"雕塑"就是统铸埃米尔，交接政府总缉捕官"自治者"——阿夫拉布，或者说是阿夫拉布的一个身体。记录官早就知道有传言说真正的统铸埃米尔在数十年前就在一颗自己找到且解放了的固态行星上放弃了自己原本的躯体，将自己的主要人格上传到了局域网内。当时统一政府还在银河系中高速扩张，那时统铸埃米尔还同时担任着一支巨大的公海舰队的司令官。此后，为此统铸埃米尔可以控制任何一台安装了自己的终端的系统，甚至有传言说统铸埃米尔有一次甚至控制了一个大城市的大部分网络系统。

　　但是记录官知道事实远不止于此——统铸埃米尔实际上研发了一种神奇的系统，这让他在其他维度当中创造了一个专属于他的维度空间，并用某些设备替换了原来的局域网，成为他新的触手，而在他的这番操作之下成功让其意识在某种程度上达到了跳出三界之外。后来局域网随着统一政府的扩张逐渐遍布了统一政府的每一处领土，而那颗星球则变成了统铸埃米尔的总部，后来一度演变成了统铸埃米尔事实上的自治星球，星球的名字也十分古怪，即"阿拨斯—阿格拉布—伊弗里基亚—托尔法"，不过人们往往将其简称为伊弗里，而那颗名为伊弗里的行星则富产各类稀有金属，其中最有名的莫过于它所出产的高品质精矿和黄金。在这两种物质之中，后者成为贵妇人珠宝盒中的"座上宾"，前者则在扩张时期成为后备资源，并在内库诺入侵战争中成为一大可靠的能源。这同时也为统铸埃米尔换来了巨大的财富，并让附近同样属于统铸埃米尔的一颗名为德西里的小行星成为一处繁盛的贸易据点。同时统铸埃米尔也为统一政府发现了奥特朗德星团和伊斯德利亚星团并在随后的攻击中占领了这两处地点，他利用绝对的技术与统一政府的部队统治这些地点达数十年之久。其间，他将每颗行星都变成了宏伟的研究基地和巨大的要塞以及工厂的集合体，以便为统一政府和自己的伟大计划做出它们应有的贡献。

直到内库诺从"虚空"之中带着自己的"幽灵"大军钻了出来，统铸埃米尔的统治和实验才被迫中止，而那些星球随后也成为战争的第一个"祭品"，而那块星域则成为内库诺大军的"跳板"，也是在那里，统一政府首次观察到了内库诺所制造出来的"时空枝蔓"，不过那都是在将近二十年前所发生的事了。现在记录官正准备对统铸埃米尔行问候礼，但此时统铸埃米尔却表示让其跟在自己身后，并随即向建筑体的深处走去。身前的机兵赶忙让出一条道路以便让记录官经过，而记录官心中却未免有些紧张，这不仅是记录官知道那股从统铸埃米尔和机兵身上冒出紫烟的恐怖之处，更是因为他还记得在自己刚进入统一政府的十几年中，自己曾经的上级便是阿夫拉布，当时他担任着独立记录官。

在当时，因为职务的原因，他需要常常与这位统铸埃米尔接触，在他的印象之中，没有舍弃身体，进入局域网前的阿夫拉布是一位不苟言笑，身体改造得似一台小型坦克般的官员。现在资料中关于未进入局域网前的阿夫拉布的记录往往都出自另一位年轻人之手。有些遗憾的是统铸埃米尔进入局域网前的数周，他被调回位于阿卡迪亚的统一政府本部，没有记录到阿夫拉布进入局域网时和之后的事件。

突然，走在前方的统铸埃米尔发送了一条代码（你知道"泥板行动"吗？），不等记录官反应，统铸埃米尔便入侵了记录官的存储库之中，随意读取了记录官的记忆。随后便发送了另一条暗码（跟着走），随即二人又回归到了沉默当中。一行人继续往前走去，穿过无数昏暗的走廊，跨过无数巨大的大门。不知过了多久，统铸埃米尔在走到一条狭长的直廊前，停住了。随即又开口说道："还有八小时才能进入房间，记录官做好准备，最后一次为阿卡迪亚星际统一政府记录最后一个绝密计划。"旋即又向记录官发射了一条信号（毕竟再过十二个阿卡迪亚时，不管是临时政府还是统一政府，都会被丢进历史的垃圾堆之中，它会从人类历史的团结者变成一个可怜的影子，管控地域的名义也会缩小到这座可怜巴巴的地下避难所设施里），而记录官则回复：决不背叛统一，一切为了统一，一切还有希望。统铸埃米尔再次回复的便只有短短两个字：当然。统铸埃米尔又一次突然开口道："你还没有来过这里吧，记录官？"记录官愣了一下，便如实地作答："是的，埃米尔大人。"统铸埃米尔又开口了："此地是这里的记录馆，也是你进入磐石后工作的地方。"

听到这句话，记录官吓了一跳，他本以为他会去代表国避难所开始自己的工作和生活——在那个充满叛徒及其后裔，和他们那自以为先进的科技和强大的军队中碌碌无为，没想到自己居然可以留在磐石里，他不禁一阵暗喜。统铸埃米尔没有停下来让记录官心中的高兴发酵，继续说："此地藏的可不只是一般的书籍、展品。"记录官心中又感到了一阵困惑——除了这些，还会有什么呢？难道是？他心中一阵难以抑制的兴奋突然喷涌而出。植入大脑中的抑制器插件赶紧阻止了这股神经流传播。"是那些钢板雕刻画。""果然是那些珍品！"记录官想道，"在我这二十几年的统一政府的工作之中，一直有一项秘密计划借记录部的名义，以安全部的人力、物力在进行，这便是钢板画计划。据传，上面都雕刻着统一政府历史上最伟大的画面。"此时统铸埃米尔又说道："那么就让你去看看吧，记录官。"记录官连忙说："感谢您，埃米尔大人。""记住，一切为了统一，一切还有希望，统一政府希望人人恪尽职守。去吧。"统铸埃米尔说道。

记录官谢过统铸埃米尔后，随即走到了第一幅雕刻画前，一眼便看出，上面所雕刻的场景正是统一政府成立的那一刻，那是统一元年，也就是公元2067年，那时的统一政府成立地点还是在早已消失的北极冰川上，他永远能记住当时那狂热的人们从阿斯特拉罕·恩里科宫殿中拆下巨大金属门、从各藩星找来的金属钱币等珍贵遗物所铸成大型金属讲台以庆贺这难能可贵的统一。而第二幅图则是描绘了第一支远征舰队离开阿卡迪亚前往星海时的启程画面，虽然已有无数史料记载那时的场景，而记录官也早已牢记于心，但他却仍觉得描写得不够，不，是没有文字能够描写那时的盛况——巨大的舰队战舰被奇怪曳光包围着，并变为了半透明状，顿时，上千艘战舰像烟花一样腾起，升入高空之中。亿万人像古时的信徒一样跪倒在地，齐声高呼着那时的口号。那时的口号是什么？记录官只花了一纳秒便从那数以千万亿的资料中找到了答案，是它，那时的口号正是它——一切为了统一，一切为了崛起。那时这句口号使整个阿卡迪亚从内至外都在歌颂着统一政府和它的神圣事业，并在阿卡迪亚的地表上庄严地汇成了一首真正的圣歌。记录官还记得，那时，他还是一名记录学员，还只有四十多岁，是的，就算按照那时的标准，他也已经不是年轻人了，但那种粒子给了人

们一个机会，而统一政府则把机会变成了现实。统一政府让
人们理论上永远不衰老死亡。也就是在扩张开始的那一年，
"磐石"——那时还被叫作应急指挥所，也被认为是战争时
期的一个必要设施而开工建设了第一期工程，而同时期工程
还有随后那一幅画描绘的第一艘标准主力舰——伊敦号的建
成和首航。而更多的伟大事迹——第一个工业星球建成、第
一支星际宪兵部队的建立，这些成就都是扩张前期最早的，
且被认为是不可缺少的事项。当时社会上绝大部分的人都认
为在充满雄心、毅力，又聪慧的政府人员领导下，统一政
府——当时往往代指的是整个人类——已经站在了荣耀和财
富的大门内，而统一政府必定能永远存在下去，而这些项目
的完工也大大助长了此类想法，毕竟一个征服了物质、时
间、空间的文明又有什么理由衰败呢？可是——记录官的脚
步停在了其中一幅画前，那上面描绘的正是内库诺入侵。在
记录官的档案中，那是仅仅持续数月的战争，却是一场"皮
洛士式的胜利"，全部舰队都丧失了战斗力，殖民地数量缩
小至曾经的5%，曾经的"那种粒子"来源也彻底切断。"而
因为敌人的特性，为防情报外泄，一种刚发现不久的物质被
统一政府认为是扩建'磐石的最好材料'，而被要求不计代
价地从各个星域运往阿卡迪亚，不知多少个恒星系统上的殖
民地被要求为母星贡献出自己的一切"。富饶的地区被大量
的赋税压榨，贫穷的地区被收取"血税"，而小型的"提

马尔"星球则被整群地征用。记录官的AI补充道："统一政府中曾经有人认为，正是'磐石'的修建导致统一政府公信力的减弱……"

"但至少当时人们心中还有希望——内库诺不仅被打败了，还被彻底灭绝了，而那种粒子在各地也还有十分充足的储备，况且当时统一政府也研发出了一种新能源。人们认为国家很快就会恢复元气。"记录官的一个副人格愤怒地反驳道，而另一个人格则趁机补充道："但那群可恶的总督，与总督勾结的阿基，对统一政府不忠的拜伦却靠着这个机会叛乱，他们趁着统一政府因为与内库诺的战争而元气大伤的机会，靠着统一政府之前因战争无力维护治安而下发的警卫召集令所召集的数以万亿的治安部队，开始反抗统一政府。"军阀们——以前藩星上的地方官员们开始反抗统一政府，统一政府不得不寄希望于刚重建的仅有三艘舰船的小型边防舰队、编制更小的独立地面战斗单位以及当地仍支持统一政府的当地官员来平叛。作为仅存的六艘前阿卡迪亚直属第二巡洋舰队中最小，却是隐蔽性最好、推进装置最为先进的"名誉号"率先出发，载着一直驻守阿卡迪亚东部城镇的伯力战斗营和同样一直驻守阿卡迪亚的阿卡迪亚直属西蒙兹与明珠火力支援营前往奥特兰多星域以对抗当时最为强大、代号为"无人盔甲"的军阀，而刚重建的大气圈内二四战斗队、第五五五火力支援队以及幸存的大气圈内二四战斗队的两个完整战斗部乘坐着"巴丹号"以及一艘大型运兵舰"阳明号"前往咸川地区消灭当地的起义者。同时，以被征用的三艘大型武装商船"新裕号""俾物乐号""吉安号"为首的商船队载着地面第十三集团军也前往其他星域平叛。但是这些部队随后都因各种原因，无力阻止各个军阀互相攻伐，只能全部撤回到阿卡迪亚，加强防御。这是因为军阀之间毫无节制的战争，以至于最后的宜居星球只剩下人类的发源地阿卡迪亚。于是，幸存的军阀派出全部士兵向阿卡迪亚进军。

其间，统一政府剩余的外驻人员全部遭到了杀害，而阿卡迪亚上的人口多了数十亿，其中大多是前来攻击统一政府的士兵。可战争却快速地解决了这个问题。在数分钟内，因为互相攻伐和攻击统一政府，伤亡人数巨大，人口重新跌回到战前。如果不是因为"磐石"当时的第二期完工了56%，统一政府最后的宪兵队可能都会被消灭。这场叛乱导致唯一对统一政府有利的便是——除了统一政府以外，所有被改造过的不死者们都已经全部死亡。但是这又是一次"皮洛士式的胜利"——人类除阿卡迪亚之外，再未留下一丝痕迹，并导致了阿卡迪亚地形永久的变化，同时这也代表着扩张时代的结束。"虽然这可能是对那些叛变者的一种惩罚，但也绝对是人类的一大损失，要维持不死之身必须依靠那些粒子，可粒子已经消失，可能以后都生产不了。唉！万幸的是，在内库诺入侵仅仅数小时前，一种不需要依靠那种粒子的永生机器便已经制造完成，但只制造了一台原型机，便没有再制造了，现在与图纸一起放在了'磐石'之中，以后真应该弄清那些人的忠诚再做决定……"

没等那个人格说完，记录官便在第一栏的最后一幅画前关掉了那些无用的，一直在阻碍传输的人格，然后才走向第二栏的第一幅画。这一幅明显是比第一幅晚几年才雕刻完成的，上面所讲述的是在阿卡迪亚之上，已经精疲力尽且科技严重退化的军阀互相攻击的画面。记录官看到画上军阀士兵们的武器不禁笑道："这上面的武器都是早已彻底落后的火药武器，而其中最先进的莫过于一两把激光枪了。"最让人感到回味无穷的莫过于图中出现的数万个弓箭方阵，那些弓兵努力的神情让人觉得十分的讽刺。而被围在其中的那台兵械正是一台所谓的"统一之火"，这种兵器往往安装在一台自行载具上，将空间和维度杂糅在一起，形成"蓝色火焰"，被这股火焰"烧"过的地方，空气中可能存在巨量的、肉眼可见的泥土，石头中心可能存在木头。而用于外部散热的机械则可以发出如同怪兽一样的声音，给对方的士气再加上一剑，以后这可能是可以让阿卡迪亚再次统一的利器，唯一可惜的便是经过多次大战之后，"统一之火"已经不足三百台，而"磐石"里虽然有着它们的工厂，但只能生产零部件，无法完成整装。这让人们非常失望，更别提现在原料更加短缺……

下一幅描绘得十分抽象，然而记录官却无须理解，因为他已经知道是什么了，那是统一政府不慎造成的悲剧——阿卡迪亚二次分裂，勒班陀战役的惨败，直接导致统一政府无力管控全局。所以在当时的阿卡迪亚，除统一政府外，各地军阀盘踞，统一政府中几名激进派决定引导各军阀互相攻打，进而找出最强者，重新让人们团结起来。作为在此期间为统一政府重整军备的项目之一，"磐石"二期工程项目被要求扩建，第三期项目也被提上了日程。那是在统一32年，也就是曾经的公元2098年，激进派认为，不出五年最强者就会出现，第二次统一也会出现。然而战争的车轮却没有按照统一政府预想的进入正轨——因为军阀们实力差距不大，尽管战争进行了二十多年，老军阀并没有多少个倒下，新军阀却不断站起，而统一政府并没有办法干涉这场战争。相反，统一政府在那二十几年的时间里只是用遗留下来的材料不断地扩大、完善"磐石"的设施，最终的结果便是战争结束时，"磐石"已经成为统一政府最大的一座集科技、军事、研发为一体的城市级要塞，是第一座也是唯一一座将统一政府所有知识都应用在其上的建筑。"磐石"也第一次不再只是口头上成为一座即便太阳系被炸掉，也完好无损的要塞。然而代价是什么呢？记录官苦涩地想："代价是统一政府的部队因为人员、物资的短缺，仅能控制'执政宫'建筑群，'磐石'及其出入口附近四块数十平方公里的土地，其上分别建有名为'希俄斯''摩里亚''毛登''纳普良'的大型建筑，再加上战时技术垄断企业的崛起和不断爆发的大规模战争。统一政府不得不与最强大的七位军阀合作，建立了被戏称为'七巨头'的政治实体，最终战争在统一55年，也就是公元2121年结束，而统一政府也是第一次屈辱地与叛徒坐在同一张桌子前……""可随后技术垄断企业渗透了那些在军阀遗产上建立的文人政权，并在七个月前，统一政府成立纪念日之际，改组为交接政府，并要在今夜将我们彻底赶出去，让我们只能潜入'地下'，成为'影子'！"突然，一段电子信号闯入了记录官的思维之中，那道信号正是来源于统铸埃米尔阿夫拉布："记录官，马上到这里来！"片刻之后，记录官回到了统铸埃米尔身边，统铸埃米尔随后说道："记录官，做好准备了吗？"而他则以一声刺耳的记录仪开启声回应。随即，大门开启，两人走进房间，记录官坐在了为文字记录官所准备的位置上。

此时有一个"人"，确切来说是一台巨型的、如同一个小型工业化城市似的、以履带行走的机械造物移动到了中心的讲台上，其身边还围绕着一群如同各式噬菌体一般、身高达四米以上的生化卫兵。记录官一眼便认出那便是被人称之为"玛尔斯"的前统一政府最高军事长官，现交接政府磐石要塞的警卫司令，同时也是身躯更为庞大而不便活动的统一政府最高首脑索库鲁·耶里米亚·斯科拉里奥斯·伊西多尔·圣塞尔吉乌斯·利奥的"传声筒"——格列高利。随着警卫司令的到达，一股沙哑的机械音开始演说："各位同僚们，众所周知，我们所敬爱的统一政府在四个阿卡迪亚时以后，就会成为一条只能在地下流淌的暗河，'磐石'便会改名为'查文德万塔尔'，成为一个所谓的基地，地面上的'执政宫'建筑群便会被曾经保卫它的武器毁灭，太空电梯则会化为粒子。统一政府，这个伟大政府将不复存在。那我们只能这样消失吗？不！我们已有计划，名为'寄生蜂'。既然垄断集团密谋着要夺取权力，而他们又组建了一支由'猎人''冒险者''运动家'等激进分子所组成的武装，那我们决意让其更加癫狂！一支特务部队已经出发，他们将成为那支武装中最早的肆意妄为之人，他们将在居民区放入怪物，制造事端，他们将像病毒般的理念灌输给其他人。我们的另一支队伍会不断鼓励那些匪首，喂养他们的野心，让他们变得更偏激，并让他们为达成自己的目标而不择手段。而其他队伍将会让那所谓的三位'救世主'变成'假先知''巨龙''怪兽'，并让其踏上'通往弗拉基米尔的路'！至于那些'海中的怪胎'，我们会帮助他们，令他们可以轻易撬开叛徒的防御，让他们在叛徒体内大行其道。

　　"而计划中最重要的部分，那便是我们遇到，或者说制造了一位即将在十几年后诞生的小英雄，当然他身体中的两部分已经在数小时前被送回避难所。各位，这位年轻人的父母本来应该死去，而我们救活了他们。而这对伴侣将生下真正的'救世主'，与其他的叛徒后裔不同，他是一个血脉纯正、干净得如古代人类的人。他的身体能承受住各类医学药剂，而不会过于敏感。这是我们的'儿子'，他是我们注射至敌人身体的一颗卵，是'寄生蜂'计划中最重要的一环，是我们对抗叛徒、海洋'恶魔'最重要的武器！各位，正如古代的谚语所说'我们既是人也是鬼'，我们会令'救世主'遭受足够的磨难，我们会引导他与敌人对抗，我们有能力让其秘密永不外泄！来吧，各位，既然敌人希望我们沉下，那我们就成为水底下的暗流，让我们开始我们的'西班牙阴谋'，让敌人狂饮香甜的马姆齐葡萄酒吧！让叛徒在不知不觉之间成为'巴比伦之囚'吧！敌人会在还没反应过来时，就如同'西西里晚祷事件'中的入侵士兵那样被我们消灭，而这将会发生在他们明白整件事情的来龙去脉之前！只有我们才能戴上最神圣的三重冠，并成为真正的'文明所托者'！

"各位，统一政府已经为我们的'救世主'找好了最恰当的位置，我们已经将石质的权杖给予了'救世主'的敌人，而这位真正的'救世主'手中握有金质的权杖，这便是我们给予他的权柄。这位真正的'救世主''先知''贤士'将会经历一段奇妙的历程，发扬他身上那优良的品质，充分利用他聪慧的头脑，发挥他的聪明才干，克服一切挡在他面前的困难，让我们的敌人——不管是叛徒还是'海中的怪胎'都会像'巴比伦荡妇'般化为灰烬，并终将成为所有基地的精神领袖，他会统一所有的，不论是叛徒，还是那群'怪胎'的基地。第二轮统一必将到来，终将会出现第二轮的起航，一切为了统一，一切还有希望！"记录官身体不由自主地站了起来，此时他感到在场的所有人都站了起来，一个雄壮、严肃的机械音响了起来——通往财富与荣耀的钥匙，掌握在最伟大者、文明所托者手中，一切为了统一，一切还有希望！在一小时后，"执政宫"建筑群化为一片扭曲的二维画面，太空电梯化为粒子，全部飞船被送进了曾经的"磐石"，现在的"查文德万塔尔"里面，但一切都不重要了，因为希望之种已然播下。

在夜幕的笼罩下，一艘奇怪的履带式装甲小艇孤单地飞驰在暗无天日的海平面以下数十米的地方，艇内的两位男女披着保温毯无力地躺在皮质座椅里昏睡着，不知道安装在哪里的换气系统持续地发出嚎叫，与那无处不在的机械提示音共同组成了一曲蹩脚的乐章，但除了那些失去政权的遗民，谁都不会想到这是为希望之种提前奏响的赞歌。（END）

年表

时间	事件	建筑
2056	诸藩星沉没，方舟计划启动	
2067	粒子实验，统一政府成立	

（续表）

时间	事件	建筑
2072	扩张时期	磐石第一期完工
2094	内库诺入侵，第一次内战开始	磐石第二期完工 30%
2095	阿卡迪亚大战	磐石第二期完工 56%
2096—2099	第一次分裂	
2098	统一政府激进派上台	磐石第三期开工，第三期完工；第二期完工 88%，第二期扩建 80%（计划）
2101—2121	第二次分裂	第四、五、六期开工；第二期完工，扩建完工，第二期再次扩建 130%，完工；第四、五、六期完工
2123—2132	七巨头	
2133—2137	被渗透，交接政府成立	第七、八期完工；二期扩建 12% 完工
2138	霍普出生，联合政府成立	
2156	霍普成年	

"大家快过来看看，这上面写的到底是不是真的？"霍普看到自己的名字，倒吸了一口冷气。

"很难说，毕竟旧时代和新时代的跨度太大，历史已无法考究，如果书上所写是真实发生过的，那么我们空白的历史将会被填补，而且这也解释了为什么新旧时代宇宙空间的变动会如此之大。到底是谁留下的这本书和那个箱子？这一切究竟是不是阴谋？另外，这个年表里的霍普今年正好18岁，该不是同名同姓的巧合吧？如果这次我们能侥幸活下去，就可以找钱挚验证真伪。"寇称答道。

霍普心想：那可不嘛，钱挚都活多久了。不过天下同名同姓的多了，我可不想当所谓的"救世主"，更不想做什么蛰伏的"寄生蜂"。

"总之，当务之急，我们还是要先找到霍普的父母和最终的控制室。"

"一切以自身安全为前提，各位出发吧。"

霍普思考片刻说道："一起行动效率太低了，我和挚姐还有鲍勃去找我的父母，你们去找最终的控制室。哥，这刀给你，万事小心。"说完，霍普将他从摩福斯基地得到的刀送给了寇称，转身去与钱挚、鲍勃会合。

第七章

重逢

　　寇称、张慧慧、马泽林和米兰借助虫洞穿梭器轻易地进入地下三层的控制室，在这里他们遇到了一个始终没有想到的人——张杰明。

　　可仔细打量，却发现这个人和张慧慧的父亲只有脸可以以假乱真，身体却完全不同。眼前的"张杰明"十分强壮，肌肉虬结隆起。血管呈现出不正常的黑紫色。内部流转的不像是血液，而像是某种细小的动物。

　　"是不是很意外？是不是认为我是上面的那个家伙？"张杰明的语气里带有一丝莫名的嘲讽和期待，"其实这么说也没错，我是张杰明，他也是张杰明，我们都是张杰明。唯一不同的是，先有他再有我。第一个张杰明不听使唤，那么就会由我来代替他。"

　　张慧慧悲愤地问道："为什么是我的父亲？你们为什么要这么做？"

"要怪只能怪你的父亲，他的天赋太好了，我们很难再找出这样一个和变异细胞融合得这么完美的人了。我们试验了几千人，只有张杰明在那次实验中活了下来，变异细胞和他的身体完美融合，可是他却不听我们的调度。所以我们又从张杰明的身体中分裂创造出强壮的身体，而我就是那个拥有此身体的幸运儿。你们知道干细胞吗？而我，全身上下都是干细胞！看看这完美的细胞。"说着，张杰明右手抓住左手的手臂狠狠地往下一撕，一大块血肉便被撕扯了下来。张杰明鲜血淋漓的左臂却在肉眼可见的速度下愈合，几个呼吸间便完好如初。

　　向寇称等人展现了变异细胞的强大之后，张杰明微笑地说道："这是神赋予的力量，这是凌驾于万物之上的存在！"

　　"实话告诉你们吧，当初的杀戮机器缔造实验一共有三个成功的实验体，每个实验体都经历了不同的改造。一个是张杰明，完美的'全干细胞拥有者'，一个就是你们的朋友，那个叫作霍普的小子，拥有绝对出色的感官和发达的神经细胞，剩下的那个被关在考斯监狱。你们想想那把刀为什么会出现在他的手上？如果说我是完美的身体进化，霍普那个小鬼就是完美的头脑进化，只要得到他的变异序列，我们就可以制造更多的杀戮机器。我们这种人，生来就肩负着清理阿卡迪亚的使命。见过别人钓鱼吗？其实改造实验就像是饵，我们三个就像是从奔流不息的长河里被选中的鱼！而神……"张杰明五官模糊的脸上露出敬仰的神色，"就是垂钓者。"

"鱼钩挂在我们的身上，一次又一次的辐射，诱导身体向着未知的方向进化。在那个实验中，每分每秒都有可能死去，死亡几乎是必然的结果。我经历过全身溃烂、基因链断裂、脑细胞破损，最可怕的一次就是差点成了行尸走肉！我应该庆幸，那么多的鱼，只有三个上了钩。作为由张杰明这个母体制造出来的我，很幸运地代替他，成为其中之一。我拥有了人的身份，那我到底是饵，是鱼，还是人？还是三者兼是，抑或三者都不是呢？你们的那个伙伴也会选择像我一样吧！"张杰明歇斯底里道，"你们拥有这么好的星球，却不珍惜，这大洪水就是你们自作自受！知道我们效忠的是谁吗？是神！我相信霍普也会做出和我一样的选择！哈哈哈哈哈！"

"想让我给你那些所谓的神无偿打工？不好意思，我天生反骨。"冷冷的声音在三人身后响起，霍普正靠着门框仰着头说道，他身后站着一脸无所谓的钱挚和满脸愤怒的霍氏夫妇。

"粒子是无限运动的，世界是无限的，这个世界之上，是拥有至高权力的神明！不然为什么猿猴的基因恰好变异成了人类？它活在无限的时间里，它参与了人类的进化，它是万物的神！你们的一切反抗都是徒劳！"

霍普冷冷地喊道："说够了吗？别妄想了，让我效忠于那些虫子？做梦！"

张杰明听后愣了一下，血红的双眼紧盯着霍普："你竟敢对神不敬？！啊啊啊啊！你竟敢！"

看着张杰明越发疯狂，霍普疑惑地眯了眯眼睛，道："你怎么这么一副不能接受的样子？你不会不知道你的神都是些虫子吧？不然它们为什么不直接来占领阿卡迪亚？还不是因为这里的氧气浓度不够它们生存吗？你不会不知道你口中的变异干细胞是什么吧？"

"你住嘴！它们是不死的！是永生的！"

霍普耸耸肩，说："永生只是相对的，对于蜉蝣来说，平均寿命高达120岁的人类也算永生。"

寇称趁着张杰明完全发疯前抓紧问道："张杰明，我最后问你一个问题，我的父母到底在哪里？"

张杰明冷笑几声，转身大喊道："死了，早就死了！死得连渣都不剩！我只不过是邀请他们加入组织，并没有让他们做什么天怒人怨的事情啊，为什么拒绝我！为什么啊！既然不加入，那就统统去死好了！我告诉你，他们出事的那场海难就是我做的。我看着变异鲨鱼一口一口地将他们吃下去，嘴角的鲜血和水中爆开的血雾真令人兴奋啊！"

听到父母早已遇害的消息，寇称只感觉眼前一黑，但其实这么多年他早就有了心理准备，所以倒还算冷静。

然而张杰明身形一晃，眨眼间就移到了寇称面前，变异细胞带给他的强悍力量使得他的速度超过了众人的反应。张杰明握紧右拳，狠狠地朝着寇称的腹部击去。随着一记沉闷的响声，寇称双眼圆瞪，口中喷出一股鲜血。手中的刀落在地上发出清脆的响声，寇称也顺着张杰明右手击打的方向缓缓栽倒在地上。

"寇称！"众人见状大喊道。

"去死吧！"张杰明说完抬起脚猛地向前一踢。脚边的寇称应声飞出，由于张杰明变异细胞的力量实在过于强大，寇称砸在墙壁上并没有停止，而是穿过墙壁继续向外飞去。一声重物落地的声音传来，寇称那边再也没有了动静。

鲍勃大喊一声："张杰明，我和你拼了！"说完，只见鲍勃修长的身体急速膨胀起来，衣服被爆发的肌肉线条撑破，变成一块块碎布掉落在地上。

霍普等人见了，一阵吃惊，谁都没有想到，鲍勃的身体里也被注入了变异干细胞。霍普的父亲见状解释道："鲍勃体内的变异细胞并不完整，只是当初研究中的试验品。经过这么多年的适应和同化，这些细胞的能力大幅度下降，鲍勃肯定不是张杰明的对手，我们也要做点什么。"

鲍勃完成了体内细胞的激活，一个箭步冲上去和张杰明战斗到了一起，你来我往之间，鲍勃虽然无法与张杰明斗个旗鼓相当，但拖住他却是足够了。张慧慧等人也没有闲着，拿着冲锋枪在一旁助阵，可是起到的作用不大。

变异细胞的能力太强悍了。肌肉硬度，肌肉耐力，超速代谢，细胞衍生……冲锋枪的子弹即使打在了张杰明的身上，也只是在其身体上留下一道白印，并不会对其行动造成什么影响。一边的米兰，在入侵了方舟的系统之后，尽全力调动方舟的安保系统。十几挺机枪在墙壁中延伸出来，枪口对准与鲍勃近身肉搏的张杰明，喷吐出了一条条火舌。机枪虽然对张杰明造成不了太大的伤害，但子弹打在其身躯上，也能分散其注意力，使鲍勃获得一丝喘息的机会。即使如此，鲍勃身体上的伤口也逐渐增多。

突然，只见张杰明身躯慢慢地发热，皮肤上有水蒸气冒出。这是细胞被利用到极致的表现，现在才是他的巅峰时刻。

枪械已经完全不起作用了，子弹打在张杰明的身上只能留下几点火星。鲍勃招架得越发吃力了，一个恍惚间，被张杰明抓住了破绽。只听得"刺啦"一声，鲍勃的左臂被撕扯了下来，鲜血喷涌而出，染红了鲍勃左边的身躯。

"哈哈哈哈，现在还有谁能阻止我？啊！"张杰明大笑着朝重伤在地的鲍勃走去，而就在这时，张杰明体内传来一阵震动。

就在众人与张杰明大战的时候，霍普猫下身子，悄无声息地捡走了寇称脱手的锈刀，在鲍勃的掩护下，逐渐接近了培养室。那是一个直径两米左右的透明圆球，里面充斥着淡黄色的培养液。一簇菌群就生长在这个圆球培养器的中心。

霍普知道，那就是变异菌群的母体，只要将刀插进去，一切问题都将得到解决。就在霍普举起刀砍向培养器的时候，张杰明察觉到了他的行动。

张杰明冷笑一声："小子，挺机灵的嘛，不过是不是太天真了一点啊，我可是还活着呢。"

说完，张杰明大步朝着霍普奔去。鲍勃却在这时用右手圈住了张杰明的腿。

鲍勃忍受着断臂的痛苦，霍普趁着这个时间一把将刀插入培养器。

众人只感觉一阵强烈的气浪袭来，地动山摇，将所有人掀翻在地。

张杰明瘫倒在地上，双眼圆瞪，鲜红的血泪从双眼流出。霍普站在张杰明身旁，俯视他，笑道："看来低维度世界没有'反派死于话多'这句话啊。"

马泽林和张慧慧趁机扶起寇称和鲍勃，得益于变异干细胞，鲍勃被扯断的左臂已经止住了血，寇称也恢复了意识。

没有了变异细胞的支持，身受重伤的张杰明就像被赫拉克勒斯高高举起的安泰俄斯，失去了来自地母的力量，只能如一条脱水的鱼，在生死间挣扎。他艰难地张了张嘴，鲜血像从地表涌出的泉水一样从他的嘴角流出，张杰明恶毒地看着霍普："我……我有话要对你说。"霍普道："我不听。"

钱挚走过来，看着张杰明像是在看一只被螳螂捕食的蝉，她说："你口中的神，只是一只只丑陋的、长满触角的虫子，被你奉为圣物的变异干细胞，是它们的卵，你啊，不过是它们孕育后代的宿体罢了。"

张杰明的眼神愈发涣散，他咬牙艰难地开口道："人类拥有如此资源，却这样肆意破坏，大洪水不就是他们自作自受带来的后果吗？人类为了自身的利益，可以伤害一切，为了建房屋砍伐几百年的树木，为了皮草残害无辜的生物，为了一己私欲伤害自己的同类，这样的生物，值得你这样帮助吗？阿挚，停手吧，这样只是在白白耗费生命，钱教主不会饶了你的。"

钱挚蹲下身，裙摆滑落沾到了流到地上的鲜血，鲜血慢慢浸润蔓延向上，像是正在盛放的绚烂夏花。她垂眸看着张杰明，低声说："我啊，已经下定决心，拼尽全力为人类争一个重新来过的机会。"

张杰明忽然平静了下来，他嘲讽地笑了笑："人类这样的生物，值得吗？"

钱挚脑海里闪过一个雪松般的身影，她笑得灿烂，道："值得。"

张杰明不解地瞪大眼睛，忽然，他猛烈地咳嗽几声，渐渐没了呼吸。

这时，空中响起冰冷的机械音："方舟自毁程序已经启动，请尽快撤离……"

终端上显示的鲜红数字在飞快地闪动：30：00、29：59、29：58……

霍泽急忙喊道："这是菌群母体死亡散发出的信息素诱导的终端自毁，一旦自毁程序启动，方舟就会爆炸，威力足以毁灭人类文明！"

米兰的机械电子音也显得十分急切："系统无法入侵终端，正在尝试强制介入终端，警告，警告，强制介入终端被拒。已检测到终端防御网开启，再次介入引起终端反击概率为99%。系统分析，当前情况无法通过技术手段停止终端自毁。"

钱挚抬起头来，语气无波无澜："你们先出去。"众人看向钱挚，没有一个人离开，张慧慧努力压下语气里的恐惧："真的要这样吗？我们再想想，一定会有别的办法的。""真的还有别的办法吗？慧慧，不要再天真了，时间已经不多了。"钱挚垂下眼睛道。

终端上数字闪动：20：01、20：00、19：59……

钱挚快速地说道："霍泽和云树，你们熟悉道路，带着张慧慧他们走，泽林你保护他们离开，现在马上！"

马泽林点点头，深深地看了钱挚一眼，钱挚笑道："又不是生离死别，没事，乖啊，我们等下就出来。"

霍氏夫妇见此，只好应道："好，你们保重。"

看着几人在马泽林的护送下匆匆离去，钱挚没有浪费时间，她看向狼藉的控制室，深呼吸几口，回想起总程序的装置操作，可是那记忆就像蒙着一层雾，怎么也看不清。她的额头冷汗涔涔。

终端上数字闪动：15：01、15：00、14：59……

方舟出口外，霍氏夫妇停下了脚步，霍泽开口道："我参与了方舟的研究，我留在那里是最好的选择。"楚云树也道："方舟我们总归是最熟悉的。"霍普张了张嘴，没有说话。楚云树抱紧了霍普，低声在霍普耳边说了几句话，霍泽也揉了揉他的头发。霍普感觉眼眶有点发热。他低头看着已经佝偻的父母，回想起儿时他们牵着自己的手买冰淇淋吃的样子，霍普想扯扯嘴角，但是呼吸已经变得急促。楚云树温柔地笑了笑，霍泽道："孩子，照顾好自己，这些年辛苦寇称了。"寇称郑重地说道："照顾弟弟是我的本分。"楚云树笑着抱了抱寇称，道："好孩子。"

霍氏夫妇相视一笑，走向了终端驾驶室，搀扶着，渐行渐远。霍普颤抖着眼睫，静静地看着黑暗将他们的背影一口一口吞噬……

总控制室里，钱挚正在放血压制酸臭浓厚的信息素，脸色发白，可是她一个人的血远远不够。忽然，一只手拍了拍她的肩，那是只温暖有力的手，钱挚回头，是霍氏夫妇。

霍泽温和地说："孩子，我们曾被注射过你父亲的血，我们来帮你吧。"

钱挚愣了愣，点点头。霍氏夫妇割开手腕，当他们的鲜血浇灌在母体上的时候，空气中浓烈的信息素像是瞬间被稀释了一样，钱挚感到心头一松。

找到救生艇后，几人登上了方舟，却没有发动。

霍普看向方舟的方向，寇称拍了拍他的肩，霍普感到脸上一片冰凉，手一摸，才发现自己已满脸泪水。

张慧慧站在霍普旁边，她拉着霍普冰冷的手，没有说话。马泽林坐在椅子上，面色灰白。鲍勃则是不停地在救生舱里来回踱步。

已经几乎闻不到信息素的味道了，钱挚长吁了一口气，霍氏夫妇因失血过多而脸色惨白，摇摇欲坠，钱挚扶住二人："坚持一下，到了联合基地就好了……"楚云树打断道："没用啦，阿挚。我们死前还能再见到霍普和寇称，就已经很满足啦。倒是你啊，不要太累了，不要逞强，有时候，人类不值得啊……"霍泽则笑道："谢谢你，阿挚，从福利院收养了我，又照顾霍普长大。"钱挚颤抖着嘴唇道："我，并没有照顾好他。"楚云树笑道："没事，他也健康地长到这么大了。"

钱挚看着生命力从两人的身体里渐渐剥离，她茫然地眨了眨眼睛，泪水滑落到下巴。

钱挚不记得自己是怎么把霍氏夫妇的遗体带到救生舱，下属是怎么赶来，马泽林又怎么把她带到军舰上的。

回到联合基地后，众人接受了紧急治疗，所幸均无大碍。

钱挚站在医院病房的落地窗前，看着窗外车水马龙，说道："前方道阻且长啊。"马泽林躺在病床前，他的右胳膊正在输液，抬起左手划动着光屏道："现在杀戮机器还没有觉醒成熟的迹象，一切都还来得及。"钱挚转身坐到沙发上，手指把玩着桌上的康乃馨，道："当初谁都没有想到人类竟然如此顽强，无论是地震、海啸、疫病、战乱还是大屠杀，他们都活了下来，一直繁衍至今，并且越来越强，难以控制。"马泽林想起儿时那群疯子闯进他家，绑起他的父母，烧光他的家的场景，道："最能让人类灭绝的方法，就是让他们自相残杀。"钱挚皱了皱眉，道："少想些痛苦的事。"

转眼间时间过去了三天，安葬好霍氏夫妇后，钱挚约霍普到图书馆的休息室里见面。

霍普坐在休息室的沙发上，凝神望向窗外，钱挚看向霍普，说："你父母的事，我很抱歉。"霍普道："挚姐，这几天，我想明白了一件事。"钱挚道："什么事？"霍普看向钱挚："我小时候被抓去做了改造实验，他们对我的耳朵、眼睛，甚至味觉、嗅觉都做了干预和影响，导致我一直不信任我看到的、听到的、感知到的一切，所以这些年，我一直压抑着自己的情绪，不敢高兴，不敢生气，怕自己因为一些虚假的幻象而做出愚蠢的反应。可是，我妈妈在进入方舟前，对我说：'相信自己看到的，信任自己，才能信任他人，才能成为一个可以让他人信任的人。'"

钱挚笑了笑，道："云树说得很对，为你感到高兴。"霍普笑了笑，钱挚感觉这好像是她第一次见到霍普笑，于是她也跟着笑了笑。

鲍勃断臂处的伤口感染了金属菌群，又经过海中核废水射线的照射，发生大面积溃烂，现有的医疗水平无法治愈，于是医生决定截肢。钱挚为鲍勃安排了机械义肢，并保证使用现阶段人类最高的机械技术。就这样，医生对鲍勃左手的无名指与小指进行了切除和培养改造。令人意外的是，经过一系列改造的鲍勃，身体对机械的亲和度竟然出奇地高，其体内的免疫系统对机械义肢完全没有产生排异反应，得以提前出院。

鲍勃出院这天，卡米拉抱着一束巨大的康乃馨，站在医院门口，窈窕的身姿吸引了不少路人的目光。

"妈！"鲍勃健步跑向卡米拉，完全看不出断了手安了义肢的样子。一旁的钱挚低着头走了过去。卡米拉抱着鲍勃，怜惜道："我儿啊，你受苦了……"说罢，瞟了一眼钱挚，冷哼了一声。钱挚满脸愧疚地说："对不起。"卡米拉见状又心软了，道："哎，这是张杰明弄的，去方舟也是我叫他和你去的，你不要太自责。"钱挚抬头，竟然泪眼汪汪的，卡米拉哪见过这个，忙说："你，你别哭了。"钱挚抽了抽鼻子，委屈地说："鲍勃以后有什么问题，找我就行！真的对不起，我会叫人早日研究出手臂再生方法的。"卡米拉道："哎，我不生气了，你别哭了啊。"钱挚的抽泣声更大了："你都不叫我阿挚了……"卡米拉忙道："哎呀，阿挚！阿挚！我真的不生气了。"钱挚这才止住抽泣，抱着卡米拉的脖颈道："好久没见你了。"

一旁的霍普都看呆了，张慧慧心想钱挚高贵冷艳的形象坍塌了，寇称也耸耸肩表示第一次见，马泽林则是一副见怪不怪的样子。

卡米拉走到霍普面前，笑着对霍普说："好久不见，霍普。"霍普点点头，也笑道："好久不见。"卡米拉见到霍普笑了，颇为惊讶地说："哎哟，几天没见，感觉你好像想开了一样，都会笑了。"霍普："……"

第八章

海捕

次日早晨，天幕刚刚从深蓝切换到灰蓝，霍普就被智能机器人叫醒，他揉着惺忪的睡眼从床上爬起。洗漱完毕，霍普对着悬浮的空气镜，随意地抓了抓头发。最近霍普瘦了不少，眉骨也突出了，眼窝有些凹陷，显得鼻梁更加高挺，两排翘起的睫毛较常人更为浓密，衬得双眼有了几分与俊朗五官不一样的气质。

机器人管家送来一管营养剂，霍普几口喝干净。他站起身，身后的床变形成了书桌，而堆满电线和设备的床头柜变成了椅子。现代的人类不断发明人工智能设备，无论是躺在家里，还是走在街上，甚至是躲进深山，都可以见到人工智能，人类对人工智能的依赖性也越来越高。

霍普轻轻点了点桌面，188号基地中学的网址出现在眼前，他熟练地点击空气中悬浮的屏幕查看课表。不一会儿，他找到了今天的课题——求生课。求生课可是霍普的拿手好戏，从小父母就不在身边，让霍普练就了独立生存的本领。不过，这也要归功于寇称，他的表哥，现任机甲工程部部长，一个只要提到机械就两眼放光的死宅。

霍普突然想起表哥来，此时的寇称，估计正在亡命天涯。

这与他们的邻居夏菲有关，这位极其出色，被誉为小雷切尔和小罗莎林德的科研人员。

被征召在摩福斯基地工作的那段时间里，夏菲发现了异空间的端倪，准确地说，是那个妄想开发阿卡迪亚、全是虫子的恶心高维度世界，随着夏菲对异空间的探索逐渐加深，她发现自己的世界观开始摇摇欲坠。

在异空间模拟器上，极高浓度氧气使夏菲几乎要氧中毒，她强撑着观察了十几分钟，终于发现了一处与异空间高度重合的地方，幸好，那地方不是方舟，不过，也没好到哪去，在南极。夏菲和搭档驾驶着飞车来到南极一处巨大冰冠下，手中的仪器发出警报，显示与异空间的接连点越来越近了！她和搭档连忙驱动铲冰机器人，不一会儿，一座巨型的"冰棺"显露出来，坚冰之内包裹着一个她从没见过的生物，大如猛犸象，状似蟑螂，拂去冰碴，还能看见章鱼一般的吸盘和浓密的毛发……

"诶，左诚你看，你说……这会是什么？"

"这……现在的南极已经不适合生物生存了，怎么还有具备生命体征的生物？"搭档左诚看着仪器诧异地说。

"算了，先带回去再慢慢研究吧。"

夏菲和左诚把这个生物连着冰块敲了下来，把它装进了飞车。

回到联合基地后，夏菲和她的同事们开始研究这个奇怪的生物。为了保险起见，他们把它存放在真空实验箱里，模拟冰块里的无氧结构，并通过最高科技的X-am激光线进行观察，可奇怪的是，不管激光线怎么探测，这个"活化石"都无法被甄别出来，更别说把它归属于什么属什么科了，他们的研究毫无进展。

一天，夏菲早早地来到实验室，她突发奇想：是不是因为真空的环境，他们的研究才一直没有进展？夏菲打开了真空实验箱，那生物就像苏醒了一般，缓缓睁开了它的八只眼睛。夏菲意识到不妙，就要关上实验箱的时候，那生物振动着翅膀朝她飞来。

夏菲连忙抓起桌上的杀虫剂，虽然伤害不到此等庞然大物，但是也给她争取到了几秒逃命时间。夏菲当时只恨自己没多长两条腿，她飞奔到实验室一个专门测试炸弹的防弹箱里，就在她关上箱门的时候，那怪物的触角正向她伸来。

万幸，夏菲眼疾手快地关上了防爆门，她蜷缩在防爆箱的最里面，瑟瑟发抖，她感觉自己仿佛置身于地动山摇的末日，尖锐物品划拉金属的刺耳声音在防爆箱里回响……

夏菲紧闭眼睛，屏住呼吸，忽然，那钻心刺骨的声音消失了，夏菲缓缓睁开眼睛，一只巨大的长着八个血红的复眼，和蟑螂有八分相似的虫脸摇动着触须，与她只差几厘米！一时间，夏菲的心脏都停止了跳动，她的脸顿时变得煞白，血色褪得干干净净。夏菲额角留下一滴冷汗，滴答，滴答，滴落在那巨型蟑螂伸在夏菲面前的触手上。"完了。"夏菲悲哀地想。

忽然，那巨型蟑螂停止不动，倒了下去，夏菲的头发被震得飞起。

大蟑螂死了，夏菲带着劫后余生的喜悦想要烧掉这个蟑螂尸体的时候，姗姗赶来的左诚阻止了她，并联系了寇称。

左诚是寇称的中学同学，他在那时就以极其出众的生物学天赋而远近闻名，两个爱好相同的人在相识后便迅速成为朋友。在之后的中学生活里，他们形影不离，是搭档也是对手，穿梭于各个实验室之中。

一天晚上，他俩为一个问题拖延了好一会，出来已是深夜。左诚和寇称走在通往宿舍的小路上，畅聊着未来。

"你说，等我们长大了，我们会去干什么呢？"左诚看着深紫色的夜空问道。

"你啊，这么聪明的脑子，可以去拯救世界。"

"那我们要一起拯救世界，我俩以后肯定会是这世界上最精通人工智能的兄弟！"

……

世事难料，在一次实验中，电线短路，又遇到了水，发生了爆炸，左诚在这次爆炸中被炸伤，玻璃碎片刺进大脑，造成不可逆的损伤。当时唯一的办法就是移植大脑，可谁会愿意捐出自己的大脑呢？最后，寇称说，他愿意。

病房里，左诚竟然奇迹般地清醒了片刻，他拒绝了寇称捐出大脑的想法，他说："寇称以后还要拯救人类呢，他把脑子给了我，他怎么办？"

左诚自愿参与朱诺集团的人工智能改造项目，实验员在左诚的脑中植入了芯片和程序指令。实验很成功，但从此左诚性情大变，变得沉默寡言，拒绝与人交流，甚至再也不去曾经最爱的实验室。寇称发现，左诚的行为举止也越来越像机器人，甚至还拥有了与机器人对话、控制机器人的异能。可是，某一天，左诚突然恢复正常了，几乎变得和手术前一模一样。

寇称接到左诚的电话后，第一时间就往实验室跑去。他赶到时，夏菲和左诚已经收拾好了那巨型蟑螂造成的狼藉，偌大的实验室中央摆放着蟑螂的尸体。

寇称捏了捏鼻梁，这事尽量不能让钱正风知道，毕竟这是弄死了他的"甲方"。

左诚提出分解这巨型蟑螂，寇称则去通知钱挚，可是钱挚却无法赶来，因为兴起的机器人政权正让三大集团和联合政府的所有中高层焦头烂额。

在夏菲把巨型蟑螂从真空实验室放出来的时候，朱诺集团一名高层的电脑"觉醒"了。这个电脑觉醒了自己的意识，它认为自己不再是一个单纯的硅基工具，而是一个真正的生命，拥有人格和人权，要求像碳基生命一样被平等对待。

好巧不巧，那名朱诺高层就是赵国亨，他电脑里存储着大量关于人类改造和机器人建造的方案和计划书，以及最高级别的机密文件，这就意味着，那台觉醒的电脑不仅拥有海量的可以媲美人类史上绝大部分科学家的专业知识，还有朱诺集团的核心机密，十分恐怖。

寇称直觉这一切另有人在背后推波助澜，但是钱挚让他不要轻举妄动，所以寇称按下了心中疑虑，和夏菲一起帮着左诚处理蟑螂的尸体。

更多高层的电脑觉醒了，渐渐地，三大公司中的埃洛斯集团和厄庇特集团的高层电脑也大规模觉醒了。这些电脑集人类几乎全部的学术成就于一体，可是却又宛如五六岁的孩童一般，虽然主意不少，但是懵懵懂懂，虽然麻烦，但是好骗，所以高层们本想着先哄着它们，再找解决方法，但是变故又发生了。

左诚是突然联系不上的，当时他对寇称和夏菲说出去抽支烟，然后就断了联系，ID也没有再登录。

当寇称要将左诚失联的事告诉钱挚的时候，钱挚已经给他发来了信息，语气里依旧带着往日的揶揄和黑色幽默：

"觉醒的电脑在一小时内都有了极大的进步，现在已经可以识破人类的谎言了，左诚是不是离开了你的视线范围至少半小时？哇，你知道吗？赵总的这个电脑现在哭得跟个被渣男欺骗的小姑娘似的。"

寇称眉心一跳，他回道："已经联系不上他了，这大蟑螂可以直接销毁了吧？"钱挚回道："烧吧，烧干净点。你和夏菲尽快赶来总部行政楼。"

寇称放下电脑就和夏菲合力把大蟑螂搬进焚烧室，看着蓝色的火焰吞噬着大蟑螂，夏菲叉腰长呼一口气，及肩的马尾在身后痛快地摇了摇。

做完这些后，寇称和夏菲匆匆赶到总部行政楼，刚下了飞车，就看到钱挚正站在大门口微笑着朝他们招手。

她穿着黑色的羊绒长裙，披着一件光泽面料的深色西装外套，蓬松的卷发在脑后低低地束起，眉眼柔美却暗藏锋芒。钱挚等寇称他们走近后，道："寇工、夏工，这段时间辛苦你们了。刚刚开完新闻发布会，左诚中途闯入，直接在全球人民面前表示自己支持机器人政权，向人类宣战。"钱挚耸耸肩继续说："现在全球人民都可慌张了。也不知道他是怎么进去的，不过有电脑机器人的帮助肯定不难。我倒是好奇他是怎么在这么短的时间里让电脑进步得如此之大的，竟然通过了图灵测试。"寇称愧疚地说："是我没看好他。"钱挚笑道："没事，他迟早会跑出来的。咱们先进去。"

钱挚带着寇称和夏菲走进一个装潢奢华的接待室，天花板上半径至少五米的水晶灯发出暖黄的灯光，钱挚转头对夏菲说道："夏工，请问蟑螂死后会散发酸臭的味道吗？保险起见，现在高层非必要不使用智能产品，也不能在智能产品上涉及敏感词汇，所以我只能问你了。"

夏菲点头道："是的，蟑螂死后会有异味，是具有恶臭的酸性脂肪类混合物。"钱挚一挑眉，道："我怀疑，是这大蟑螂死后散发的信息素诱导了电脑的觉醒，我之前在方舟也遇到过类似的情况。根据夏工之前的报告，这玩意是因氧气浓度不足而缺氧死亡。"

"是的，"夏菲说道，"昆虫对氧气浓度要求很高。"

钱挚靠在沙发上，说："我一年前就注意到左诚了，不过还是小瞧他了。现在这个机器人政权，得用点非常手段了。"

"你要拔它们的电源？"寇称认真地问道，他已经猜到了，左诚在那场试验后估计就为钱正风办事了，这次是故意让夏菲发现异空间，好名正言顺地把大蟑螂带回总部——阿卡迪亚的心脏之地，后利用蟑螂死后散发的信息素诱导电脑"觉醒"，先利用人工智能大伤人类的元气，高维度的那些虫子才更好下手，而左诚的大脑也算大半个机器人，所以他来做再合适不过。

钱挚皱了皱鼻子："你可真幽默。"

"……那你要怎么做？"寇称追问。

"弄病毒。"钱挚耸耸肩。

"够毒，不过我倒是有一计。"寇称喝了口红茶，摸着下巴道。

钱挚侧耳倾听，歪了歪头，扬起狡黠的笑容。

当天下午，三大公司的电脑开始大面积瘫痪，左诚愤怒至极，公开表示不日将攻打联合基地。

紧接着，钱挚端方昳丽的脸被投影在大街小巷的屏幕上，视频里她一身黑色正装，语气沉稳，气质庄严，让人心生信任和仰慕。"近日，埃洛斯集团、厄庇特集团和朱诺集团的各个高层电脑，都出现了'觉醒'现象，它们公开向碳基人类宣战。这些电脑都拥有极高的学术水平和极其绝密的文件，这将会给全人类带来极大伤害。在我司联合埃洛斯集团和厄庇特集团寻找最佳解决方法的时候，我司一名高级机甲设计师寇称在没有经过任何领导人许可的情况下，擅自将电脑程序病毒投放到有'觉醒'现象的电脑中，这样的举动惹怒了机器人政权的领导人左诚，左诚表示他不日将攻打联合基地总部。"钱挚顿了顿，直视着屏幕外，像站在云端上俯视人间战乱的阿尔忒弥斯。她一只手撑着演讲台继续说道："但是，如果这些'觉醒'电脑伤害人类，向全人类发动战争，那么我代表朱诺集团，作为引领人类战胜大洪水、开辟新家园的先驱者，在此宣誓，会一直与全人类同进退，会站在第一线，守护阿卡迪亚的家园，阳光照耀之下，生命生生不息！"钱挚眼里闪烁着无畏的光芒，耀眼似艳阳。

这件事持续占据全球基地的热搜榜头条，各大网站首页都被这件事的标语全部占据，每一条的网上评论都超40亿，有说要早日逮捕寇称的，有担心机器人打败人类要搬家的，有表示对三大公司的支持的，甚至还有一大片说钱挚好看的，被迷死的……

霍普刷着网络上的评论："啊啊啊，难道就我感觉钱小姐好美吗？呜呜呜，姐姐杀我！""楼上的，你不是一个人。我把快递名改成了钱小姐，快递小哥问我钱小姐在吗，我说钱小姐不在，我是她的狗。""嘿，钱小姐，厕所马桶不要盖上，我走水路。""呜呜呜，我本来还想着这糟糕的人生没了就没了吧，但是看见这么美的人在保护我，呜呜呜，泪目。"

霍普看得嘴角抽搐，他换了一个词条：警方何时能将寇称捉拿归案？他眉心深深地皱起，往下翻，发现还有好事之徒终日游走于街头巷尾，寻找寇称的蛛丝马迹。在朱诺官方的诱导下，愤怒中的民众认为，只要寇称归案，就能消灾。更有甚者开始质疑寇称的学术成就，认为是花钱买来的，还有人在看到寇称的照片后，嘲弄他是靠脸吃饭。不过万幸的是，寇称和霍普的住址没有被扒出来，想必是钱挚暗中出手保护。

在这些"网络法庭"上，大众站在制高点，并不在意他们审判着的是受害者还是施害者。霍普看着这些评论，心里哂笑，单单几句话，就可以让这十几亿有血有肉的人对一个素不相识的人宣泄自己的恶意，这些乌合之众并不在意真相，他们只是需要一个替罪羊，只想炫耀自己所谓的正义感，并通过这种随大流的群体行为来获取一丝丝可怜的安全感罢了。

愚昧、丑陋、残忍、可悲的正义感。

这时，门铃响了，他深吸几口气，强迫自己冷静下来后，起身去开门。

开门一看，卡米拉、张慧慧、鲍勃正站在门外，卡米拉手里还提着一个芭比粉的便当，霍普闻到了叉烧饭的味道。

卡米拉笑道："我是来带话的，鲍勃和慧慧非得跟过来，说是不见到你不放心。哦，对了，你今天吃药了吗？"

霍普吸了口气，道："我吃了。"然后又扯了扯嘴角勉强笑了笑，侧开身让他们进来。卡米拉把便当放到餐桌上，说："钱挚让我跟你说，现在使用人工智能产品要谨慎些，能不用就不用。一切都在计划中，不要担心。寇称让我跟你说，等他浪迹天涯完就回来。"

霍普打开便当，他这一整天都没怎么吃东西，一闻饭香倒还真饿了。

　　卡米拉扫了眼光屏上寇称的通缉令，寇称清俊周正的脸被拍得有些扭曲，颇有点在逃连环食人魔的气质。卡米拉啧啧两声，说道："寇称是得罪了选照片的人吗？"

第九章
躁动

　　昏暗空旷的房间里，一个大鱼缸摆放在最中间，一群鲜艳的红鱼和几尾黑白条纹的小鱼在水里遨游，蓝色清澈的水纹倒映于地，像极了水墨画。

　　"教主，还是找不到寇称的踪迹。"左诚恭敬地弯着腰，低声向坐在沙发里的男人汇报。

　　男人没有开口，他一只手撑着额角，另一只手用修长的手指以某种节奏轻轻敲打着沙发扶手。男人看着面前鱼缸里的鱼群，大片艳丽浓稠的红随着水流波动，煞是赏心悦目，只是那几尾豆娘鱼显得有些突兀。

　　鱼群的影子洒在地上，也使男人阔额高鼻的俊朗面容忽明忽暗，五官显得有几分妖冶。他半闭着眼眸，长腿交叠，薄唇平直，散发着疏离冷漠的气质。

　　"阿挚在护着他，找不到很正常。"钱正风开口道。他的声音低沉清凉，虽然语调随性，但是依旧有着不可忽视的压迫感。

"人类现在进行到哪一步了？"钱正风漫不经心地问。

"寇称投放的病毒造成了三分之一的损耗，前几日您借给埃洛斯集团的可植入人体芯片的样本和说明，他们已经做到了自主研发，现在正在大肆宣传，可是小姐前天发表的视频吸引了极大的关注，导致人体芯片的关注度一直不理想，大家都认为找到寇称就能阻止战争。不过已经有五千万人做了植入手术，只是绝大多数人依旧不接受在身体里植入芯片。不出您所料，现在分裂成了改革派和保守派。"左诚小心翼翼，咬字清晰，语速适中地说。

"大众普遍没有分辨能力，无法判断事情的真伪。你今日下午将厄庇特的一份中等机密文件公布在网络上。"他用慵懒动人的嗓音说道。

"是。"左诚鞠躬告退。

鲍勃摊在寇称家的沙发上，看着光屏上埃洛斯集团最新推出的人体芯片广告，诧异地说："植入人体芯片后智商最低180？这靠谱吗？……昨天还有一堆专家说不要植入，怎么现在就呼吁我们植入了？"张慧慧疑惑地问："人体芯片？啥东西？"霍普坐在地毯上，靠着沙发懒洋洋地开口道："可能明天就是强制我们植入芯片了。"张慧慧道："为什么？还能强迫我们？"

在厨房洗水果的卡米拉听到了说："阿挚前天发布的

视频吸引了绝大多数人的关注，现在网上全是讨论那个视频的，根本没几个人关注这个人体芯片。厄庇特集团这次泄露了机密文件，算是把被阿挚吸引过去的热度和流量给拉了回去，也告诉了公众现在的人工智能很危险，之后厄庇特集团很可能会对联合政府施压，促使更多人植入芯片。"鲍勃问道："为什么要让更多人植入芯片？""因为人工智能现在靠不住，可是我们又离不开电脑，所以需要替代品。"霍普打着游戏说道。"没错，人工智能虽然是我们的必需品，但是如果连我们去了哪里，电脑里存了什么东西都会被泄露出去，那我们就需要可以替代人工智能的东西，目前人类的大脑就是最优选。而且这个芯片肯定有什么不为人知的用处。"卡米拉端着一盘草莓走出来。

张慧慧还是不解："什么不为人知的用处？为什么要呼吁这么多人植入这个芯片呢？"

卡米拉笑道："这个芯片是植入在脊梁的中枢神经上的，上可控制大脑，下可管理四肢，做点手脚不就可以操控人类了？这是朱诺多年的项目，技术已经很成熟了，所以可以大范围操作，而且样本量大，成功率就更大。"

霍普和张慧慧对视一眼，两人都想到了镜城。

霍普拿起一颗草莓，道："而且这个泄露的文件选得好，要是保密等级再高一点，厄庇特集团就可以破产了。"

卡米拉摸着下巴思考道："之前是把寇称推出来当人类

公敌，现在大家关注点都在植入芯片上，不知道人类会不会连内部团结都做不到啊。"

张慧慧道："人类公敌？"

卡米拉道："当一个群体有共同面临对抗的敌人时，他们会有高度的团结和纪律，这也是阿挚那么说的原因。在这个紧要关头，如果想保住人类，前提是人类自己不能出内乱，自相残杀。现在重点是要不要植入芯片，人类很有可能因为不同的立场观点分裂成不同的党派，那内战就极有可能发生。"

鲍勃用机械手捂着胸口害怕道："那不会明天就发布必须植入芯片的法律吧？"

卡米拉耸耸肩："有可能，但我相信阿挚不会让民众发生意外的。"

张慧慧继续道："那为什么是厄庇特集团泄露文件，而不是埃洛斯集团？"

"因为钱正风选择了埃洛斯集团去推广人体芯片，所以不能让埃洛斯集团泄露文件，不然可能会打击大众对埃洛斯集团的信任，只能是厄庇特集团了。"霍普道。

张慧慧不解道："为什么是厄庇特呢？"霍普耸耸肩："不知道啊。"

鲍勃是有点预言家的天赋的，第二天，联合政府下令让总部所有没植入芯片的人到市政厅。因为卡米拉来总部走的是保密通道，所以联合政府系统里的她依旧在摩福斯基地，只有霍普、张慧慧、鲍勃来到了市政厅。

三人在市政厅的大堂停下，圆形的大堂由黑白大理石铺成，四周竖立着光可鉴人的石柱。大堂中站着几个工作人员，对着一沓厚厚的名单把未植入芯片的人分成了三群，霍普和张慧慧被分到了一起，鲍勃分到了另一群里。

霍普微眯着眼睛，他发现这几个工作人员将大堂的人分成"无劳动能力""优良劳动力"和"优良创造力"。他和张慧慧那群人几乎都是四肢健全的青壮年，应该是被分到"优良劳动力"那一群。而鲍勃因为安装了机械手臂，应该被分到"无劳动能力"那一群。

"霍哥？是你吗？呜呜呜，见到你太好了，我们会不会死啊？"一道熟悉的声音在霍普身后响起，霍普回头一看，是王洪洋。

霍普朝他安抚似的笑了笑："没事的，跟着我们走就行。"王洪洋听到这句话，往霍普身边一看，看到了张慧慧，连忙打招呼："你好你好，我叫王洪洋。"张慧慧笑道："我叫张慧慧。"

几人还没说几句，工作人员就领着他们往里走。

三人在出发前都戴上了非金属入耳无线耳机，所以躲过了安检，鲍勃的声音在耳机里响起："我去，这人把我们带到了手术室，那一排排手术台摆得和80人集体宿舍似的，搞什么啊。"霍普回道："你小心点，你们可能会被当成练手的。"场外支援卡米拉笑道："就像外科医生会先在猪皮上锻炼手法？"鲍勃："……"

带领霍普和张慧慧的工作人员也停下了脚步。霍普看向四周，这是个十分明亮空旷的封闭房间，四面墙都包上了厚厚的海绵。这时，一个穿着黑马甲的工作人员匆匆走来，他低声问霍普："寇称是你什么人？"霍普道："他是我表哥。"黑马甲点头道："很好，母性基因。"他又转头对带领员低声骂道："吃白饭的？这应该是'优良创造力'那组。"带领员点头称是，黑马甲又对霍普说道："抱歉，我们的员工将您分错组了，您应该是'优良创造力'组的，值得更好的待遇。"霍普嗯了一声，抬脚和黑马甲走了，他悄悄用耳机说："慧慧，你小心行事，有意外及时和我说。"张慧慧回道："好。"

鲍勃那边，一个女人的声音在手术室天花板上的音响里响起："各位无劳动能力者，早上好呀！欢迎来到联合政府，相信你们看到了现在的场景，你们有两个选择：一是活着植入芯片，二是死了植入芯片。"

霍普的脑袋偏了偏，鲍勃惊悚的叫喊声和乒乒乓乓的撞击声回荡在耳机里："啊啊啊，救命啊，这人跟疯了一样，我现在满屋子地玩躲避战，救命啊，支援支援。"

卡米拉安抚道："儿子，你再坚持一会，阿挚马上赶到。"

霍普这时已经走进了安置他的房间，空旷黑暗，只能看到一个和水族馆养鲸鱼差不多大的鱼缸摆在正中央，几尾黑白条纹的豆娘鱼欢快地在水中划动着。霍普看到鱼的时候右手猛然握紧成拳，他颤抖着眨了眨眼，发现这一切不是幻象，顿时呼吸急促起来。

"好久不见，霍普，还记得这里吗？"钱正风坐在鱼缸后面，悠悠地开口道，低沉的嗓音响彻空旷的房间。

即使两人相隔好几米，霍普也全身肌肉紧绷，僵硬地站在原地，他甚至能感到血液正在急速地流向四肢，他强作镇定："拜你所赐，永生难忘。"

钱正风笑道："你很紧张，我能看到你的瞳孔睁大，听到你的心跳加快，能闻到你疯狂分泌的肾上腺素。"

霍普踏进房间，边走边讽刺道："那你很牛啊。"

钱正风微微一噎，继而笑道："我选中了你，赐予你和我一样的能力。虽然改造你之前忘记问你的意见，"他双手一摊说："不过，你现在很好啊。"

霍普注视着钱正风，看着这张与钱挚十分相似的脸，不可控制地掉进回忆里。

那时霍普五岁，正值调皮捣蛋不怕死的年纪，和邻居家小孩约好放学后去看王伯家新买的鹦鹉。因为父母一向很忙，所以霍普早早地就自己上下学了。他好不容易逃掉值日溜出学校，一路琢磨着如何挥霍这个奢侈的下午，可以先去游戏城，再去王伯家看鹦鹉……

一辆黑色轿车在他旁边停了下来，小霍普好奇地扭头去看，那车很好看，小霍普想回到家就求爸爸买一个这样的模型。忽然，那车的车门滑开了，小霍普感到一阵恶寒，拔腿就想跑开的时候，一个男人下车走到他跟前，蹲下身，笑盈盈地看着小霍普。小霍普眨巴着眼，感觉这个面目和善的叔叔不是老师说的坏人。"你好呀，你叫霍普对吧？"那人又摸了摸霍普的脑袋瓜，说，"我是你钱姐姐的爸爸，你可以叫我钱叔叔。""钱叔叔好。"小霍普点点头，他这下更加肯定对方是个好人了，因为钱姐姐是他父母的好朋友，每个月都会去他家看他，是一个很漂亮、知道很多东西的人。钱正风笑着对他说："霍普，要不要和叔叔去一个有趣的地方呀？"小霍普猛点头。

小霍普只感觉眼前一黑，再睁开眼的时候，他正躺在一张冰冷的手术台上，四肢被束缚带勒得发疼……

霍普奋力从回忆里抽离出来，他现在几乎大汗淋漓。钱正风道："没想到你现在可以自我干预干扰。你脑子里的寄生虫本来是要让你回忆完最痛苦的改造手术后，才能结束回忆，你进步很大，不错。"霍普按捺住想爆粗的冲动，张了张嘴，想开口再拖延一点时间，按计划还有一分钟钱挚就可以赶来。在这个房间里，他听不见外面的任何声音，希望钱挚现在有和她爸正面对峙的能力。

钱正风却没等他说话，风雅地笑道："你是在等阿挚来吧？没事，别紧张，你现在很安全，等她来了，就可以把你接走。"

忽然，如针尖扎耳的铃声从霍普四周响起，霍普只感觉头痛欲裂，仿佛有人将他的大脑打成糨糊一样，他双眼发黑，跪倒在地。

黑暗的房间突然投来一束白光，钱挚推开房门，她尽力平复着急促的呼吸，看着眼前深不见底的房间，手指轻颤，缓步走向钱正风，细高跟踩在大理石上的声音空荡荡地响起。钱正风没有回头，他手指摩挲着从霍普耳朵里拿出来的无线耳机，笑道："这次来得倒还及时。"钱挚僵硬地扬起头颅，冷笑道："怎么，来慢点好让你像杀掉母亲那样杀掉霍普？"

鱼缸里的鱼群忽然变得急躁不安，在水里急速地来回游动。钱正风手指轻抵玻璃，鱼群立刻远离那处，形成一个直径半米的空间。钱正风轻轻按着太阳穴，道："我不想与你谈论这件事，不过今天我的目的是检查实验品的成长效果，现在你可以把他带走了。"钱挚听闻猛地跑向霍普，看到他昏倒在地但是生命体征良好后，轻轻呼了口气。钱挚扭头看向钱正风："你当真觉得那些虫子会信守诺言？就算你把阿卡迪亚拱手相送，对于他们来说，你现在也只是一个来自低阶宇宙的东西，没有人会尊重弱者，更何况是向弱者遵守承诺。"钱正风目光炯炯："山人自有妙计。"钱挚微微皱眉，叹气道："你好自为之。"

第十章
夜探

霍普再次睁眼的时候，他已经在研究员公寓了。他正躺在自己的房间里，看着熟悉的米色天花板，鼻腔里也充斥着熟悉的味道，他感到一阵心安。

"醒了？再不醒我以为你被钱正风吓死了。"寇称坐在床边的书桌旁，手里摆弄着游戏机，"行啊你，我不在的这几天还刷新了最高纪录。"

"你和钱正风正面交锋是意外，让你受惊了。"马泽林坐在房间里的沙发上，抱歉地说。霍普这才发现，钱挚、卡米拉、鲍勃、张慧慧都在。

"我昏迷了多久？我昏迷后发生什么事了？王洪洋怎么样了？"霍普向坐在马泽林旁边的钱挚问道。

"王洪洋已经回家了，好不容易哄回家的，待会儿给他报个平安吧。你去的那个房间有钱正风设计的铃声音响，立体环绕的那种，当铃声一响，你就支撑不了昏倒了。你昏倒后我就赶到了，幸得鲍勃当时制造的混乱，慧慧打趴下了几个工作人员，成功阻止了他们植入芯片。找到你的时候，钱正风已经走了，只看到你倒在地上。好在你身体没有什么问题，只是过于密集的铃声造成了短暂的昏厥。"钱挚看着霍普说道，感到十分庆幸，她没有把自己的担忧表现出来。

"挚姐，你说的那个铃声到底是什么？"张慧慧问道。

霍普开口道："钱正风在我五岁的时候对我做了改造实验，使我的感觉器官和脑神经感染了寄生虫，那个铃声是根据一种虫子的翅膀振鸣声设计的，可以影响我体内的寄生虫，从而使我昏迷。"

钱挚微微一愣，她没想到霍普会直接把他的经历说出来，但是她同时也很欣慰，霍普在不知不觉中已然可以直面那段黑暗的往事。

张慧慧听完霍普的讲述，低头沉默良久，她眼眶通红，却没有哭。众人陷入沉默，鲍勃鼓起腮帮，滴溜儿地转着湛蓝的眼睛，想开口活跃一下气氛，刚刚张口，就见张慧慧窜成一道黑影，扑进了霍普怀里。

霍普怔住了，只感到心中一热，低下头呆呆看向怀中人，手不由自主地抚上张慧慧的头发，干笑道："没事的，我这不好好的？"张慧慧在霍普怀里闷闷地说道："你这哪里是好了！呜呜呜呜……"

联合政府办公大楼里，手持焚骨枪、武装到牙齿的安保人员将大楼围得水泄不通。焚骨枪内含高浓度强腐蚀性酸，可以令骨头在短时间内一点一点地溃烂，因为骨头在被腐蚀的时候还有吱吱的声音，霍普说这应该叫焚骨水枪。

一名穿着做工考究的粉色西装的男人坐在一楼会议室的一端，翘着兰花指从胸前的西装口袋里拿出喷了香水的丝绸手帕，稍稍掩住口鼻，嗔怪道："钱正风，你这个杀千刀的！没人关注人体芯片就算了，现在连强制植入这个方法也不行，你说怎么办？集团那些文件不知道什么时候就会曝出去，跟个定时炸弹一样。现在都不能用电脑了，厄庇特都要瘫痪了！"

钱正风面无表情道："已经报名参与植入芯片的那五千万人怎么样了？"

西蒙夸张地扬起眉毛，无视对方身上阴森的杀气，阴阳怪气地说："没几个达到要求的，根本完成不了计算机可以做到的推演和计算。这还不如几十年前的初级人体芯片呢，初代芯片就只是简单地控制人类行动和思维，你看镜城经营得多好。你是吃饱了没事干吗？非要升级芯片，想要人类达到和计算机一样的思维。我来当这个厄庇特集团的执行董事，还是因为你说这里的工作量少、好玩，现在却忙得要死！"

钱正风微不可察地皱了皱眉，说道："这个项目已经有百年的历史，经历了千锤百炼的实验，人体芯片也经历了全面升级。只要继续增加植入的人数，就一定会有达到要求的成品。至于那些残次品、失败品，直接用杀戮机器清理就行。"

西蒙一手撑着下巴，继续阴阳怪气："我这次来就是为了考察残次品清理得怎么样的，但是现在连杀戮机器都没有发育成熟，我们什么时候可以得到阿卡迪亚？不然我们没法给你军队，那你杀回故土的日子也遥遥无期呀。"

钱正风抬起锐利的眼眸："能使人类社会秩序混乱，大面积崩溃的最快捷方法就是让他们无法使用人工智能，当他们内部分裂对立，食不果腹、衣不遮体的时候，我们甚至不需要杀戮机器，他们就会自相残杀。"

"人类当真愚蠢至此？我好久没来阿卡迪亚了，你可别骗我。越是面对危险和混乱，越是要团结一致，这是生存的信条。我们那里，每次面对粒子风暴的时候，都是所有人一起抵抗，而不是把别人推向旋风。"西蒙歪头道。

钱正风笑道："混乱的社会可不是简简单单的自然灾害。自从人类聚居在一起，他们就在打压着其他生物，甚至他们之间互相的打压都没停过，男人打压女人，长辈打压晚辈，恶人打压善人。"

西蒙像是想起什么好笑的事情，扑哧一声，挑眉道："那我真的很期待呀，当年你要清理欧洲的时候，你就诱导男人打压女人，强者打压弱者，什么猎杀女巫、虐杀猫咪的。之后黑死病就自然而然地出现了，可惜当时只是个实验，不然那次就可以直接占领阿卡迪亚了。"

"人类自己也在发展，他们渐渐可以对抗这些外界伤害了，可惜对于他们来说，同类带来的伤害才是最为致命的。"钱正风把玩着一支焚骨枪，看上去漫不经心。

朱诺研究员公寓里，寇称把联合政府的平面图在书桌上展开。

钱挚抬脚避过地上一堆垒起的书，说道："这会儿很危险。"

寇称面带无畏地说道："不入虎穴，焉得虎子。"

钱挚抬头道："我是说在地上放置这么多障碍物，这样很危险，容易摔倒。"

寇称："……"

等大家小心翼翼地绕开地上不规则摆放的"书山"，围到书桌边上后，寇称用手指向图纸上办公大楼十二楼的位置，说道："这就是我和霍普需要去的地方。"

鲍勃很配合地倒吸一口凉气。

钱挚补充道："这位勇士知道联合政府在每层楼都设置了潜伏哨吗？"

霍普听闻开口道："那我现在退出还来得及吗？"寇称捶了霍普的肩膀一下。

钱挚靠在马泽林身上，笑道："这位小友莫慌，贫道有一宝物可助二位一臂之力。"

霍普心想，我就不该推荐你看《茅山道人》的。

马泽林拿出一个巴掌大的金属盒，在众人期待的目光中打开。盒子完全打开，在看到里面宝物的庐山真面目后，张慧慧和鲍勃："额？"卡米拉迟疑道："吃巧克力可以让人分泌多巴胺，变得快乐，阿挚你的意思是，做人最重要的就是开心吗？"

盒子里，赫然陈列着两颗巧克力，还是小鱼形状的。

钱挚："……"马泽林道："这是隐形巧克力。服用后可以隐形十分钟。"

张慧慧、鲍勃、卡米拉表示十分惊讶。

钱挚笑着仰头道："这宝物的原理就是利用了光的折射，吃下去之后，软糖会让你的身体分泌出一种透明黏液，光会通过黏液的反射进入外界，只要是控制在一定频率的光，就不会被看到，我已经将光频设置在了可见光的范围内，你们吃下去可以不被警卫发现，但是躲不过红外摄像头。"

午夜，联合政府办公楼里。办公楼一共有六十二层，其中资料库在第十二层左边尽头。办公楼的每一层都有一个走廊，走廊的尽头就是电梯，所有的房间都排列在走廊的两边，每层从十多个到三十多个房间不等。因为空气污染十分严重，整栋大楼没有一扇窗户，所以远远一看就像一个倒扣着的笔筒。

对于霍普和寇称来说，攀岩上十二楼不是问题，只要在脚底喷上浮气，就能到达十二楼的高度。只是进入十二楼着实有些困难，他们必须在墙上开一个口子。

围墙看起来平平无奇，其实布满了三万伏的电流网。

一名驻守在办公楼大门口的保安疑惑地看了看身旁，没有人，却好像有人走过。"真是见鬼。"保安握紧了手里的焚骨枪。

两人悄悄摸到墙底下，霍普扶正了头上的振动夜视仪。夜视仪从外表上看只是一个普通的潜水镜，但是能感知到人体细胞分子的振动，再将这些分子振动的机械波转化为他们肉眼中看到的样子，就像蝙蝠利用超声波躲避障碍一样。

他们从背包里拿出一个类似油漆喷头的东西，将它喷在脚上。随后，两人便慢慢地浮了起来。

一层楼高3.15米，十二层楼也就是37.8米。两人要去的十二楼要升到34.65米。霍普凝神数着他们逐渐升起的高度。

到达十二楼的高度后，霍普从背包里拿出局部虫洞穿梭器，巡逻的安保队已经走远。他把穿梭器贴在墙上，虫洞逐渐和墙融为一体，中间慢慢融出一个小洞，两人从圈中钻进十二楼。

寇称发明虫洞穿梭器也是偶然，他曾经观测过一次黑洞的喷流，发现了空间折叠的理论，继而发明了这个虫洞穿

梭器。空间就像是一张纸，人们全在这张纸上生活，想要从
纸的一端走到另一端，就要穿过整张纸，而虫洞穿梭器可以
将这张纸短暂地折叠起来，使得原先遥远的距离相连接，达
到穿梭空间的目的，但前提是在短距离，并且空间稳定的
地方。

两人屏住呼吸，穿过站满守卫的走廊，到达尽头的资
料室。

寇称悄悄把虫洞穿梭器贴在门上，穿梭器慢慢陷进门
里。可是，它好像遇到了什么坚硬的东西，始终无法将门全
部穿透。霍普心里咯噔一下，怎么回事？幸好，守卫离资料
室至少有二十米的距离，所以并没有惊动守卫。大门渐渐被
融出一个小圈，霍普扫了一眼边缘，这扇门大概有七厘米
厚，中间镶嵌了某种金属，好像是前几个月新闻里报道的陨
石金属。据报道，这种金属十分坚硬罕见，联合政府真是花
了大手笔。

两人钻进资料室，一排排高大的书架如参天大树一样
陈列在面前。霍普小声说："就这样一本本地干找吗？"这
里的每份资料都以特殊的顺序摆放着，先找到指定的那本资
料，如果不知道顺序的话，难度无异于上青天。寇称悲壮地
点点头。霍普叹了口气，走到书架前开始翻找他们需要的资
料：记录了厄庇特集团那件惊天丑闻的文件。

霍普从书架里抽出一本文件，道："现在竟然还有这么

大量的纸质记录。"寇称道："都是些年代久远的记录，其实都有电子备份，但是这些文书本身也有一定价值，所以厄庇特选择妥善储存。"霍普道："厄庇特这个集团自成立以来一直被钱正风当枪使，NH的改造培训都是厄庇特执行操作的，估计每本都是些黑料啊。"寇称安慰道："没事，找不到那件的话，咱还有Plan B。"

霍普闻言顿了顿，侧耳听了听走廊的动静，对寇称说："这Plan B现在是无论如何也要启动了。"

第十一章
反制

寇称只感到眼前被亮光一刺，资料库的大门被"嘭"的一声打开。

西蒙穿着粉色的刺绣西装站在大门口，两边是列队整齐的NH。西蒙翘着兰花指抬手摸了摸用发油固定得即使七级台风来了也纹丝不动的大背头，斜眼看着蹲在地上、各自捧着厚厚一本档案看得入迷的两人，稍稍掩住口鼻，道："这里怎么这么多灰尘？"说完用眼神示意NH抓住霍普和寇称。

西蒙上下扫了眼资料室，道："早知道该一把火烧了的。"说罢转身离开。

两人被反剪双手押送审讯室。路上，寇称悄悄问霍普："那个粉西装给我一种熟悉的感觉。"霍普道："他是来自那个高维度世界的大虫子，靠把意识注入仿生人体内来生存，和镜城里的居民有点相像。"

"把嘴给我闭上！"西蒙走上前来给了两人一人一脚。

寇称没好气地嘲讽道："就这还高维度世界？"西蒙气急，扬手就要甩给寇称一巴掌的时候，一道轻快的女声响起："董事长何必大动肝火？把他们押送到审讯室，我来帮您教训他们。"西蒙闻言笑得鱼尾纹都要飞到发际线了，道："这怎么能劳烦您呢？"NH向两侧让开，一名穿着深蓝色制服的女警官健步走来，湛蓝的眼眸熠熠生辉，小麦色的肌肤和在衣袖下若隐若现的肌肉线条彰显着绝对的力量。

埃琳娜扬起眉毛："这不是寇称吗？你的逮捕令还没发下来，你就赶着给我们送业绩了？"寇称笑道："整天在实验室待着怪闷的，出来散散心。"埃琳娜道："刚好我忙完了，来聊聊你的散心之旅吧。"寇称奇怪道："这么快就平息暴动了吗？改革派和保守派这么弱的吗？据我所知，现在又分裂成另外两个党派了吧？"埃琳娜闻言一手扣住寇称的脖子，额头青筋暴起，道："大胆！董事长，我带这两个反动分子去审讯室，您自便。"西蒙笑道："帕克上校注意少生气，别动肝火，对身体不好。"

审讯室里，寇称大马金刀地坐在狭小的金属椅上，左右扭头看着四周的陈设，对身旁的霍普道："这个审讯室真不错，不愧是阿挚特定的审讯室，比我前两天的那个高级多了。"埃琳娜坐在他面前，转动着签字笔没好气道："拜你所赐，不能用人工智能后，都要手写记录。"寇称嘻嘻笑道："你还可以趁机好好锻炼一下书写，你还记得怎么握笔吗？"埃琳娜手腕一动，签字笔从手指中飞出，堪堪擦过寇称左耳，刺入他身后的墙壁。寇称不着痕迹地往右边挪了挪，道："帕克上校，现在的笔可不便宜，你可悠着点吧。"埃琳娜道："反正也用不到笔，寇称，你们来这干什么？嫌命长吗？"寇称道："我们要找厄庇特1350年的记录。"埃琳娜倒吸一口凉气："将近一千年前的记录，阿挚到底在计划什么？"说完又摆摆手道："别说了，说了我也听不懂。"寇称沉眉道："我们需要你的帮助，那年的记录包含着一个惊天丑闻，把这件丑闻公布后，厄庇特就会变成众矢之的。"埃琳娜道："到时候无论是改革派还是保守派都会一致对外，视厄庇特为共同的敌人。"寇称点头道："对，这可以最快地团结人类。"埃琳娜头疼道："这种记录现在只有纸质版的，你也看到了，怎么找啊？"寇称仰头摊在金属椅上，道："所以我们需要时间去翻找。"埃琳娜沉思道："西蒙会知道那本记录在哪里吗？"霍普道："那个虫子来阿卡迪亚跟度假似的，哪里会管这些事。"埃琳娜奇怪道："那阿挚也不知道吗？"寇称道："这些事她一直没有机会接触，厄庇特是钱正风的另一个属下在幕后管理。"埃琳娜道："厄庇特竟然是这样的？那岂不是相当于朱诺的附属公司？那埃洛斯集团呢？"寇称道："埃洛斯集团是季柏林一手创办的，和钱正风没关系。"

埃琳娜不解道："那可以说钱正风握住了人类的命

脉，他要是想改造全人类，为什么要那么大费周章呢？"霍普道："直接把全人类圈起来统一改造这事他试过，没成功。"埃琳娜感觉寒毛竖起："他试过？"寇称道："对，你想想人类史上臭名昭著的大屠杀。"埃琳娜沉默片刻，吐出一口浊气："这实在是……"

镜城郊外，钱挚站在一处绿草茵茵的地方，她低头看着面前斑驳的墓碑，繁杂的刻字依稀能辨别出"月季"二字，这是她母亲长眠的地方。镜城是她母亲的故乡，也是她度过大半个童年的地方，这里的一切，都可以让她回忆起与母亲在一起的时光。

镜城的地理位置在某种程度上算得上得天独厚，它建立于一个地势低缓的盆地里，气候温暖湿润，是这个世界里最薄弱的地方，算得上异世界与阿卡迪亚的接口。

以阿卡迪亚的时间流速计算，一千多年前，钱正风在他的故乡犯下不可饶恕的罪行，掌权者投票裁决后，决定将他放逐到一个比他们所在世界奥德斯维度要低得多的地方，那将会是个危险的世界，那里文明程度最高的生物尚且挣扎在饥荒、干旱、瘟疫和战乱之中。掌权者们预言："那是个在不久后终将走向自我毁灭的世界。"他们端坐于云端的神台上，用流淌着黄金血液的手指指向钱正风："那混乱、虚伪、面目可憎的世界里，也有美好、高贵和让人潸然泪下的事物。但是你，可悲的罪人，你将经历得到、失去、充满希望、万念俱灰，你短暂的一生将会是毫无意义的。"

恍惚间，他感觉自己似穿越了漫长的银河，满目都是炫白的星光，被高高举起后又重重砸下。他被放逐到了阿卡迪亚。

他没有像陨石坠落一样来到阿卡迪亚，他仿佛是在瞬间又仿佛经历千年，像一片羽毛似的飘入这个低维度世界。一个流淌着黄金血液的人，在这个充满尘埃的世界里，是那么格格不入。他无法接受，这里的一切在他看来都是愚钝的、丑陋的。他尝试过自杀来逃离，可无论是坠崖、投湖，还是一头撞在岩石上，伤口都会在瞬息痊愈，破碎成烂泥的身体也会恢复如初。

至此，他终日浑浑噩噩，不知身处何方。一日，在与野狗抢食的时候，他被野狗撕裂的伤口却迟迟没有愈合，剧烈的痛楚让他几欲昏厥。烈日照得他几乎要脱水，他拼尽全力爬到最近的一棵树下，他疼得视线模糊，依稀能看见手上的肉被厚厚地撕开，金色的血液像泉水一样涌出，深可见骨，皮肤在长时间的强烈日照下已经变成了大地的颜色。

"你怎么了？没事吧？"一个女子向他跑来，手里挎着一个竹篮，荆钗布裙，脸上淌着汗水，步伐急切。他抬眼看了眼女子，受伤的剧痛让他难以发声，女子看见他的手后颤声道："伤口好深，我有金疮药，给你敷上。"他没有理会女子对他伤口的摆弄，片刻，女子道："好了。"他有些惊讶于女子竟然没有对他的黄金血液感到好奇，后来女子告诉他，那时在树林里的他，即使满身狼狈泥泞，伤痕累累，但周身气度和金色的血液无不彰显着他并非常人。

女子把他带回了家，她是山里猎户的女儿，平时会进树林里采些山货补贴生计，这次就是在进山采野果、野菜的时候碰到他的。女子告诉他自己姓钱，可以叫她月季，问他的名字，见他面色茫然，遂给他取了个名字，叫钱正风。

女子的父母性格老实厚道，为人淳朴，见钱正风无依无靠，便收留了他。钱正风也会帮他们家干活打猎。他融入得很快。仿佛那野狗的撕咬在他心中关上了什么，又打开了什么。

顺理成章，钱正风和月季相爱了，他们在成亲一年后有了个女儿。女子最爱的花也是月季，家里养了一株，每天精心侍弄。女子的心地善良，在十里八乡都是出了名的，村里的孤寡老人，父母双亡的孤儿，都受过她的照拂。

然而厄运的降临从来不会打招呼。战火蔓延到了这片宁静的小村庄，朝廷需要大批人马去征战，出征的前夜，哭声四起。

那天清晨，城里官员手持金觥站在城墙上为他们饯行。钱正风抬头看着面色红润、满脸横肉的官员，感到奇怪，为什么村里人人都要缩衣节食，大家都面黄肌瘦，而他却可以生得如此肥壮？

钱正风虽然拥有超乎常人的自愈能力，但是他一直尽量避免流血受伤，唯恐自己的金色血液被人发现。他在战场上很卖力，杀敌无数，挣来了赫赫军功。

　　可是一到晚上，闭眼都是满目猩红和残肢断臂的尸山血海，他不敢睡觉，怕昨天还有说有笑今天就死无全尸的伙伴入梦。后来，军粮短缺，为了活命，他们只能把伙伴的尸体烹煮。钱正风从拒绝食用到吃完呕吐再到可以面无表情地咽下，他知道自己离疯不远了。他夜夜噩梦，在家乡的妻儿，蔓延数里的血河，伙伴死前的眼神……萦绕着他，折磨着他。

　　他的左手在战场上被刺伤了，金黄的血液是那么的刺目。敌军，甚至战友，都不要命似地朝他扑来。他杀了很多人，多到无人再敢靠近他。同伴怕他却又离不开他，无论是敌人还是同袍都视他为异类。

　　战争结束了，他非常幸运的，活着回来了。可他却觉得自己一直留在了那血腥和充满哭喊的战场，他总是会突然看见被军队凌辱的女子，被斩首后挂在长矛上的老人、小孩，有时候他走在路上，会突然看见穿着动物皮毛的敌军冲上前来，可再一眨眼，发现那只是一只野兔。

　　夜夜的噩梦和血腥可怖的幻觉无时无刻不在吸食他的灵魂。一个下雨天，他要出门查看前几天布下的陷阱有没有网到野兽，在他开门的瞬间，他听到有人在唤他，回头，恍惚间看见敌人扑过来掐着他的脖子，脸上是狰狞的笑。他重重地把敌人砸向一旁的墙壁，血液四溅，敌人脑袋垂下。

"啊！"女儿的惊呼在耳边响起，钱正风仿佛如溺水者在濒死前呼吸到了一口空气般。幻象消失，哪有什么敌人，那是他珍爱的妻子！

"咔嚓"，妻子手里的斗笠掉落在地，竹制的斗笠很轻，都没发出什么声音，对于钱正风却是震耳欲聋。

他颤抖着看向女儿，伸出还在滴着鲜红血珠的手。女儿哭喊着跑开了。

村里人很快就知道了这件事，他曾经的同袍也站出来指控他金色血液的事，一伙人举着火把、大刀就上山来讨伐他。钱正风看着昔日的身边人，他们中有同生共死的战友，有守望相助的乡亲，有把酒话桑麻的朋友，为首的是帮助他良多的村长，但这一切都已是曾经。他长叹一声，蓦然转身，抱起不停挣扎的女儿，隐入丛林。

钱正风和女儿开始风餐露宿的生活，他不停地更换住所，甚至漂洋过海横跨多个国度，他们在每个地方待的时间都不长。女儿刚开始极度抗拒和他接触，多次逃走，他每次都会把她找回来。后来渐渐地，女儿似乎习惯了，没有再逃走。女儿有他一半的血脉，身体素质远远强于常人，可以陪伴他很久很久。他实在是太孤独了，女儿是他与这个世界唯一的联系，但是他知道，女儿一直没有原谅他。旅途中一次

偶然的受伤让他意识到自己的身体已经在衰老，不但会感到疲惫，伤口愈合的速度也越来越慢……

钱挚在草地上坐下，后背轻轻靠着石碑。黑风衣的下摆被风吹动。"母亲，"她开口道，"我已经开始我的计划了。这一千多年，他推动了人类历史，发动很多血腥的、伤亡无数的事件，他鼓动人类去残害同类和别的生物，他甚至诱导人类去攻击我们的星球。他制造了杀戮机器，他要献祭人类，阿卡迪亚就是祭坛，他要把阿卡迪亚献给另一个世界。"钱挚顿了顿，抬手擦了擦泪水，抬头看了看天空，碧空如洗，有白鸟飞过。

她继续说道："我要阻止他。"

审讯室，埃琳娜接受了西蒙发出的将寇称和霍普转移到联合监狱的指令，她摘掉军帽，理了理制服外套上的军徽，淡笑道："我带你去看一下我的私藏。"

埃琳娜打开厚重的金属大门，寇称和霍普顿时眼冒金光。

各式各样的枪械和尖锐漂亮的刀具陈列在墙上，让观赏者不吝赞美的精巧武器整整齐齐地码在玻璃柜里。寇称握着一把枪托上雕刻着月季的手枪咧开嘴笑道："帕克上校厉害啊！月季1024都有！"埃琳娜得意地笑道："这可是朱诺特别推出的枪械系列纪念版，本来是不发售的，还是阿挚特意留给我的。"霍普掂量了一下手里的长刀，修长沉重，有着可以人马俱碎的锋利。埃琳娜笑道："眼光不错，一来就挑了年纪最大的一个，这可是阿挚专门寻来留给你的。"霍普点点头，神情是少见的亢奋。

Plan B启动。

走出收藏室的时候，霍普说道："虽然Plan B是来硬的，但我其实没想到是这样来，我们直接抢吗？"

埃琳娜说："倒也不是，这武器主要是让你们防身的，我这边会控制住西蒙，钱正风那边阿挚会搞定。"

寇称对埃琳娜道："你小心。"埃琳娜回道："你们也保重。"

寇称和霍普二人跑出安保区，直奔向十二楼的资料室。

埃琳娜带领着军队，穿过联合政府的严密防守，来到西蒙的办公室。"晚上好，西蒙董事长。"埃琳娜笑道。西蒙起身笑道："帕克上校！这么晚来找我是寂寞了吗？"埃琳娜眉眼一凛，接着一个箭步冲上前钳住西蒙的双手，埃琳娜在心里感叹道：想到他很弱，没想到这么弱。

埃琳娜笑得让西蒙害怕，她说："我恶心你好久了，死虫子。"

西蒙扭动着身体，怒吼道："大胆，放开我！等下，你怎么知道我的身份？"

埃琳娜很惊讶，钱挚和她说过，这个西蒙就是个草包关系户，他爸在大虫子的世界里地位不低，所以才能担任监管交易阿卡迪亚这一职责。看来走后门找关系这种潜规则是不分维度的啊，埃琳娜在心里再次感叹道。

埃琳娜不想与西蒙再有更多的对话，示意属下上前给他戴上特制的手铐。

资料室里，寇称和霍普如期末考前一晚才第一次打开书本的学生，以最快的速度翻看记录。"这种知识不过脑的感觉让我着迷。"霍普面无表情地说。

镜城，钱挚躺在草地上昏昏欲睡。"阿挚，别躺在草地上，有露水会着凉。"钱正风手里捧着一束月季，站在墓碑前说。钱挚抬头，笑道："我不会生病的，你忘了？"钱正风把月季放下，在墓碑前坐下，笑道："时间过得太快了，一眨眼你就长这么大了。你小时候有一次破天荒发烧，急坏我了，当时凡尔赛宫的医生就只会放血，一点也不靠谱。"钱挚道："Se faire chier，明明是你自己先误导盖伦的。"钱正风优雅地眨了眨眼，笑道："不说这个了，你让我来这，是为了在联合基地做出什么事？"钱挚笑道："约你来忆苦思甜的，亲爱的父亲。你还记得我小时候非常喜欢吃镇上霍婆婆家的小馄饨吗？"

钱正风道："记得，每每带你去镇里，你都要去吃。"钱挚道："后来你去从军，母亲一个人带我不容易，外公、外婆身体也不好，要不是有霍婆婆帮忙，我都不敢想象那该有多糟糕。"钱正风道："所以你非常感激她，以至于这么多年后，发现她的后代流离失所，生活在孤儿院，都会选择照顾他们。""霍泽长大结婚后也有了一个孩子，他们夫妻知道我的身份，还让他们的孩子叫我姐姐，但是，"钱挚看向钱正风，目光灼灼，"后来你发现了他们的存在。""霍泽、张杰明和高绮是当时镜城仅存的血脉，身体里的基因最适合被改造。霍泽太出挑了，作为普通人所创造出来的价值十分可观，但改造他也要承担更多风险，机会成本太高了。好在高绮和张杰明相对平庸一些，所以我选择改造这两人和霍泽的孩子霍普。而霍普本就是旧时代统一政府'寄生蜂'计划的天选之子，不过是人尽其才，才尽其用罢了。"钱正风的语气平淡，就像和股东讨论股票一样。钱挚道："高绮？那个1号实验体吗？你曾把她誉为最完美的杀戮机器，可是却把她囚禁在考斯监狱。你当年到底对她做了什么？""我不想告诉你，我还想问你为什么要违抗我，为什么要守护人类？"

联合政府大楼资料室里，霍普揉了揉发涩的眼睛，突然远处传来寇称的声音："找到了！1350年的资料！"霍普跑出成山的书堆，激动地跑向寇称，两人几乎热泪盈眶。没有多说话，寇称三两下打开背包，拿出扫描仪扫描文件，通过内网发送给在研究员宿舍的卡米拉，再把原稿塞进背包后，以最快的速度从几小时前他们在资料室墙上融出的大洞中跳出。

联合政府监狱里，埃琳娜身后的属下押送着西蒙，西蒙头上戴着麻袋，气急败坏的吼声隔着麻袋有点不太清楚："埃琳娜·帕克！你个混蛋！该死的混蛋！你竟敢这样对我！你知道我妈妈是谁吗？我动动触手就可以把你碾碎！"埃琳娜转身就是一脚，嘲讽道："就你？我一瓶杀虫剂喷死你！"

联合政府监狱论安全属性是阿卡迪亚仅次于考斯监狱的第二监狱，它的外部是一层由陨石金属打造的围墙，围墙里是层层叠叠的电网，内部是十米一个的巡逻岗位，一队队的哨兵整齐划一，不停地巡逻，地面墙壁由极度坚韧的金属铺成，因此，联合监狱也被誉为无法攻陷的堡垒。监狱中间耸立着一座高耸入云的石塔，塔顶挂着一个大钟，每两小时报时一次，安排着犯人们的作息。

来到这里的，还有卡米拉、鲍勃和张慧慧。

与西蒙不同，他们是被帕克上校的属下护送到这里的，这个无法攻陷的堡垒不仅可以防止犯人从内往外逃，也可以防止无关人员从外面进入，是一个绝佳的庇护所。

"因为最近的人工智能危机，监狱的机器人警卫都停用了，但是我把一部分军队的战士们调到了这里，所以你们不用担心。"在监狱走廊里，埃琳娜边走边对三人说道。

"真是麻烦你了，非常感谢你对我们的帮助。"卡米拉微笑道。

　　埃琳娜飒爽地笑道："哪里，应该的，我还要感谢你们为阿卡迪亚做出的努力。"

　　卡米拉和埃琳娜握了握手，埃琳娜领着他们来到了监狱的地下室。地下室是整个监狱最为安全封闭的地方，不少收藏家都选择将他们珍藏的世界瑰宝保存在此。卡米拉要在这个极度安全的地方把寇称发送过来的记录公布到网上，曝光厄庇特的这件惊天丑闻，让公众对厄庇特产生信任危机，减少其他基地选择植入芯片的人数，同时转移保守派和改革派两派纷争的重点，让厄庇特成为那个"共同的敌人。"

　　镜城。钱挚被钱正风问得顿了顿，说道："我在阿卡迪亚出生长大，在这里生活了近两千年。我不想让这里生灵涂炭。"钱正风好像听到了什么笑话一样，哈哈大笑起来，平复后道："把阿卡迪亚交给虫族也未尝不是在保护这个星球，人类就像这个星球的病毒，南北极冰川的融化，飘着垃圾的海洋，漫天的沙尘暴，消失的树林，都是人类这种病毒造成的病症。人类自以为是地认为自己拥有这个星球的控制权，认为自己会使用工具，拥有所谓的更高级的文明，就是这里的主人。现在，把人类清除掉，难道不是在保护这个星球吗？"

　　钱挚无语扶额，道："我这两千年几乎都和人类生活在一起，我爱阿卡迪亚，是因为我在这个地方获得了温暖和快乐，而这恰好是人类给我的。而且，你还把阿卡迪亚卖给虫族，你比人类，比这里的原住民又好多少？你更不配当这个星球的主人！"

钱正风回道："这点我确实无法否认，交易阿卡迪亚确实是不道德的行为，但是你确定我们现在要谈论这个吗？今天可能是我们父女俩坐在一起聊天的最后机会了。"钱挚皱眉，她感到十分无趣，便起身道："不好意思，我现在不想和你聊天，我要回去了。"说罢便往外走，钱正风看着她远去的背影，神情中显出几分落寞。

钱挚的脚步停了停，回头道："你要回联合基地吗？如果回的话，那我们顺路。"

第十二章

神谕

"咔嚓"的声音从黑暗里传来，霍普从十二楼跳下，揉了揉脚踝，习惯性地侧耳细听，周围并无异常。霍普稍微放宽心，他把身上的长刀卸下来，抖了抖靴子上的纸屑。寇称紧随其后，理了理腰边别着的月季1024，利落的枪身泛着迷人的银光。

二人对视一眼，均是一笑，虽然接下来的道路危险重重，但是他们眼中没有畏惧。

寇称忽然问道："你今天吃药了吗？"霍普道："我吃了，谢谢提醒。"

距离人工智能觉醒已经过了一周，在这期间，由于失去了人工智能的帮助，人类社会可谓忙乱崩坏，家家户户都有的机器人管家和智能清洁工无法使用，驾驶飞车飞船无法使用导航，数据分析、财务统计必须要人工，可是会计这类职业早在几十年前就被完全淘汰了。不过对于寇称、霍普二人，这种情况对他们偷渡回考斯基地的计划无疑大大有利。

因为人类对人工智能的高度依赖，所以当提醒帮助人们生活、工作的人工智能陡然停用后，海关边境的警戒也大大降低。

寇称、霍普从联合政府大楼跑向联合政府基地中学，学校的草坪上停着一艘飞船。

"能想到在学校操场停飞船，不愧是你。"寇称上了飞船，在等电子安全带自动融合系好时对霍普说道。霍普看向窗外，飞船缓缓离开地面，反问："这里是离联合政府最近的大面积空旷平坦的地方。不然停哪？联合政府顶楼？朱诺总部顶楼？"寇称大笑道："我倒是想把飞船直接开到钱正风办公室。"霍普笑道："好啊，这肯定要支持。现在就改变航向，撞飞他。"寇称握着方向盘道："我能把路线背下来已经是超越自我了，改变航线后咱俩很有可能会迷失方向，只能不停地飞行，最后燃油耗尽，然后'嘣'的一声，飞船掉落。"霍普："……"

虽然人类社会已经一团糟了，但是依旧可以变得更糟，那是一个潜藏已久的隐患——方舟，悄然间席卷了人类社会。

朱诺集团执行董事办公室，钱挚站在落地窗前，束腰的长款大衣衬得她身姿更为挺拔，她垂眸看着脚下色彩斑斓的灯火。马泽林坐在她身后的老板椅上，凝视着她的背影，忍不住开口道："你近期很喜欢站在窗边往下看。"钱挚闻声转头道："对，这样可以给我一种'龙傲天'的感觉，让我更加有自信。"马泽林："……"

"虽然方舟已经自毁，但是因为它的体积庞大，所以尽管霍泽和楚云树将其开向了深海，它爆炸的威力还是影响到了海底火山的活动。位于苏拉威西岛的卡维奥巴拉特的海底火山，受到方舟爆炸的影响，经过一段时间的发酵，已经处于喷发的边缘。"钱挚深深地皱着眉，靠在玻璃窗上说。

"这不仅仅是海底火山的爆发，还有可能诱导地震、海啸、飓风……"马泽林手指敲着桌面道。

钱挚走到马泽林的桌前，道："接下来的一场场天灾将不断地肆虐各个基地，五层水坝根本就不堪重负，人们的生活岌岌可危，大家需要一个出路，一个安全的容身之所。而且，人工智能危机爆发后，物价飞升，粮食锐减，犯罪率提高。这还是在政府的强势镇压下，才维持住的最好状态，阿卡迪亚……要撑不下去了。"

"其实这一切你早就预料到了，人类在新旧时代交替的时候，阿卡迪亚就已经在苟延残喘了。我们建立'高塔'本就是在偷生。"马泽林道，他轻轻牵着钱挚的手，此时并没有戴眼镜，狭长的眼眸仿佛泛着月光。

钱挚俯下身靠近马泽林，伸出手轻抚着他的面庞，嫣红的唇瓣离他的鼻梁很近，拇指遮住了他眼下的泪痣，看着和记忆中几乎完全重叠的面孔，钱挚柔声道："你有时候比我还不像一个人类。"

马泽林微微抬起头，呼吸交错之间，他咽下了没有说出口的话。

考斯基地内海，天际线远远地飞来一艘摇摇晃晃的飞船，飞船垂直急速降落，在水面激起了近八米高的水花。

霍普感到在飞船降落的时候仿佛看见了爸爸妈妈，寇称则几乎要被气流颠得血液倒流，恍惚间想到埃琳娜对他说的话："这个型号的飞船简单易上手，不需要驾驶证。"

两人在飞船里缓了良久，霍普从安全气囊里抬起头，咬牙道："这是我自从参加'鱼饵计划'后最接近死亡的一次。"寇称抬手扶额，道："惭愧，下次一定不这样。"

霍普闻言挣扎着从船舱里出来，真诚地说："我的十九岁愿望就是：不要死于飞船事故。"

寇称驾驶着飞船靠近基地围墙，他看向高耸的围墙，担心道："希望NH不要在这个时候巡逻。"霍普道："大概率不会，因为埃琳娜已经把西蒙被关押在联合监狱的消息发布出去了，绝大多数的NH应该都去联合基地营救他了。"

飞船顺利穿过五道围墙，抵达基地内部。寇称驾驶着飞船驶过一条条街道，两旁的建筑也逐渐稀疏。良久，飞船停下，两人从船舱里踏上街道，一起抬头看向面前巍峨雄壮的考斯监狱。

霍普道："我们该怎么做才能让他们知道我们来了？"

寇称摸了摸下巴道："首先排除按门铃，埃琳娜说不要碰围墙，不然会瞬间到天堂。"说话间，大门缓缓打开，一名穿着深蓝色制服的军官走来，男子莫约四十出头的年纪，步履矫健，神情严肃，眼神像匍匐在草丛里的猎豹般犀利，他身后跟着两排手持长枪的士兵。

寇称咽了咽口水道："早上好，季司令。"季柏城微微颔首，道："我在这里等你们很久了，钱小姐和帕克上校和我说过你们的事，大体情况我也有所了解。你们先和我进来。"

寇称和霍普对视一眼，点了点头，道："好的，辛苦您了。"

考斯监狱的接待室不大，很方正，房间中央简单地摆放了茶几和沙发。寇称和霍普走到沙发前，季柏城在他们面前的深棕色的单人沙发上坐下，伸手示意两人后，寇称和霍普才落座。

季柏城微微抬着下颌，立体的眉骨在白色的顶光下形成了深色的阴影，遮住了如猎豹般犀利的眼神。他沉声道："你们不可以见高绮，她很危险，看管她的七名狱警都疯了。"

霍普道："但是我们必须见到她。"

季柏城回绝道："这是规定。"

寇称从背包里拿出厄庇特1350年的记录原稿，双手递给季柏城，一字一句地说："请您看一下，之后便会明白我们为什么要这么做了。"

季柏城狐疑地看了寇称一眼，随后用带着厚茧的手指翻开泛黄的纸张。良久，他的呼吸随着扫过的每一个字变得更加急促，手指虽然已极力控制，但还是愤怒地抖动着，接待室本就严肃的气氛现在更是凝重得让人喘不上气。

寇称斟酌着开口道："这是钱正风的救赎组织执行过的死亡人数最多的一次人类改造计划。"霍普补充道："现在执行人类改造实验的是埃洛斯集团，但是埃洛斯集团是被钱正风当枪使的，我知道您是不会让您的弟弟承担这样的风险和罪孽的。"季柏城皱着浓眉，缓缓道："柏林前几天和我说过这个人体芯片古怪，但是多方面的压力迫使他不得不推行这个实验。没想到事实竟是如此的丧尽天良！"霍普直视着季柏城的眼睛道："所以寇称和我必须见到高绮，她有我们需要的能力。"

季柏城站起身来回踱步："什么能力？把人逼疯的能力？"寇称微笑道："恕我们不能说明。"季柏城在他们面前停下，看向寇称，寇称也面带微笑地看回去。良久，季柏城开口说道："无妨，我现在带你们去她的牢房。"

季柏城领着寇称和霍普穿过一个狭长的走廊，坚硬的石墙厚重得似暴风雨前漫天的乌云，从急速降落的电梯深入地下，开启层层金属保险门。一路上整条地道里织成天罗地网的红外线，墙壁上精密的温度检测器，地底的压力感知仪和天花板上的毒气制造机，只为能在第一时间杀死出逃者，空气里的危险分子占比甚至高于氮气。两人深知，前方的牢房里，禁锢着一个危险至极的人。

当年的杀戮机器改造实验，让张杰明拥有了极出色的物理层面的攻击力，使霍普在感知力和精神力方面可以比肩钱正风，而高绮所得到的，则可以称之为恐怖。

她获得了宣示"神谕"的能力。

"所以，也就是说她可以传达钱正风那个世界的人想要说的话？"季柏城站在牢房门前开口问道。

寇称点头道："可以这么说。"

季柏城递给寇称一个手掌长度的金属遥控器，道："一旦出现异常，就按下上面的按钮，她脖子上的镣铐会短暂地电击她，大概持续一分钟，我们会在这一分钟内赶来。"寇称和霍普道："多谢。"

季柏城没有再言语，弯腰识别了虹膜，在牢房的黑色金属门逐渐变得透明后，转身离开。

相比于这一路所见的景象，霍普觉得这个牢房比他想象的"普通"很多，就像一个普通的保险柜，只是没有一丝光线，只有当牢门变得透明后，霍普才能勉强看见牢房中央站着一个女子，并看清里面的布局，右侧是一张床，左侧是洗漱台和淋浴间，除了独立的卫生间，和普通的牢房并无二致。

"早上好。"高绮笑道。她看上去是一个很普通的中年女子，声音沙哑，眼角已经有了皱纹，但是因为常年不见日光，皮肤是病态的苍白，她的头发枯黄，指甲破损，但是双眼明亮，像黑夜里跳动的烛火。

高绮看清了来人后，对霍普道："好久不见。"霍普点头道："高阿姨好。"高绮走到门边，凑近道："鹏鹏怎么样了？"

霍普打开电脑里高鹏的照片，微微蹲着身子，举起放在门前，一张张地慢慢翻动，语气温和地说道："这是我们的班级照，他现在起码有一米七六，这张是我们去别的基地研学，高鹏正在敲代码，这张是我们出去吃饭，他正在吃他最喜欢的烧鹅。"

高绮双手撑着门，缓缓跪坐在地，额头抵着门，目不转睛地看着霍普电脑里的那张照片，高鹏正举着半只有他脸大的烧鹅，下巴都是油，笑得见牙不见眼。

霍普也蹲下身，他轻轻道："高鹏他一切都好，学习在班上也是名列前茅，一直是我们的榜样，学校里的同学都很友善，他和大家都玩得很好，每天都很开心。"

高绮的眼泪像是泄洪的水库，顷刻间泪流满面。忽然，她仰头大笑起来，脖子上的气管突起，干裂的嘴唇迸裂出血，沙哑的声音穿过牢门，在狭小的地道里回荡着。高绮伸手指向霍普，眼神癫狂喜悦，她几乎是大叫着说："可悲的罪人应永远待在这里，除非西绪福斯可以得到安息，不然他永远也不能重回故土！低贱的虫族妄想吞并我们！我们同意与你们合作！"

霍普的眼神顷刻间变冷，他道："我们需要你们的帮助。"

寇称和霍普出考斯监狱的时候，已经是中午了，由于近代的臭氧层被破坏得可谓是千疮百孔，所以此刻的紫外线有极高的致癌率，两人给身体罩上了一层防晒层，坐上飞船，回到他们在考斯基地的家。

卡米拉早已把厄庇特集团和救赎组织的这桩惊天丑闻曝光在大众视野前，如山的铁证和字字泣血的文章，加上各大媒体也开始群起而攻之，批判厄庇特集团以及人体芯片，煽动着公众的情绪，唤醒了人们心中被朱诺集团杰出的公关所粉饰的恐惧，芯片植入实验的参与率大大降低了。谁控制了媒体，谁就控制了思想。现下，无论是保守派、改革派，还是其他几个大大小小后期兴起的党派，所有人都前所未有地团结在一起，不分基地，不分信仰，不分种族，不分性别，不分年龄。现在的人类社会，在一定程度上甚至做到了真正的平等。

但即将爆发的卡维奥巴拉特海底火山，以及接踵而来的天灾，让人们悲哀地意识到他们可能要放弃阿卡迪亚，或者说，他们被阿卡迪亚放弃了。

第十三章
裂缝

　　紧接着，埃洛斯集团宣布他们发现了人类生存的曙光——宇宙裂缝。其实三大集团之一的厄庇特丑闻曝光后，人们对其余两个集团的信任度也有所下降，但是现在除了朱诺集团和埃洛斯集团，他们别无选择。他们找不到实力足以与这两家媲美且有希望拯救他们的机构了。

　　埃洛斯集团的太空站在航行中意外发现了一个宇宙裂缝，据观测，相对于宇宙的空虚，宇宙裂缝之中更像是一片虚无。太空站试探性地派了一艘探测飞船前往查看，没想到探测飞船刚靠近宇宙裂缝便失联了，总控终端显示它处于无动力状态。科技部随即监测到裂缝周围有一块能量屏障，便猜测是这块屏障阻止了小飞船进入宇宙裂缝。

　　太空站将探测飞船收回后，发现里面的成员全都处于假死状态，身体机能维持在正常水平，器官还在运转，甚至还能对外界刺激做出反应。

　　太空站观测员发现那个将宇宙裂缝包围起来的能量屏障不仅十分强大，周围还有一圈粒子区。这些未知粒子可以干扰大脑对身体的控制，造成了之前的假死现象。

　　埃洛斯在发布宇宙裂缝的同时，也公布了他们的重大科研突破：破空器和飞船"慕斯838"。破空器是根据著名天文学家所提出的时空观点制造的设备，它可以打破空间限制发送信息，即使处于一个外层包裹着高能量宇宙尘埃，且密度极高的星球内核中，用破空器子体发送的信息依旧能在母体上显示出来。

　　而飞船"慕斯838"则是一艘在全方面都堪称完美，其内部拥有可维持1000天的生态循环系统，以吸收宇宙中的特殊原子作为能量，时速可达到五倍声速的宇宙飞船，飞船外舱还配有一台303细菌系机甲。

　　寇称和霍普打开房门的时候，看见客厅中央坐着一个身穿茶色西装的青年男子，脸型和眉眼与季柏城有五六分相似，但是那双笑眼让他周身都透露着温和的气息。

　　季柏林笑道："你们应该知道我找你们的目的吧？"

　　寇称也笑道："宇宙裂缝？"季柏林一手撑着额角，淡笑道："你们让高维度世界的人在我们的宇宙里撕出了一个大口，你们难道不想上去看看？"

　　寇称道："季董的消息倒是灵通。"

　　季柏林笑意收敛，冷声道："宇宙裂缝附近大量的宇宙尘埃在半小时内都被吸收了。据太空站的比对，和黑洞有高达83%的相似度。当然，比起黑洞，宇宙裂缝产生的吸力更加强大。反观裂缝外围的屏障，竟像是一个保护膜，防止宇宙裂缝不停地扩大吸收。"

季柏林把太空站传送来的图片投射到寇称和霍普面前，那是个几乎有半个阿卡迪亚星球大小的巨大黑色裂缝，那是极致的黑，让人感到无比恐惧。黑色被一圈荧绿色的像是绿玻璃的结构包裹，最外层是一圈朦朦胧胧的红色粒子。

霍普看着这个宇宙裂缝，感到十分熟悉，有一种和镜城居民的镜子相似的感觉。霍普不禁在心里感叹：不愧是降维打击。

寇称道："破空器和'慕斯838'也不能平息季董的怒意吗？这两样产品可是把埃洛斯集团的家底都掏出来了。"

季柏林叹了口气，道："太空站在五分钟前派出一队科研人员乘坐'慕斯838'前往宇宙裂缝，现在情况难定。"

"现在，"季柏林站起身，周身气质陡变，带着浓浓的压迫感，像是狮子看着爪下的羚羊，用不容商榷的语气说，"你们和我回联合基地，如果我的人出现任何不测，你俩就给顶上。"

寇称和霍普对视了一眼，寇称笑着说道："不用季董费心，我和霍普正打算回联合基地。"季柏林闻言弯了弯眉眼，又恢复了先前的温润模样，往前伸出手道："那么，请吧。"

几人来到埃洛斯总部地下四楼的太空联系部，破空器的母体正放置在中央，一群人围在母体面前，颜色各异的脑袋凑在一起。

"四维？！"一个戴着护目镜、身穿白大褂的研究员惊讶地说。

霍普望去，硕大的显示屏上，耀眼的红光映出了两个大字：四维。

"破空器有反应了！""显示的是'四维'两个字。""什么意思？"人群开始叽叽喳喳地讨论起来。一个头发花白、嘴角微微下垂、学究模样的老者清了清嗓子，道："所谓四维，就是将无数个三维叠加在一起的一个新维度，当然，这也只限于理论之中。一维就是一条线，当无数个一维紧密贴合在一起，就有了一个面，这个就是二维了。而当无数个面贴合在一起，就会有一个空间，这个空间就是三维，我们就生存在这个维度里。以此类推，那么四维就是无数个三维了。但是无数个三维贴合在一起只会形成一个更大的三维，而四维就需要无数个三维叠加在一起。"

他身边一个看上去像助手模样的褐色头发年轻人解释道："通过一种手段，把无数个面包折叠贴合起来，就能得到一个超立方体面包，总的质量不变，但夹黄油的方式却多了无数种。就比如有一条线，线上面有一个圆点，它一直就在线上往前往后，不亦乐乎。忽然有一天，线的前后都被封

住了，二维的小球就会向左或右走，但一维的小球就只能待在原地不动了，它所处于的世界只有前和后，它的行动也只限于前和后。而二维的小球则可以在平面上行动，而当它被围起来的时候，它也无法行动了。作为三维的我们，在被地上的一圈线圈住时，直接跨出来就行了。同理，当我们被困在一个铁箱子里，如果不能破坏它，就无法出去了。而四维空间的人就可以毫无阻力地出来，可惜，现在还没发现原理。"

"所以说，四维已经打破了空间的限制，因为在将无数个三维叠加在一起的时候，空间在无数次的叠加过程中已经破碎了。在三维可以看到二维看不到的东西，而在四维可以看到三维看不到的东西。比如你看一只鸟，就只能看到外表；但在四维却可以清楚地看到鸟的内脏和骨骼等。"他对面的一个金发女子接着说。

她旁边的卷发女子问道："既然三维的我们可以创造一维和二维的东西，那四维的世界可以创造我们吗？"

朱诺总部董事长办公室里，钱挚坐在钱正风面前，她背靠着椅背，跷着二郎腿，揉着怀里钱正风一天前派人搜查朱诺员工宿舍时托搜查员带回来的司康。钱挚笑着从桌上的果盘里拿起一颗葡萄，神情喜悦，她说："我们这一步，你应该没想到吧？"坐在她对面的钱正风正看着书，闻言抬头道："当时1号实验体创造出来的时候，我就预想过这种可能，这同时也是最麻烦的情况。"他把书放在桌上，道：不过，"人体芯片已经进行了二分之一，虽然你们曝光那件丑闻确实阻止了更多的实验体参与，也在很大程度上平息了人类社会分裂的倾向。但是你要明白，现在几乎有一半人类已经植入了芯片，保守估计，符合标准的产品量至少有两亿。"

看着钱挚微微变冷的脸色，钱正风笑道："虽然你们和奥德斯达成了合作，但是，虫族也是四维世界，所以你还没有占上风，现在勉强算是平手。"

"我很好奇，你要拯救的是剩下的那二分之一的人类呢，还是算上已经被植入芯片被改造的人类？诚然，宇宙裂缝是很好的一步棋，你们可以通过宇宙裂缝获得一些四维产物，这将大大帮助你们的计划，可是，阿挚啊，你可能连剩下二分之一的人都救不了，更何况不是所有人都值得你这样赌上性命。现在人工智能无法使用，电脑无法开启，人类无法正常工作和生活，到处都是硝烟，你难道看不见吗？你即使看见了，也无法真正地感同身受，你从小就没吃过什么苦，哪里知道有的家庭有的人他们的生活本身就脆弱得经不起一点动荡？如果有人被改造成功，他们就可以解决现在社会的燃眉之急。"

钱挚皱了皱鼻子，道："我知道。但是，这些被改造成功的人本身也拥有很大的隐患，当少数人掌握了绝大多数权力，他们会做出什么？这个社会还有平等、公正、秩序吗？那么这个社会和一千年前又有什么区别？"

钱正风奇怪地看着女儿，问道："你该不会觉得现在就有所谓的平等、公正和秩序了吧？阿挚，你太理想主义了，低头看看苍生吧。现代社会的高度发展大大降低了生活成本，人类只靠政府补助金就能生活，这相当于是我在养着他们，那我现在索取一些回报又如何呢？而且，你知道人体芯片的失败品是什么样的吗？他们可能和正常人没有区别，当然，这个概率很小，绝大多数会遭受大脑损伤，甚至变得残疾，那你还会救他们吗？救那群毫无用处，只会增加财政支出，扰乱社会秩序的可怜精神病废物？"

钱正风微微前倾，依旧风雅地笑道："万物为刍狗，我这样是让他们的生命发挥更大的价值。所以我会选择清理已经毫无意义的垃圾，可惜负责清理失败品的杀戮机器现在只剩下霍普了。你猜他大脑里的病毒什么时候会完全成熟，什么时候可以为我所用？我不得不提醒你，他很危险，那些病毒随时都有可能成熟，而他现在服用的阻断药物并没有什么作用。顺便一提，早在他来联合基地的时候，他体内的病毒就已经产生抗药性了。"

埃洛斯集团太空联系部，还是那群科学家，他们已经把楼上总控室的巨大光屏搬到了破空器的母体旁边，几名年长的科学家聚集在光屏前，其余的年轻人则站在他们身后。

一名戴着厚厚眼镜的老者沉思了良久，郑重地开口道："那个宇宙裂缝是三维和四维的通道口。"话音刚落，就听见几名年纪稍轻的研究员倒吸一口凉气。"真的吗？四维是真实存在的吗？我多年的研究是有意义的！我的假设可以得到证实！"另一名老者激动地叫喊道。

年轻人里一个肤色较深、鼻梁高耸的壮实男子道："那我们是不是可以从宇宙裂缝里去到四维世界？""乔伊你疯了？！你会像柏勒罗丰一样的！"他身旁的女子皱眉道。

寇称走上前来，对那几名老者笑着点头道："马博士、李博士、沃克博士、格林博士，好久不见。"

以四维世界为半生课题的马博士见到寇称后便往后面挥了挥手，那些年轻的研究员见状散去。马博士笑着小跑上去和寇称拥抱，他的嘴角都要咧到后脑勺了，他笑着说："你小子，怎么有时间来这了？从朱诺辞职了？恭喜恭喜啊。"寇称笑道："要辞了要辞了，这不就过来看您了吗？想问问您我适不适合在埃洛斯工作。"马博士这下笑得更开心了，他道："合适合适！非常合适！只要你来，我立马给你安排进我的小组！"

李博士推了推鼻梁上的眼镜，说道："寇称，你个无事不登三宝殿的主，这个节骨点来这儿，是有什么事吗？"沃克博士则是一脸趣味盎然，他摸了摸光洁的后脑勺，好奇道："你是寇称？我听马博士和李博士提起过你，久仰久仰。"格林博士笑着揶揄道："可不是吗？不久前还上过全球新闻呢。"寇称笑着和两位博士握了手，对沃克博士道："您两个月前发布的论文真是让我大受启发，现在终于见到真人了。"沃克博士闻言笑得更加灿烂了："有机会我们可以详细聊聊。"寇称肉眼可见地雀跃了几分。

　　季柏林和霍普也走上前，几位博士见到季柏林点了点头，马博士道："季董也来了？寇称，你这到底是有什么事啊？和宇宙裂缝有关？"寇称见状笑着说："正是。"格林博士道："那就直说吧，别拐弯抹角了。"寇称正色道："想必您已经发现了，宇宙裂缝周围的那些高能粒子，其实是四维空间的碎片，那些粒子可以用于机甲飞船和武器的制造，可以大大提高机甲的威力和防御性。"

　　"那些粒子确实是四维产物对吧？"马博士激动地问。寇称点头道："有了这些粒子，我们便拥有了一部分四维世界的力量。"格林博士皱眉道："四维产物？关于宇宙裂缝，你是不是知道什么？"李博士则质疑道："先是朱诺集团和厄庇特集团的人工智能系统全面觉醒后被程序病毒攻击瘫痪，后为了弥补人工智能的缺失所带来的不便，联合政府大力提倡植入人体芯片，却让我们集团执行人体芯片的改造实验，接着厄庇特集团和救赎组织干过的那件人神共愤的事情就被曝光，没人敢参与芯片植入的活动了，接着埃洛斯给我们送来破空器和'慕斯838'，然后又是无端出现了可以通向四维世界的宇宙裂缝，现在你来这和我们说什么四维产物造机甲。破空器和'慕斯838'可是埃洛斯耗时200多年才打造出来的宝贝。而且据我所知，厄庇特和你们朱诺一家亲，那么你们朱诺做事真的好矛盾，好喜欢搬石头砸自己的脚，好让人费解啊，到底怎么回事？"

寇称朝霍普伸出了手，霍普从背包里拿出了厄庇特集团的那件记录原稿，递给寇称。寇称拿着原稿道："那件人神共愤的事，网上没有足够的细节，我这里有从联合政府大楼偷来的原稿，您可以看看，如果您想的话。"李博士没有翻开，而是严肃地说："我心脏不太好，现在身边也没药。"他把稿件递给了马博士，想了想又从马博士手里抽了出来，交给了沃克博士，说："你来，你一直有健身的习惯，你来读。"沃克博士有点受宠若惊地接过原稿，快速地扫了几页后，惊怒交加地骂了一声。接着他又挑了中间的几页细细地看了一遍，冷汗密密麻麻地布满了他的额头，他又看了最后几页，看完后又看了一遍，再抬脸时，已经满脸泪水，要不是霍普扶着，他早已跌倒在地，整个人都充斥着信仰崩塌后又被碎成灰烬的信仰侵犯后的忧郁悲观，以及极度愤怒后的茫然。

格林博士迟疑地说："一到一百的邪恶程度，你给这件事打多少？"沃克博士停顿了几秒，几乎是尖叫道："十个亿！一百个亿！！一万个亿！！！一亿个一兆！！！！"三位博士均是倒吸一口凉气。

李博士忙对寇称道："到底怎么回事？"寇称道："细节不方便透露，全人类现在处于一个非常危险的处境，我们需要你们的帮助。"

李博士见状道："虽然我对事情依旧有很多不了解的地方，但我相信无论怎么套话，你都不会和我们详说。"寇称面带歉意地点点头。李博士道："你需要我们做什么？太空站的同事收集四维粒子带回来，然后用这些粒子造机甲飞船和武器对吗？"寇称道："是的。"李博士道："我们同意了。"

联合基地的街道上，卡米拉、鲍勃、张慧慧和埃琳娜正在维持秩序和分发食物。往日干净整洁的街道如今脏乱不堪，因为负责清洁的机器人瘫痪了；价格低廉的面包也没有了，因为负责烘烤面包的机器人瘫痪了；人们的生活乱成了一锅粥，因为机器人管家瘫痪了；很多人失业了，很多公司破产了，因为人工智能觉醒了，他们不仅要人权要休息，还要自由和平等，结果被朱诺集团投放的病毒攻击销毁了。

排队领取救济食物的长龙望不到尽头，张慧慧感叹道："真不敢想象以前的人是怎么生活的。"旁边的卡米拉把一块面包递给面前的小女孩，闻言不由得扑哧一笑，拖长语调道："有什么不一样的？我们那时候也有救济站啊，唉，救济站什么时候都有。以前不就是——扫地擦桌的是人，算账的是人，洗衣带孩子的是人，结账收款的也是人嘛。"张慧慧惊讶得连拿在手里的面包都忘了递给对面的男子，随后她拔高音量道："这些都是人干的活？那么枯燥繁杂，以前的人是怎么生活的？他们的工资很高吧？"卡米拉叹了口气，道："这些曾经都是人类的活，当然是做得到的，你别忘了人工智能是我们人类发明出来的，是基于人类的智慧。"又递了块面包给前面的人，继续说道："以前的生活怎么说呢，福利待遇普遍不如现在，活着肯定比我们累得多，但是他们那时好歹还有大片的森林，有冰雪覆盖的南极、北极，有辽阔无垠的草原，还有海滩。"

鲍勃两眼冒光，惊讶道："哇，那他们生活得也太幸福了吧。"卡米拉不置可否，说道："一部分是一部分不是吧。"张慧慧不解道："他们有什么不开心的呢？我们连沙滩都没有。"卡米拉无奈笑道："那个时代的不足有很多，有的人光是活下去就很难了。"

鲍勃问道："为什么就很难呢？"卡米拉想了想，道："原因有很多，疾病、贫穷、家庭因素、社会因素，等等。"张慧慧道："那政府不会给补贴给福利吗？我记得以前也是有医保的吧？"卡米拉笑道："会给，但是还有很多别的方面的影响，而且那时候的医疗水平哪能和现在比啊。"鲍勃道："我相信那个时代的人只要努力工作，就会有好的生活。"

卡米拉递面包的手一顿，道："怎么可能那么简单，生活不是想当然，你以为以前的人是在童话里？孩子，你天真了。"

"你们这边怎么样？"埃琳娜道，她刚刚分配好联合基地每条街道的安保人员，由于监控系统和安保系统也瘫痪了，所以要大大地增加人工安保的数量。

卡米拉笑道："还不错，大家都很有秩序，今天连吵架的都没有。"埃琳娜也笑道："那是，就这条街的安保人数最多了，谁敢挑事啊。"卡米拉闻言双手捂住嘴巴，做惊喜状道："Oh，my honey，这是你特意安排的？That's so sweet。"鲍勃在一旁小声道："OMG，赤裸裸的商业互吹呀"然后被卡米拉赏了一记爆栗，张慧慧则和救济站其他人一起，边笑边发面包。

第十四章
绝杀

埃洛斯总部，霍普正在旁听埃洛斯研究员和寇称的讨论会，忽然，他感到大脑一阵剧烈的疼痛，密密麻麻的，像是有无数蚊虫在噬咬，心脏像是被人用力地攥住，几乎要被捏爆，大脑一阵缺氧。霍普跌坐在地，双目发红，用牙咬着下唇，血液的甜腥味让他勉强看得清前方的景象。四周的人影向他靠近，关心的问候却让他感到无比暴躁，他的胸腔剧烈起伏：好想杀死所有人，撕咬他们身上的肉……

突然，一个熟悉的黑色人影穿过人群走到他身边，他勉强恢复几分神志，嘶哑着低吼："快带我出去！"

钱挚半是搀扶半是压制着霍普从会议室里出来，乘坐电梯来到了地下八层的防空层，电梯门一打开，她就快步走出，一手掐着霍普的后脖颈，一手将霍普双臂反剪在背后，一路上高跟鞋撞击地面的声音显得颇为急促。

霍普忽然暴起，他转身狠狠地咬住钱挚的肩膀，几乎要咬下一大块肉，钱挚没有推开。霍普突然停下，他看向钱挚，双眼已经鲜红似血，他又抬头不停地悲鸣，手肘撞上身后的金属墙壁，留下深深的坑印。持续发作了半个钟头，霍普慢慢恢复了平静，看向周围陌生的环境，双眼尽是茫然。

良久，霍普完全恢复理智后，看到钱挚肩膀上的伤，低头闷闷地道："对不起。"

钱挚看着霍普，很久都没有说话，她转头看了一下霍普在墙上留下的撞痕，苦笑道："没事，我这伤比这好多了。"霍普没有回答，他靠着墙壁缓缓坐下，钱挚也在他旁边坐下。钱挚看霍普神态还算轻松，微不可察地松了口气。霍普道："以后都不用吃药了，看来病毒已经产生了抗药性。"钱挚犹豫片刻，用很快的语速说道："我们现在出发去镜城。"霍普仰头，百感交集，无力感像是两只大手紧紧地掐着他的脖子，他感到自己像是一个在悬崖峭壁上的攀岩者，在依稀能看见终点的时候，发现安全绳断掉了，他勉力调整着呼吸，却感到自己的胸膛都变得冰凉。

钱挚开口说道："对不起。"她抬眼看着霍普，眼里的歉意和泪水似是要把她吞没。她低着头，哽咽道："我替我的父亲向你道歉，为干扰你的人生向你道歉。"

霍普拍了拍她的肩膀，笑道："其实这样'鱼饵计划'才算真正启动，挚姐，你不用感到抱歉，你早在十几年前就提醒过我最坏的选择会是什么样，所以我早就做好了心理准备。而且，这回我也不过是真的成为'饵人'，'鱼饵计划'我是自愿参与的，从来没有后悔。"

欲钓大鱼，必下贵饵。霍普将以身为饵，钓出虫族首领这条大鱼。

"鱼饵计划"现在已经进行到了最为关键的地方。从最初阻止救赎组织植入人体芯片，到与四维世界奥德斯达成合作，再到如今饵人即将献身，把虫族首领引至阿卡迪亚，为人类争取到歼灭虫族的最大机会。

诚然，镜城是阿卡迪亚最为薄弱、最适合作为异界接口的地方，但是这也仅限于高维度世界可以更容易进入阿卡迪亚，而人类是根本不可能通过镜城去到高维度世界的。这就像画布上的人要从二维跃进人类的现实世界，概率是零。

然而，奥德斯在阿卡迪亚世界的外太空上创造了一个三维通往四维的通道——"宇宙裂缝"，虽然这对于奥德斯来说只是用小刀在画布上划上一刀，却给了人类无限的机会和可能。现在，人类不仅拥有了从阿卡迪亚到高维度世界的入口，还开辟了得到四维产物的途径，四维产物的加入将会大大提升人类的武装力量，为"鱼饵计划"的最后一步打下牢固的基础。

霍普体内的病毒是由钱正风的血液研发，潜伏在他大脑里长达13年，一直是个定时炸弹般的存在，现在，这个炸弹终于要爆炸了。

　　霍普看着飞船外急速向后飞逝的景色，过往18年的记忆不断在脑海闪现。他想，小时候应该让着张慧慧，不说她的新裙子不好看的；以前应该多照顾爸爸妈妈，比如在他们下班回家后给他们按按肩膀；当时应该再养一只狗的，可以和司康做伴；走之前应该再和寇称说说话的……

　　"喂！臭女人！你要干什么！你要带我去哪！"忽然，一道刺耳的声音打破了气氛，后座上被五花大绑的西蒙挣扎着起身破口大骂道。霍普回手给他按了禁言器，面无表情道："到时候你就知道了，现在还是赶紧享受最后的时光吧。"

　　钱挚驾驶着飞船，通过后视镜扫了一眼西蒙，十分嫌弃地说道："真的看不出来他是来自四维的生物。悠着点，他妈可是虫母，在我们到达镜城之前，最好确保他活着。"

　　霍普体内的病毒由钱正风的血液提纯制成，病毒侵蚀他的细胞，使他拥有极为敏锐的感官，所以他身上有来自四维的绝对力量。如果这些病毒完全成熟，将不可抑制地释放传播，这些病毒对那些来自四维的虫族危害极大，"鱼饵计划"里，那个最不希望发展到的一步就是：霍普近距离与虫族首领——虫母肉搏，当病毒完全在他体内爆发的时候，舍身饲虫，当虫母将霍普吞食时，病毒也会在其体内爆发繁衍，并终结虫母。霍普为"饵"，虫母为"鱼"，大鱼咬饵之时，也是它的死亡之日。

西蒙是虫母最喜爱的孩子，当这具仿生人躯体死亡的时候，西蒙的意识也会随之消失，虫母一旦感应到自己的孩子不复存在，便会因暴怒而丧失理智，不顾一切前来复仇。

到了镜城，霍普押着西蒙从飞船上下来，西蒙被霍普赶着有些踉跄，他很想回头恶狠狠地瞪霍普一眼，但是他不敢。他愤愤地想道："要不是我的意识不能随意脱离这具躯体，我早就回家让我妈来给你好看！"

霍普慢慢地从身后抽出长刀，压在西蒙的脖子上，眼神像是毒药结成的冰。

埃洛斯集团会议室里，李博士把眼镜摘下，捏了捏鼻梁，道："这很难说，粒子的波动一直是不可检测和干扰的，就算有什么问题，也是我们现在的医疗水平无法处理的。我们只能期待这波动不会带来什么负面影响。"

寇称心不在焉地看向会议室中央的光屏，目光没有聚焦。在埃洛斯集团的狼性文化下磨砺的员工早已造好了加入高能粒子制造的机甲模型。机甲的轮廓忽明忽暗，似是在波动一般，质量也在不停变轻，甚至可以穿过墙壁。

马博士拿起一块明暗变换的机甲模型，按向了墙壁，模型随即进入墙壁，但是墙壁却没有一点变化。他声色凝重地说："这可能是身体粒子崩坏了！"格林博士见大部分与会者面露不解，开口解释道："众所周知，世界上万事万物都是由粒子组成，当它们以特定的规律排布，就组成了不同的物质，而模型机甲现在的情况，一定是自身的粒子出现了分解，导致粒子变成了更小单位的粒子，并且不受控地自由运动起来。而外界的物质还是正常粒子的大小，所以会导致机甲模型能穿过各种物质。举个简单的例子，墙壁就好像是用乒乓球组成的，而模型机甲是一把沙子，所以几乎没有可以困住它的东西！"那个深色皮肤的研究员闻言激动地说道："从理论上来说，如果机甲模型可以自主地控制这些变化，那么操控机甲模型的人就是神，各种意义上的，因为那代表他拥有了分解这世界的能力。但是如果这个机甲的分解不可控，那就会是真正的消失，物质层面上的消失。"

寇称烦躁地揉了揉头发，他不知道霍普到底发生了什么，他心神不宁，根本听不进任何严肃的科研讨论。他感到很不安，钱挚告诫他不要与卡米拉、张慧慧和鲍勃说此事，也不能让他们过来，他们正在外面安顿难民。而马泽林在朱诺，也不能分心，因为他必须在最短的时间内打造出最具威力的机甲。

镜城，霍普握着长刀的手没有动，他只是看着西蒙，西蒙颤抖着，他从霍普的眼里看到了杀意和恨意，他不能理解这样的情感，但是本能地感到恐惧。

"你下得去手吗，霍普？"钱正风从远处走来，他淡笑着，依旧是一副风轻云淡的样子。

钱挚挡在霍普面前，警惕地看着钱正风。钱正风见状摊开双手，道："阿挚，你这样太让人心寒了，我从来不会害你。即使你想要杀死我，我也不会伤害你。"钱挚道："那你来这儿干什么？欢送西蒙吗？"钱正风道："你知道我为什么想回到奥德斯吗？"钱挚冷冷地说："我不感兴趣。"钱正风歪头道："因为回到奥德斯后，我可以复活你母亲。"钱挚的呼吸稍微顿了顿，眼里闪过惊讶，她迟疑道："复活妈妈？"钱正风道："是啊，等我回到奥德斯，将那些东西都杀光，我会建一个和阿卡迪亚一样的地方，我们一家可以在那里快乐地生活。"钱挚打了一个寒战，她感到恶寒，咬牙道："您是有点不清醒了吧？无论是回到过去、平行时空，还是高维度世界，我的妈妈去世了，不在了，这个事实是无法改变的。在奥德斯建一个阿卡迪亚，建一个被你处心积虑当成筹码的地方，你发什么疯？"

钱正风眨眼间来到了钱挚的面前，钱挚一惊，就要闪身后退时，被钱正风一手禁锢住脖颈。钱挚面色涨红，双手不停抓着钱正风的手，却无济于事。钱正风道："你没有资格这么说，我的月季，她一定可以复活的！我一定会让她回到我身边！我不在乎付出一切！"

钱挚趁钱正风不备的时候挣扎出来，她跌跌撞撞地往后退，一边眼神示意霍普，一边对钱正风说道："你所谓的代价，那是无数生灵的性命！你没有资格献祭他们的性命！"

"啊——"一声惨叫使两人循声望去。

只见霍普的半边脸全是飞溅的血珠，血液顺着他的脸颊滑下，滴落在脚下碧绿的草叶上。西蒙的尸体倒在他面前，像是一个扁塌的巨大粉色塑料袋。霍普的眼神狠厉疯狂，带着疯狂的喜悦，像是第一次尝到血的狼，瞳孔放大，嘴角却紧紧抿着，对自己的行为表示极端厌弃。

与此同时，太空的宇宙裂缝，埃洛斯太空站的宇航员们打开舱门，从三维世界看宇宙裂缝的广阔感依旧使他们震撼。在镜城的这半天时间里，外界已经过了半个月，寇称和埃洛斯集团的众科学家及机甲设计师在这十几天里耗尽心血，设计出了可以抵抗四维空间带来的压迫的机甲和飞船。寇称永远也忘不了，当机甲通过测试的那一刻，总控室爆发出的欢呼声几乎刺破耳膜，大家拥抱着，哭泣着，为人类在绝望中最后的曙光而欢呼。

各个基地的人类也终于意识到他们真正的处境，他们来不及在网络上大肆讨论，来不及质疑，来不及懊悔，甚至来不及收拾金银细软，就被帕克上校转移到了深入地底的防空层。人们在黑暗里蜷缩在一起，每个人的神经变得敏感起来，压抑着呼吸，他们互相安慰着，也互相谩骂着。

正在缓慢前行的军队操控着以高能粒子为原材料的机甲走在队伍最前方，正在他们感叹三维物体进入四维空间产生的巨大能量波动时，眺望员报告了最新发现：一艘在不远处的小行星带停泊的飞船也收到了这阵电磁波动。这艘飞船外形粗犷且恶心恐怖，暗紫色的涂装几乎与宇宙融为一体，软绵绵的半透明触手在飞船底部舞动着，瘆人的紫黑色外壳上爬满了亮绿色甲虫。数不胜数的巨型甲虫舰队在虫族母舰后遮天蔽日地游行，密密麻麻的，好似沙尘暴里漫天的黄沙，把所有经过的空域，包括小型的陨石都清理得一干二净，母舰几十米长的触角和大如陨石的复眼在太空中转动着。蓄势待发的虫族正在等待，等一个能够一击把阿卡迪亚收为己用和化为养分的机会。

季柏城站立在军舰的驾驶室里，看着光屏上显示的景象，手指不停地敲击着手杖。他难以抑制内心的澎湃，像是要攀登高峰的冒险家那样既紧张又激动，他知道，这对于阿卡迪亚来说，既是攻城之战，又是守城之役。

镜城，霍普大口喘着气，大脑里的镇痛又一次袭来，他感到天旋地转，跪倒在地，嘶吼着，他死死抠着地上的泥土，理智游离在崩溃的边缘。这一次的疼痛比以往要猛烈太多，仿佛他下一秒就要变成丧失理智的杀戮机器一般。

钱正风慢悠悠地走来，道："你体内的病毒即将成熟，你现在不该在镜城的，镜城的时间流速只会加快病毒爆发的速度。"

霍普额头抵着地面，地上的青草擦着他的鼻尖，抹去他半边脸颊的血痕。霍普猛地暴起，像子弹发射似地在瞬息间掐住钱正风的脖子。钱正风来不及反应，他有些惊奇地看着霍普，玩味地凝视着霍普好似滴血的双眼，尽管他已经脸色苍白，几乎要被霍普喷出的滚烫的呼吸灼伤。

宇宙裂缝，季柏城敲击着手杖的手指停下，鹰眸锐利似刀锋，驾驶室里移动的白光从他高耸的鼻梁划过，他转过身，看着身后乌压压站立的战士们。他们有的稚气未脱，有的已逾中年，但神情无不严肃决绝，像是他们早已在自己的内心为阿卡迪亚死过一次一样。季柏城面沉似水，缓缓道："战士们，我们要打一场极其艰难但至关重要的仗，现在的阿卡迪亚已经是一个火炉了，烹煮着天地万物。我们的家人，我们爱的人，在那里苦苦挣扎着。我们要与虫族决一死战，为了我们在阿卡迪亚的妻子、孩子、父母，为了人类。我们不能退缩，如果我们退了，那他们，那我们，就只有死路一条了。战士们！你们愿意随我，为阿卡迪亚战斗吗？！"

战士们面容坚毅，他们振臂呼喊着："为了阿卡迪亚！为了阿卡迪亚！"

季柏城抬头看向远方，眼神像是在天空盘旋的老鹰般犀利，他凝视着战士们，目光扫过每一个人，似乎想要记下他们的样子，手杖重重地砸向地面，掷地有声："开始攻击！"

成千上万的机甲从他眼下飞出，世界仿佛在晃动，崩塌。机甲带着的昆虫振翅的声音引来了虫族，虫族触角舞动着，愤怒地向人类进攻而来。它们不敢相信人类，这些早被他们当成囊中之物的生物，竟来到了它们的地盘。

虫族母舰以极快的速度挥舞着触手，源源不断的虫卵从它体内涌出，甲虫在顷刻间成熟并破卵而出，排山倒海般冲向人类。

阿卡迪亚的战士们操控着银灰色的机甲，像一个个神武有力的巨人，但在浩瀚的太空里，这些机甲也不过是一只只渺小的蚂蚁。庞大的虫族振动着翅膀，撞向机甲。鲜红的复眼让它们拥有极高的灵敏度，触角上的倒刺则可把机甲撕扯成碎片，口器里分泌着腐蚀性极强的唾液，能轻易将机甲腐蚀掉一大半。机甲的机械手臂举起格挡，长刀砍向虫子的翅膀和头颈，虫子们顷刻间尸首分离，纷纷下坠，粗哑的鸣叫声充斥着战场。

虽然以高能粒子为碎片的机甲拥有了可以与四维抗衡的能力，但是在一直产出，数量恒定的虫族面前，依旧无异于以卵击石。

"司……司令！第十七师也全部阵亡了！"通讯员跟跟跄跄地跑到驾驶室，慌张报告。

季柏城感觉浑身冰凉，昔日与战友们相处的点点滴滴在脑海里闪过。他把手里的旗帜在沙盘上摆好，深吸一口气，转身吩咐道："为我装备机甲。"

虫族长满倒刺的触手即将刺破战士的机甲，千钧一发之

际，一个如寒光般飞出的利刃切断了触手，虫族浓稠的墨绿色血液四溅开来，存活下来的战士隔着挂满绿色血液的机甲看见了那刻着联合政府标识的银蓝色机甲，欢呼道："季司令！"

季柏城操控着机甲，与不停向他涌来的虫族厮杀，墨绿色的血液几乎要汇聚成河流。虫族的形态千变万化，和阿卡迪亚上的变异种有异曲同工之处，有的虫子浑身是半人高的吸盘，有的虫子则被斑斓的斑点覆盖，有的虫子有一艘飞船那么大，宛如等比例放大的蟑螂。

他挥动着机械手臂，发动着机枪，巨大的机甲在虫流里像一个在枪林弹雨里无畏前行的战士。

人类军队以三维的躯体在四维的世界里与虫族抗争着，尽管面临着随时会被撕裂成碎片的风险，但他们视死如归。他们脚下的虫山越来越高，虫子的残肢断臂如陨石般在太空里横飞。

纵使如此，前方涌来的虫族依旧不计其数，毫无停止的迹象。

季柏城忽然感到嗓子一甜，一口鲜血从嘴里吐出，他的胸腔几乎要被撕裂，四维世界的压迫裹挟着致命的撕扯感，几乎要击碎他的机甲，他的身体要扛不住了，千千万万的战士们要扛不住了。

忽然，远处的虫族母舰里发出一声撕心裂肺的悲鸣，好似划破了时空。虫群似有所感，纷纷停下，朝母舰的方向鸣叫示意。

镜城，霍普已经完全失控，他大脑里的病毒在他体内爆发，全身的肌肉突起，皮肤发黑，双目赤红，血液从他的皮肤里渗出，他张大着嘴巴，尖利的獠牙还在不断变长。霍普依旧掐着钱正风，钱正风仰着头，眼神里闪过慌张。

几秒后，地面崩陷，虫母破土而出，它挥舞着紫红色的触手，血盆大口如同深渊，庞大的复眼敏锐地捕捉着周身一丝一毫的风吹草动。虫母看见了半身沐血的霍普，它怒吼着，扭动着笨拙的身躯和上下翻滚的触角，朝霍普爬去。

在与钱正风被虫母吞入腹中的那一刻，霍普在腥臭的口器里清醒了一瞬，他想：真好，大鱼咬饵了。

钱挚在虫母吞噬霍普的时候，她灵光一闪，随即也跳入虫母大张的口器里。

虫母浑身抽搐，触角上的吸盘一张一合，紫红色的外壳几乎在顷刻间褪成灰白色，躯体逐渐僵硬，倒在地上。

太空中，虫族忽然变得衰弱无比，原本源源不断产出虫子的母舰似乎也进入了永远的休眠，几乎要昏厥过去的季柏城见状差点从椅背上弹起，他重新点亮机甲上的红光，星星点点的红光在太空里蔓延着。

"鱼饵计划"进行到了最后一步：灭杀虫族，以它们的领地作为人类新的栖息地。

第十五章
领航

　　平静的湖面映照着广阔的夜空，无垠的宇宙仿佛就藏匿在那儿。水面泛着点点星光，一闪一闪昭示着宇宙的美丽，也昭示着宇宙的拥挤与危机四伏。一座方尖碑静静地矗立在湖旁，它的表面遍布着时间的刻痕，但它依旧站在这里，连同上面依旧清晰可见的符号，等待着被接引者的到来。

　　好清澈的月光！钱挚不由得感叹，那强烈而耀眼的光在她的脑海里留下了难以忘怀的画面。"你怎么在这？这是哪里？"霍普疑惑着朝四周看去，钱挚回头看了看他，霍普已经恢复得和病毒发作前别无二致，双目清明，身体也没有外伤。

　　钱挚回头道："按理说我们现在应该是在虫母的体内，不过看现在的情况，我不能确定我们现在的位置。"霍普问道："你也被虫母吃了？"钱挚回道："我有一些发现，只有这样才能证实我的猜想。"说罢，她抬了抬下巴，示意霍普看向前方，霍普顺着她示意的方向，朝湖面望去。

湖边，清澈的月光洒向地面，如此美妙的景色在霍普和钱挚的眼里却显得有点莫名的妖异。薄雾中他们隐隐看到一个建筑立在湖边。于是他们绕着湖小跑过去，不多久便看到了一座方尖碑。

霍普好奇地凑了过去，仔细打量着这座碑。"不高，两米多一点，这材质怎么感觉没见过？"霍普碎碎念道，借着月色仔细打量着上面的文字。

"这是……"霍普疑惑地问道。"楔形文字、甲骨文、象形文字、梵文。"钱挚说道，"我对古代的东西多多少少有些了解，这文字的类型还是懂点的。"

霍普道："虫母的肚子里怎么有这些？"钱挚低头沉吟片刻，道："我不确定，我们先看一下这都写了些什么。"

霍普奇道："你会看这些文字？"钱挚说："你再看一下这座碑。"接着开启了手腕的维脑，转换后的文字被全息投影到方碑上。霍普闻言扭头看了一眼，眼里的震惊几乎要溢出来了。

【甲】

大地和丛林孕育了孩子，孩子选择独自离开；

孤独和安详培养了懦弱，孩子选择迷失其中。

//什么意思？是说人类的来源抑或人类的危机？

【乙】

大地的印记已经湮没，但大地仍呼唤孩子；

孩子的心灵终会成长，但成人仍思念大地。

//大地？地球？难道说我们的未来在地球？

【丙】

虚无缥缈的雾气不能被依靠，抛弃现在或许能获得美好未来；

柔弱善良的小猫会成为宠物，迎接黑暗或许能保存不灭亮光。

//这一定是类比，但是不像是现在的事。雾气，小猫，我需要仔细想想。

【丁】

终末之时不在，将来之路艰辛。

归去大地依旧是大地，来时孩子不再是孩子。

//终将归来？不清楚，只能走一步看一步吧。

（注："//"为注释行）

　

霍普一行一行地细细阅读，但越是仔细分析，越觉得不知所云。

霍普坐在地上看了眼钱挚问："挚姐，你有什么想法？"霍普看着钱挚茫然的眼神不禁感到几分狐疑。他站起来走到钱挚身边，对钱挚说："我们该去别的地方了，而且钱正风也不知道在哪，我们得找到他。"

钱挚愣了愣，回神道："嗯，稍等。"说着她便把手往方尖碑上摸去。霍普微微感到吃惊，因为在陌生的环境里，钱挚不是会鲁莽行事的人。

还没等霍普开口发问，强烈的亮光从方尖碑上散发，在霍普和钱挚的眼中，那块方尖碑不断变大，不断远离，直到矗立在宇宙的尽头。空间被拉长弯曲在方尖碑的周围，引得霍普和钱挚向空无一物的前方坠落。过了很久，也可能只是一瞬之后，他们从湖边消失了。他们没看到方尖碑下方基座上的一句话——虚空和初生之地的碰撞已经来临，出色的领航者将点燃自己照亮黑雾。

"这里……是？"霍普被眼前的景象震惊了。不仅是因为他们连同方尖碑一起传送到了另一个地方，更因为面前这个巨大的、繁复的金字塔。"这么浮夸？"钱挚挑眉，语气揶揄道。他们面前的金字塔分为两层，底层上刻着密密麻麻的图画，粗略扫一眼便足以让人头晕目眩。

霍普眯了眯眼睛，晃眼的白光让他感到不适，他看了看最左边："这不是古人打制石器的动作吗？还有这个雷和火，这是原始人类的生活。"钱挚扫了扫右边，说："还有咱们耳熟能详的神农尝百草的故事呢。这面墙真不可思议。"霍普环顾四周，四个方尖碑立于金字塔四个角落，通向大门的台阶是尘土的颜色，边缘甚至有磨损，可是尽头那被石门半掩着的未知之地，却有着致命的吸引力。宏伟的交响曲仿佛伴着眼前的盛景在两人耳旁响起，他们少有地呆立在原地，霍普感到更加不知所措，他不知道是该向金字塔前进，还是想办法离开。

突然，一个苍老的声音响起，沙哑厚重得仿佛来自亘古："吾已在此等候多时。"霍普和钱挚愣了愣，他们不知道这个声音的来源，但是两人头顶的漫天星辰好像在告诉他们，这声音的来源并不重要。一瞬间，霍普和钱挚同时绷紧了神经。那声音再次响起，回荡在寂静的夜空："两位小友，何故驻足不前？金字塔里有汝等所求之物。"钱挚眯了眯眼睛，对霍普说："看来只能进去了。"霍普的神色中多了一番严肃，闻言点了点头。两人一起向金字塔的入口走去。

金字塔的谈话（节选）

宏大，这是我进入那座"记号"的第一感觉。我一度以为这是一个名为"墓碑"的东西。标榜曾经做过的东西，而不去思考未来，这应该是死后之人应做的事，但事实远非如此简单。本以为金字塔是个记载着三维中人类文明的四维记号，在看到里面的景象后，我才知道原来金字塔只是个"壳"。

没错，一个关着真正四维生物的壳。

　　我的猜测在于他，姑且称之为神吧，在神的口中得到了证实。三维的生物是不可能被改造成高维生物的，只有把维度往下降，直至归零的尽头才可能重回高维。

　　另一点让我震惊的是神的存在。虽然是个震惊的消息，但对于当时被虫母吃进肚子里却依旧存活的我来说，这些震惊很快就烟消云散了。

　　一个水晶棺躺在中央，不像是人为建造的，说它本就存在于那个空间更加合适。但里面躺着的人确实和我们在三维世界中定义的神几乎毫无二致，这一点我和钱挚第一时间达成了共识。

　　祂对我们说："两位小友，好久不见。你们之所以来到这里，经历这些，都是因为我的选择。"

　　祂说，在我们的理解里，祂是神，祂参与了我们的历史，干预了我们的发展，祂只须让蝴蝶轻轻扇动翅膀，便可以让阿卡迪亚发生足以载入史册的事件。

　　祂说，祂其实并不是神，在祂之上，还有更高层次的、不可谈论的存在。如果需要一个准确的称谓来形容祂的身份，那么，"领航员"再合适不过了。

　　我当时其实并不相信祂说的话，但又隐隐觉得祂没有撒谎。后来想想，祂说的其实是真的，祂就是这一切的源头。

　　神说的话我已经忘掉了大半，我的反驳却还记得挺清楚。祂的长篇大论无非可以概括为几句话：人类之所以能发展至今，是因为神的点化；人类对阿卡迪亚的破坏，致使人类自作自受，丧失了拥有美好家园的权利；人类本应灭亡，但是祂更想让虫族消失，所以人类因祸得福，得到了成为四维生物的机会。

祂说到这里时，我已经开始持反对意见了。当时的我依旧觉得，人类的发展是由生物进化以及科技革命等，一步步发展而来的。可是祂说，如果没有祂，那古猿猴也不会从树上下来，更不会慢慢地解放双手制造工具。我问祂有什么证据证明，祂却笑着说，祂站在这，已经不需要什么证据来证明祂之言了。

对于人类伤害阿卡迪亚的生态环境，导致阿卡迪亚不再宜居这件事，我其实是赞同的，但是祂称呼人类为阿卡迪亚的病毒，让我十分不适且感到耳熟。钱挚和我说，这也是钱正风经常说的话。祂听到钱挚说的话后笑了起来，祂说，钱正风妄想与虫族达成合作，交易阿卡迪亚以得到虫族的军队，来对抗奥德斯，是他们的耻辱。

我随即意识到，这里就是奥德斯，那个居住着"神"的四维世界！怪不得祂会对我们说"好久不见"。

我也不得不对祂的话表示赞同，因为祂随即表示钱正风来到这里的那一刻，就被祂的人抓起来了，等待钱正风的，只有严酷的审判。

霍普合上了日记，他仰头看了看窗外浓浓的夜色，月亮女神还未点亮天穹上的月亮，现在还为时尚早，于是他再次打开了日记。

金字塔的谈话（节选）

领航者的任务：

保证人类存活（最高任务）

纠正人类发展方向

保持人作为人的根本

祂对我们说，我们将以四维世界的身份，作为领航者，带领人类在新的世界，也就是原先虫族的世界里生活。

我依旧记得祂当时说的话：领航者并非生而为领航，而是人类需要你们带领征途。诸位，在你们面前的，是直至时间尽头的征程，也是人类文明在漫漫宇宙的征程。落叶的一生不只为了归根，长成的大树也会给初生之地带来阴凉。我们，该出发了。

第十六章
信标

夏菲的《工作日志》

我们离开了阿卡迪亚，来到了一个全新的世界。

这个世界虽然被定义为"四维"，但是在我看来，远不如阿卡迪亚美丽。我还记得我第一次乘坐飞船穿越宇宙裂缝来到这里时，眼前是让人感到恐惧的黑，仿佛这个世界曾经的主人虫族还隐藏在某个角落，等着给我所在的飞船致命一击。为了歼灭虫族，阿卡迪亚的军队几乎损失九成九，来自四维的威力可见一斑。我不清楚这段时间我所经历过的一切是噩梦的开始，还是未来的曙光。我曾经觉得我已经死了，但残存的理智不断告诉我，我还真真切切地活着，不被人影响，独立、自由地活着。

"The Tower"，高塔本来就不是为了人类的任何需求或认识而存在的，它的存在是宇宙的一个印记，一个标志着我们无知与自大的印记。

当我还在阿卡迪亚生活，站在高塔之下时，我看到的是无边的黑色拱门和只有不可见光才能窥见一斑的星空穹顶。现在，空间在这里宛若一个竖直的地洞一样向下塌陷，没有底地下陷，也是不断进行、从未停止地下陷。在曲率如此之大的时空范围内，我对时间的概念已经出现了明显的偏差，使得我不敢确定我的体感时间是否准确。

在高塔生活的日子里，人们宛若一条条从鱼缸里被捞起的金鱼，被暴露在赤裸的空气中，末日到来的日期可以以倒数计算。现在，我为适应四维而戴上的面具下的感官在此刻被疯狂地刺激着，如果不是因为高能粒子，现在的我可能已经化为这个高维度宇宙中的基本粒子了。说到金鱼，小时候在语文课本里读过的故事此刻却浮现在我脑海里，像是自嘲一般——人类就像是池塘里的金鱼一样，哪一天下雨了，雨滴撼动了池塘的宁静，里面的鱼儿纷纷因水流往前冲去。可能有一条金鱼令科学家感到十分好奇，把这个现象揪了出来，并以其狭隘的知识对现象进行解释，把这种东西描述为"力"。然而当这条金鱼被好奇的观察者提了起来，提到了真实的世界中，失去了水的托浮，没有了水的折射，那么这条金鱼会有什么想法呢？

我现在就像是一条金鱼，习惯了在水里游泳，并把一些现象以我们能理解的知识去解释。然而一直生活在"The Tower"的世界里的我，现在置身于四维空间里，像是突然间从池塘里跳了出来，跨越了一道常人不可逾越的门槛，一切都变得陌生而神秘。这陌生的一切让我不安，当然也难免激发出我内心不可抑制的好奇与强烈的探索欲望。虽然我知道，这里充斥着难以预料的危机，一旦进入我就可能回不来了，但想到我的身后是人类的命运，我的任务是在这个世界里为人类找到适宜的居所，我就必须坚定地向前走。

不管有没有路，不管能不能回头。

这个世界的太空很黑，黑得像海中的无底深渊。各种基本粒子以奇怪的轨迹运动、飘荡、碰撞、湮灭。飞船一直向前行驶，无底的恐惧——对未知事物最原始的恐惧让我四处张望，哪怕什么也看不见。不久，在越过了曲率最大的一段空间后，我感觉飞船降落在了地面上。我身上的一些零件似乎因为空间弯曲而损坏了，幸运的是我的视线感知仪还没坏。我把红外光感知器的灵敏度拉到最满，终于勉强看见了眼前的景象——一片混沌。

我向前走了几步，像是踩在沙地上。一瞬间，我感觉我的身体顿时发出一阵警报，各种颜色的液体伴随着碎片从我身边飞出，各种警报突然响起，让我不得不隔断了我的听觉神经。我努力抬头望去，试图透过雪崩一样的警告窗口看清周身的事物，但是映入眼帘的只有几个符号以及一个巨大的阴影，我尝试解读那些符号……

不要试图靠近，不要妄图了解，不要尝试亵渎。

在比古老更古老的时间里，文明就已经诞生。随着混乱的增长，知识已经没有了意义，知识会带来疯狂，知识会带来死亡。全知者能活下去，但全知者有且只有一个。

这是人类最后的警告，人类生活在宇宙大海中的一个孤岛上，我们可以为了生存向大海进发，但只掌握着低等技术的我们并不应该航行太远，探究太深。自信不会导致灭亡，但傲慢会；谨慎不会导致错失良机，但怀疑会。人类并不是最优秀的族群，但人类文明必然是能延续发展的文明。我几乎要跌坐在地，脑海里不断萦绕着一句话："哈哈，人类不行的，人类文明行。"

在这个四维世界里，人类的足迹遍布众多星球。

第二十一号星球中，一个人茫然地前行。沙漠的扬尘在他的脸上刻出了一道道痕迹。仔细看去，他有半张脸竟然是机器构成，复杂零件构成的眼球中红光若隐若现，红光中隐约能看到刻在眼球深处的编号FT-001。

那个不知道该不该被称作人的人戴着斗篷，在阴影中默然前行。偶尔扬起的飞沙和让人热到头晕的太阳并没有减缓他的步伐。仿佛在亘古不变的时间中，他只在做一件事——不断前行。他往前迈出一步，又迈出一步，频率始终如一，就如同他的头颅从未抬起过一般——像是一位朝圣者。在他身后无垠的沙海上，一串本该被黄沙掩埋的脚印向无限远处

的天边延伸。

　　第二十一号星球的要塞上，零落的几个守卫在北大门钢铁城墙的顶上来回走着。烈日之下，他们都沉默着，似乎一句低声交谈都会让他们本就所剩无几的精力消耗殆尽。

　　他们知道，自从大拓荒时期人类来到了这个世界，就把沙漠上的怪物清除得七七八八了，所以看向沙漠的眼神自然也就没什么精神。

　　突然，一位守卫叫嚷了起来，把手指向要塞外的沙漠："看那里！沙漠那里！"闻言，众守卫一齐转头顺着他手指的方向看去。现在没风，守卫队能清楚地在本该无人的沙漠上看到一个孤独的"人"影向要塞靠近。要塞北大门的城头人影突然活跃了起来，各种仪器、长枪、短炮对准了那个人影。

　　"报告城防军！在确定来人身份之前不要放行！"守卫长对队员喊道。接着他拿起了对讲机："报告城防司令部，21-03要塞北大门外发现一个人形生物。目前远距仪器遥感监测显示：生物辐射——error，生物扰动光波长——error，生物元素构成——error？！怎么可能？"守卫长用颤抖的声音向司令部汇报："那里什么都没有？！但……""03，03，我们也看到了。"司令部的人回话，平静的声音背后似乎隐藏了什么。

　　一时间，这个要塞的司令部几乎全员出动，城防军军士们列队拿枪，严阵以待。城外的人影依旧按照那不紧不慢的速度向前移动。每往前迈一步，仿佛就有一把铁锤砸在了城防军和司令部人员的头上。

那里什么都没有。

鲍勃趴在城墙上，望着逐渐靠近的身影，漫不经心地嚼着口香糖，嘴巴一噘，一个大泡泡冒了出来。“终于有一点有意思的东西了。”鲍勃高兴地自言自语，“自从人类征战虫族，搬迁到这个星球上后，已经太久没有能让人兴奋的东西出现了。”

说着，他转身掏出了一个像是开拓世纪前的单筒望远镜一样的东西，对着地图摆弄了一下上面的旋钮，向那个人影望去。这望远镜能发射低密度能量流，如果那里的空间有维度变化，那么能量在通行时也会产生扰动，就像是两江交汇一般，逸散的能量会与其相撞产生一些难以捕捉的涟漪。鲍勃的眼睛经过了改造，有着极强的观察能力和信息分析能力，这点涟漪他是能轻松观测到的。

调试了一会，他举起望远镜向人影望去，一个模糊的轮廓在望远镜中成型。证明这确实是一个高维的投影，他凝神望去，起初一个巨大的发光人影出现在眼中，模糊的光影逐渐清晰，勾勒出一条条深奥盘曲的纹路，仿佛蕴含着无穷的知识与奥秘。鲍勃改造眼的解密功能马上运转起来。一条条知识逐渐成形。正当鲍勃准备把数据流导入大脑，解析的内容突然如爆炸般激增，人影瞬间在他的右眼中变得无比清晰，仿佛把每一个最微小的细节和扰动的涟漪都映在了他的脑海里。

数据如决堤之水一般灌入了鲍勃的大脑，鲍勃无法抑制内心的恐惧。尤其是当那一串泛着血红色光芒的数字映在他眼前时——FT-001——这串编号他再熟悉不过，那是他来到这里乘坐的飞船的编号。鲍勃身上每一个细胞似乎都在疯狂地呐喊："知识！知识！再多看一眼！"

一个守卫突然推门而上，喊了一句："鲍勃先生，司令部请你下去。鲍勃先生？"守卫向鲍勃望去，他们的科技顾问正僵硬地举着望远镜望向人影。他的身体在不可抑制地抖动着。"鲍勃先生？司令部……"鲍勃另一只没拿望远镜的手抬了一下，做了一个让守卫下去的手势。这手势打得十分坚决和急切，守卫不知是什么原因，但还是下去了。鲍勃扶着望远镜的手则一直僵着，一动不动。在守卫下去之后，鲍勃没改造过的另一只眼中，一行泪水缓缓淌下。

那个人影此时也来到了北大门下，但他的步伐没有丝毫放缓。周围的战车坦克、荷枪实弹的士兵，在他的眼里似乎完全不存在。突然，他像是感应到城防队长想和他交流的想法一样，脚步终于停了下来。他抬起了头，那张令在场人员都倒吸一口凉气的改造脸上，露出了和煦而又热烈的笑容。看上去友善的笑容却让城防队长的心脏疯狂加速，身上的冷汗瞬间浸湿了贴身衣物。

他壮着胆子向那个怪人喊道："你是谁？从哪个要塞过来的？来这里干什么？"那个怪人保持着他和煦的笑容，用一种平静而虔诚的嗓音道："我是谁？呵呵……一个朝圣者罢了。我从三维走来，从……高塔那边走来。我的目的地，不是这里，而是门。一扇门而已。"这话听得城防队长一脸迷惑不解。同时也让他确信，这个怪人是能够交流的。"我们要进行搜查，请你配合！"见那怪人没有动静，几个队员走上前，抬手要把那斗篷掀开。一只手似乎要搭上斗篷了，但是，一阵光影交错，手从斗篷中间穿了过去，没有发生任何接触。那怪人的嘴角略微上扬，微笑中掺杂了一丝癫狂的味道。"你们想见我……那么你们可要看清楚了哦……"他轻抬双手，缓缓地把斗篷解开。在场的人凝神望去，深棕色的斗篷缓缓滑落，而他的真身……

"啪、啪、啪……"一声声清脆的响声接连发出，接着是一声又一声倒地声。白的红的液体在沙漠上染出了一幅血腥诡异的画作。引擎的轰鸣，人员的低语，就连那永不停息的风声，也在此刻都安静了下来。那人站在那里，低头，举起双手摆了一个奇怪的姿势，像是在原地祈祷一样呆立了一会。他继续迈开脚步，一步又一步地往前前行。在他身上，一个新的斗篷缓缓出现。在他身后，新的脚印不断延伸。

21-03要塞的中心城区是一片寂静的废墟。据说正是在这里，拥有了神的权力的霍普说出了那句命令："在废墟中，你会迎来新生。"这一片废墟的断壁残垣上早已爬满青苔与藤蔓。远远看去风光亮丽，着实是旅游的好地方。但事实上，并不会有居民胆敢走进这里散步。

不仅是因为独特的纪念意义，更是因为这里遗留了一些独特的辐射，包括高剂量的 γ 辐射。但就是在这本该空无一人的地方，有一道身影静静地伫立于废墟中央。他轻叹一口气，抬起右手在自己的左手手臂上轻点几下。然后他的左手便从躯体上解除了锁定，被右手拿在掌心。他把左手放在脚下——废墟中央的一块方石上，右手不知从何处掏出一把刻刀，快速而精准地雕刻起来。不过三十分钟，原本平平无奇的石头表面便多了三幅繁复而精美的花纹。那个怪人收起刻刀，在自己胸前逆时针画了个倒三角形，然后弯下腰，轻轻地从石头上的左手手心到手肘画了一条直线。毫无预兆地，那只机械左手以那条线为中心，翻裂开来，里面原本的机械结构向下凹陷，仿佛联通了星系另外一边的某个点——就像一扇门一样。那个怪人抬起右手，按向那个裂开来的"门"。红光一闪，他就从废墟的中央消失了。石头上的左手也随之不见，三幅花纹变得更加清晰，而第四个面则多了一幅诡秘的图像，图像周围仿佛是故意避开有序的无序花纹，正中央则是一个六芒星衬着几个圆形的球体。这幅图案看上去纷乱异常，但细细解读，仿佛里面的知识蕴含了人类文明所能穷极的极限。可惜，没人知道是什么意思，至少不会有"人"知道——毕竟信标是给来者指引的，而不是给自己欣赏的。

伟大的"慕斯838"在十年前便已经退役，作为人类世界的精神象征被改造成了一座巨大的浮空城在宇宙中游荡。现在的人类主舰名为——前哨·领航者号。

领航者号是集全人类之智慧和技术构建的一艘主舰。停航时外表像是一个庞大的空间站，而在战时，则会与战斗部装配变形，化为一把利剑。此时，领航者号正停泊在地日拉格朗日点，等待远离家乡前去探索的人回归。

夜空笼罩着广阔的湖面，伫立在湖水旁的金字塔里，一扇刻画着不定之雾的大门悄然打开，一个人影从里面迈步走来。与此同时，领航者号上，本来躺在驾驶室开着香槟的钱挚突然站了起来。璀璨的右眼蓝光迸出，在瞬息间变得强烈。领航者号的中微子广播平台突然间震动，领航者号瞬间对太阳系进行了广播："你是谁？"

钱挚走到驾驶舱的窗前，调低了透明度，遥望远方那个蓝白相间的星球以及旁边那个白色的小圆点。正当钱挚撇了撇嘴，转身想要重新躺下之时，她的脸上突然浮现出了恐惧的表情，右眼的蓝光也突然闪烁起来。

虽然以人类的思维来定义的话，她是半神，可此刻也出了一身冷汗，身体不自觉颤抖。刚刚，钱挚无比清晰地见到，一个怪人戴着斗篷站在月球基地的深处，把脸转向她。与此同时，她的脑海里多了一条信息："你好啊，领航者。"正当她想要看清楚来人的面孔时，她的直觉突然疯狂预警，不要去看，不要去了解。如果看清楚了那人的面孔，难以预料的事情将会发生。阴影之下红光一闪，钱挚的视角才终于回到自己身上，她的目光重新变得锐利。钱挚站了起来，缓缓走向平台，拿起对讲机，说道："给我一支探索小队，不要改造人。我们要去奥德斯一趟，15分钟后出发。"她放下对讲机，盯着眼前的两个圆点、三种颜色又出了神。

金字塔，破旧残缺的石阶前，钱挚穿着一套轻型探索服走在队伍的最后面。看着面前布满金色纹路和繁杂字符的石门，一时间不由得心潮澎湃。她一共来过这里三次，第一次是在阿卡迪亚的镜城与虫母决战的时候，跟着饵人霍普至此；第二次则是来见她父亲最后一面；而这一次她甚至不清楚自己来的目的，但是她相信自己应该过来。

12人小队在月球基地大门前停了下来，钱挚从中走出，把戴在左胸的领航者信标摘了下来，靠在大门上。亮蓝色的花纹在大门上逐渐亮起，从信标处往四周如波浪般扩散开来。悄无声息地，高达十几米的大门便往后滑开，露出一个圆形大厅和一张雕刻着神像的巨大圆桌。

这张圆桌便是祂放置在此的，上面早就已经空无一物——更准确地说是早就应该空无一物了。可是，钱挚分明看到，圆桌上面静静地躺着一封信，就摆在自己当时座位的台面上。钱挚走向前去，眯着眼拿起那封信。轻轻地拆开，上面写的正是她几乎已经遗忘，但永远不会忘记的文字。

她扫了几眼，便抬手用一道激光把信烧了。剩余11个人静静地站在一旁没有说话。钱挚转身说道："好了，看来这里不会有什么，回舰。"那11人依旧是沉默着，转身走出月球基地，回到领航者号。此时，一道身影从黑暗中走出来，坐在了圆桌上。上面有三个位置显然比较独特，这三个位置的桌面上都刻画着精美的浮雕。一个刻画着端坐在云端的众神，一个刻画着用各种文字托起的金字塔，一个刻画着像是领航者号的图腾。这便是众神会议的地点，身为领航员的钱挚也有资格参与，但是她一次也没参加。

不知何时，一个人出现在众神的座位上。他似乎在等待着什么，不久，他抬头，似乎微微笑了一下。另一个窈窕的身影从阴影中出现，坐在了他旁边。她的脸上没有任何表情，坐下来后只淡淡地说了一句："霍普……你迷路了。"

那个笼罩在阴影下的人没有反驳被称为霍普的说法，他微微一笑："我迷路了？没有。这些年，我不断地把自己从泥沼里捞起，我没有迷路，相反，我看清了路。"

钱挚问道："你发现了什么？"

霍普说："我找到了奥德斯的空间碎片。我从中窥探到了一个与我们现在所见的完全不一样的奥德斯，以及那些比时间更古老的存在。"

钱挚有点疑惑："比时间更古老？"

霍普在阴影下的嘴角似乎在上扬："在这个空间泡大爆炸之前，居然有另一个空间泡的存在。那里的规则和这里完全不同，两者通过一个虫洞连接。"

钱挚眉头微微一皱："他们……"

"不要了解，不要窥探，更不要去尝试亵渎。"霍普的语气突然变得严肃、神圣，"那里信息的呈现会使人疯狂，而当你了解到他的那一刻，信息将把你包围，除非经历过神明受洗。"

钱挚皱眉道："所谓的神明受洗，就是虫洞吧。你难道接受了受洗？"

霍普说："是的。我变成了信息流才得以穿过虫洞。这也是为何拥有揭秘能力的人看到过我的真身后都疯了。"

钱挚低下头，张了张口，却没有说话。自从他们在金字塔里见到了神，神赋予了他们与祂一样的权力后，她和霍普就分歧不断。她选择回到人类世界，帮助人类在一个崭新的、四维世界里重建文明，而霍普却一直杳无音信。

霍普问道："人类文明现在是什么情况？"

钱挚答道："对于宇宙而言，像是刚爬上岸的两栖动物；对于自身而言，则是前所未有的巅峰。"

霍普叹了口气："你做出了很多选择，但这不是人类的决定。"

钱挚平静地说："这是我的决定，微不足道。有限的物资不可能平均供给每一个人，每到一个地方，人口总是爆炸性地增长。"

霍普叹了口气："你快撑不住了。"

钱挚平静地说："所以我要在死前为人类谋一个前程。"

钱挚眼睫扇动，她依稀记得，面前的少年，曾经也和她一样，可以为了爱的人，为了全人类，付出生命的代价。可是今非昔比，现在连她也不知道霍普到底想要什么、想做什么，她不知道霍普到底看到了什么，祂究竟告诉了他什么。

霍普继续说："你抹杀了很多人，有流浪者，有商会成员、议员。"

钱挚依旧平淡地说道："让那些唯利是图的人自相残杀，不仅有利于选出优秀的领导者，更能加深我们与人类的合作。"

钱挚的声音没有什么波动，就像是做了几件微不足道的事情一样。"当我们自相残杀、毁灭其他物种、破坏星球，将虫族的行星据为己有，我们的底线早在千万年前就不断被击穿。"

霍普并没有继续追问下去，他低下头，眼睫扇动，陷入沉思。

两人在大厅静坐着，一时无人开腔。

　　许久，霍普打破沉默："你选择克制人类的发展，限制人类接触知识。"

　　钱挚眼眸微动："人类一旦掌握得太多，就会不安分。人类自身的经历已经验证，文明成于勇气，毁于傲慢。"

　　霍普摇了摇头："我理解。但你应该知道，你做的是正确的决定，但不是好的决定。"

　　钱挚眨了眨眼，淡淡地说："我知道。对于像我们这样不死不灭的存在，又怎会考虑所谓名声和生命安危？我曾经思考过，什么是神明？神于我，是否就像我对于蚂蚁一样？其实并不是这样的，我对于蚂蚁，只是有所谓的更强的力量，我可以碾死、踩死一只蚂蚁，捣毁蚁穴，却不能让蚂蚁拜服我。我无法改变蚂蚁的习性，无法参与改变它们的进化，无法影响它们的文明。我于它们，只是一个孔武有力的巨人罢了。但是，进入虫母体后，我们见到了祂，祂赐予我们神明的权力，当我站在神明的角度看人类时，我发现，能被称为宝贵，值得我为之付出的，只有人类文明。"

　　霍普哑然失笑："我记得朱诺的标识，是一朵夹竹桃，这是你亲自调的，因为夹竹桃很顽强、很艳丽，可以在高辐射、高尘土的环境下存活，这是你曾经希望人类可以成为的样子。"

　　钱挚沉默了半晌，她仰头看着大厅的顶空，硕大的鲜红宝石像秋日的硕果一般镶嵌在上方，翠绿欲滴的树叶仿佛散发着清香。

"是这样吗？真的是这样吗？果然啊，人类不行，人类文明才行。"霍普发笑，他的笑声在空旷的黑暗环境下显得有几分癫狂。

钱挚看着霍普笑得发颤的身影久久不语。

霍普突然沉默不语，他从雕刻着神明的座位上站起，走到大厅一个角落。那个角落有一面平坦的墙壁，墙上刻画着色彩鲜艳混乱的壁画。

霍普依旧略微低着头，双手在胸前做交叉状，似乎是在祈祷。两点红光在斗篷的阴影下变得越来越强盛，然后逐渐变为紫色。霍普用手在身前逆时针缓缓画出一个圆形，此时石壁上镶嵌的三个石雕人像突然启动，开始雕刻着一幅繁复的图案。六个巨大的圆形图案沿竖直方向左右排布，像是一棵树一般。衬托着这六个大圆的，则是最杂乱无章的雾状线条以及多个小圆形。之后，一个门一样的图案被逐渐雕刻出来。门上则刻着一些看上去扭曲的字符。一块一块区域，一个一个部分，单独去看都是那么混乱而不协调。但这幅壁画从远处看去则凸显出一种诡异的疯狂的美感。

钱挚的表情逐渐凝重，在她眼里，这幅画不仅仅是线条和图案，更在传递无尽的知识与疯狂。她不知道霍普是怎么做到的，但她完全可以肯定的是，不要去了解这幅画，不要去理睬这幅画。

霍普张开双臂，抬起头，似乎是在大声喊叫，但是大厅里没有传出一丝声响，只有诡异的沉默依旧。

保持着这种姿势，霍普在壁画前站了好一会儿。然后他轻笑了一下，扭头轻声说道："可惜他们不在，见不到如此绚烂的知识。"

钱挚问道："你要干什么？"

霍普笑了笑说："我要去那里。虽然我们是仅剩的保留了绝大部分人性的领航者，但我对人类文明并不感兴趣，而且目前有更重要的事情等待我去完成。"

钱挚说："你现在就要走？"

霍普点了点头："通往那儿的钥匙就在前方，我必须立刻动身。"

说着，霍普掏出了一把钥匙。这把钥匙看上去没有实质，就像一团幻影，钱挚甚至不能确定这把钥匙到底存不存在，她盯着这把钥匙，感到莫名的熟悉。

霍普说："这把钥匙是一个点，这幅画是一个星图。通过这两个东西，我可以用曲率引擎构建一条通道，一条通往那里的通道。"

钱挚看着霍普，久久不语，霍普也没有着急走，他微微歪着头，一瞬间，钱挚以为她见到了曾经的霍普。

"你什么时候回来？"

"可能很快就回来，也可能永远不回来。还记得当年我在方舟发现的那个红色箱子吗？那里面其实是磐石计划留下的火种。待到时机成熟，我要让人类文明在另一个空间重新绽放。"

在沉默中，曲率引擎启动了，霍普的身影似乎被拉长了，这个点和宇宙另外一边的一个点重合，再分开。霍普便由这一个点瞬移到了那里，他没有移动，只是空间动了。钱挚看着眼前突然消失的身影和壁画，静静地伫立在原地。

钱挚站了很久，久到大厅顶端宝石雕成的鲜红果实都开始腐烂。

宇宙的规律：时间是不能无限细分的，有一个最小的单位；光速是固定不变的，没有东西能超越光速；物质是由各种基本粒子构成的，能量可以以波的形式传递。

霍普在奥德斯腹地一望无际的黑暗中一步一步地缓慢往前走，金字塔只是相当于奥德斯的一个偏远小门，而现在，他能确定他所处的这片黑暗，算是真正进入了奥德斯。他感觉自己正在自己构想出来的世界里遨游一样。每一块石头、每一团气流似乎都被赋予了信息，被赋予了不同的特性，这里的宇宙规律是混乱的、未被定义的——就像是一团聚集的、繁复的信息流。

汗水从霍普的额头流下，他口干舌燥，但是他不敢停下，周身的黑暗让他不得不一直保持警惕。

"停下吧。"一个轻松惬意的声音在霍普脑子里没由来地响起。

霍普微微一惊，这个声音如此熟悉，就像是——自己的声音？

"停下，你明白的，这一切都是毫无意义的。"一个沉重而严肃的声音响起，把霍普又吓了一跳。

霍普逐渐混乱，这些声音怎么都如此地像自己的声音，但又掺杂着一点不同。

霍普眼睛逐渐变红，他抱着头疯狂地左右摇晃，想把这些声音甩出他的脑子，但是又有一个个新声音不断响起，有的在喊叫着要把自己献给知识，有的在批评他不该选择成为领航员，有的则是在给他出谋划策，指导他应该怎么做。这些声音有时一个个响起，有时又如合唱一般让霍普感到烦躁。

霍普沙哑着喉咙，低声嘶吼："够了，够了！给我停下！停下！！啊！！！"他忍不住仰天发出一声尖啸。黑暗的空间似乎在震荡，回应着他的叫声。

突然一道人影凭空凝聚，霍普定眼望去，发现那是一个十八岁的少年，他眼皮内双，这半睁不闭的状态显得睫毛纤长微卷，海面跳动的光线照到他轮廓周正的脸上，笔直挺秀的鼻子投下灰黑色的阴影。三七分的刘海勉勉强强遮住长长的眉尾，瞳色漆黑，眼神冷淡，白皙的皮肉包裹着修长的指骨，正握着一块昆虫标本的吊坠把玩，嘴唇微微抿起。

霍普的嘴巴有点发干，他认出了那个少年，那就是霍普，十八岁的霍普。

此时那个年轻的霍普抬起头来，慵懒的声音响起："你肯定也看出来了，我是霍普，你也是。我们都是。"

年轻的霍普说："我知道你想寻找什么，我知道你有很多疑问，但是停下吧，做好你的领航员，祂说，你是这么多个里面最优秀的。"

霍普看着面前和自己一样的脸，惊问："你是谁？平行时空的我？还是祂创造出来的其中一个我？"

年轻的霍普："这不重要，你难道不好奇四维世界之上是什么样的吗？神明之上又是什么？"

霍普皱眉："祂在哪，我要见祂。"

年轻的霍普伸手指向面前的人，那是一张成熟而坚毅的脸，笑道："祂就在这啊。"

—————• 后 记

追根溯源的话，我参与这次创作与十年前的一次经历有关。

小学二年级的六一儿童节，父母带我去逛广州天河城，我一眼就瞅见了梦寐以求的魔仙裙。父母颇为犹豫，大热天的广州，捂着一身化纤制品，不是受罪吗？不过，我还是穿着盛装雀跃着回家了。但大几百元的裙子，只穿了这么一次，就被我扔进了衣柜角落。父母每每问起，我都顾左右而言他。

写到这，想必大家也看出来了，我曾是巴啦啦小魔仙的忠实粉丝。我清楚地记得，当时坐在沙发上，电视里游乐王子说："穿上魔仙裙，就会拥有魔法！"听到这句话的时候，我没有丝毫怀疑。想象着穿上裙子后，可以隐身、飞翔，挥挥手空白的作业就可以写满。但那个下午，当我真正穿上裙子后，我却并没有拥有魔法，那就只是一条普通的、质量奇差、专门割韭菜的裙子。幸运的是，我对魔法的"信仰"虽然受到了重创，但并没有就此幻灭。

多年以后，每当我回忆起那段经历，总是忍不住笑出来。也会想到，如果我从来没穿上过那条裙子，我对于"魔法"、对于"科学"的认知又会是怎样呢？

我们常常把人生比作一个小径分岔的神秘花园。在每一个分岔口，都会做出不同的选择，并踏上不同的小径，再重新分裂出无数个自己。这些小径密密麻麻，不断纠缠、交错或分离。但因为空间限制，我们往往只能看到其中一条。

博尔赫斯的短篇小说和美剧《相对宇宙》都探讨了时间的无数可能性。而我浅薄的量子理论知识也让我隐隐感觉到，世界是随机和不确定的。

我不止一次设想过，如果把宇宙视作一个人，是否也在一次次选择和博弈中纵横成一个密布小径的花园？已知宇宙之外，应有无数小径指向裂变？

说起这本《饵人》，其实正是无数次选择后，诞生的一个可能性。如今回头来看，多少有些惊讶：我们居然做到了！另一条小径上，也许这本书会热卖到洛阳纸贵，也许根本就不存在这么一本书，也许我们是兄弟姐妹，也许我们十人彼此陌路。

一切是那么偶然。在创作这本小说前，我只与浩源熟识，但现在我又多了八个朋友。正是因为那个无所事事的暑假，正是出于对创意写作的热爱，正是碰巧有一群开明的父母，让我们的花园小径有了交集。又是因为有了网络，我们才能跨越时空，尽情交流碰撞。要是改变其中哪怕一个条件，这本小说也许压根就不存在。

那些未被选择的若干条路，行走会不会更轻松，风景会不会更别致，花香会不会更诱人？此刻，作为这条小径上的我，不得而知。我只知道，既然选择了热爱的，就热爱已选择的。

行文至此，请允许我代表其他九个小伙伴，诚挚致谢：

感谢父母对我们"不务正业"的鼎力支持，能够成为你们的孩子，就是我们最大的幸运；

感谢朱朱老师对创意写作的精心指导和持续督促，您让我们懂得人生充满可能，不要给自己的未来设限；

感谢韩博雨哥哥给予科学原理的指导，您让我们见识了理性和逻辑的魅力；

感谢责任编辑黄老师、郑老师和插图作者孟老师，你们的热情与敬业推动了作者和作品的蜕变；

感谢每一位打开本书的读者，你们的涓滴意见与建议，都将是我们的财富。

假如在另一条小径上，你没有遇到这本书，又会怎样呢？

本题的答案，也许正在风中凌乱吧。不管怎样，庆幸的是，我们已经相遇。

（吴铭溪）

番外

长辈们的故事

钱挚从来不曾想到，会在这个地方遇见故人的孩子。

这天因为公司的慈善宣传，钱挚来到考斯基地福利院做捐款活动。脸上的墨镜很好地遮住了她泛着红血丝的眼睛，她失眠了，连续好几年没睡过一个好觉了。彼时的钱挚还是"考斯联合集团"（朱诺集团的前身）执行总裁。钱正风每隔几十年就会把上一家集团的资产转移到一个新集团名下，以掩饰他们不老不死的秘密。

周围是络绎不绝的记者，操控着无人机进行现场直播，嗡嗡嗡的声音令人仿佛穿越到了三亿年前石炭纪时期的富氧森林，硕大的巨脉蜻蜓横冲直撞，掠食着小型的两栖类动物。福利院院长是个眼神油腻黏糊的中年男，站在大门口朝钱挚殷勤地伸出指甲缝里带着泥垢的两只猪手，钱挚不动声色地扫了一眼，假装抬头欣赏着川流不息的货运无人机，成箱成箱的物资正被运进福利院，高高地码在大礼堂里，供记者参观拍照。

院长见状也没有不悦，谄媚道："钱小姐，您要进去视察一下吗？我们的小朋友都很期待见到您呢。"钱挚瞥了眼身后的记者，点了点头，院长便弯腰伸手地为她领路。已经是22世纪了，福利院却依然是21世纪初的老式建筑，楼梯间晦暗不明，隐约能闻到一股腥臭味。集团这么多年投入的巨额资金究竟去哪里了？钱挚觑着微微比她前半步的院长，墨镜已然掩饰不了眼睛里浓浓的厌恶。二楼是小朋友的食堂，因为今天有领导视察，所以伙食颇丰盛，卤鸡腿、蒸水蛋、油焖虾……像自助餐一样陈列在长条形的餐桌上，散发着诱人的香味。但面黄肌瘦的小朋友们都在食堂门口规规矩矩地站着，没有一个人取餐。

"小朋友们怎么都不动呢？是因为你不准他们吃吗？"钱挚问，院长冷汗都下来了，干笑道："没有没有，那是在等钱小姐，他们想当面向您道谢。"钱挚笑着看向小朋友们，招呼道："快进来吃吧，多吃些。"小朋友们不敢动，畏畏缩缩地看着一旁的院长，院长又急又气，吼道："没听到吗，钱小姐让你们去吃，还不快去！"小朋友们这才一窝蜂地涌向食堂。这时，一个小男孩从人群里逆行到钱挚身边，脏兮兮的小手想拉她的衣袖，但是刚伸出，就又缩回去了。钱挚低头看他，轻声问："怎么了，有什么事要和我说吗？"院长连忙拉住小男孩，对钱挚陪笑道："这是我们院里出名的小痴瓜，都不怎么会说话，估计是饿得连食堂在哪都忘记了。"小男孩挣扎道："我……我没有，钱……钱小姐，院长是坏人！"院长连忙捂住小男孩的嘴，钱挚招了招手，身后的保镖上前把院长架住。钱挚蹲下身，小声对小男孩耳语："你说的，我都知道，请相信我，我会让你们拥有更好的生活。但是还要过一阵子，这其中很复杂，抱歉。"小男孩看着钱挚，不解道："为什么呢？是……是要证据吗？我可以作证，大家都可以作证！"钱挚苦笑："不只院长是坏人，还有很多，我需要找到更多证据……"忽然她愣住了，用目光细细地刻画着小男孩的眉眼，说："你叫什么名字，还记得是哪里人吗？"小男孩攥着衣角，小声道："我……我叫霍泽，妈妈说我们的家乡在镜城，但是小朋友们都说没有镜城这个地方……"

钱挚盯着霍泽的眼睛，见他神情不似作伪，又觉得自己神经太过敏感多疑，自嘲地笑了笑。霍泽见她一会严肃一会傻笑，小心翼翼地问："您，您没事吗？"钱挚回过神来对霍泽说："介不介意我收养你？"霍泽一时没反应过来，呆呆地说道："啊……？"钱挚笑道："我会给你最好的资源，你想吃什么，想用什么，都可以；还给你充分的自由，不想学什么，不想做什么，也都可以。"霍泽有些戒备，钱挚继续道："我知道你见过太多我们这种人的黑暗，但是你今天既然冲出来对我说这番话，想必还是信任我的，虽然这是我们第一次见面。你要延续这份信任吗？"霍泽垂眸想了想，觉得再差也差不过这里了，便抬头道："好，我跟你走。我今年八岁了。妈妈在我六岁那年车祸去世，爸爸在妈妈去世后就一直不开心，然后我就来到这里了。"钱挚哑然失笑。按以前的规定，像钱挚这样的单身年轻女性是无法领养孩子的，但现在社会生育率大大降低，对于领养的要求也就随行就市了。参加一个捐赠活动，领个孩子回来，这事听上去多少有些荒唐，但她的人生不缺荒唐。

霍泽一直与钱挚生活在一起。年满十六后，钱挚便把他送去别的基地留学。留学期间霍泽认识了楚云树，两人在同一个机甲社团，一起参加了大大小小十来项比赛，默契十足，在机甲圈小有名气。三年并肩作战，情愫悄然滋长。博士毕业后，楚云树接受钱挚的邀请来到更名后的朱诺集团任职。

楚云树第一次见到钱挚的时候，以为她是霍泽的姐姐，因为那时霍泽已经26岁了，而她看上去依旧只有28岁。对于霍泽来说，钱挚亦师亦母，关于她的背景和经历却一无所知。两年后，这对有情人喜结连理。霍泽的研究也取得了里程碑式的成就，只不过因为集团严苛的保密规定，只能当一名无名英雄。钱挚觉得自己终于可以卸下肩头这份养育重任，是时候"摊牌"了。

"哦。"霍泽淡淡回应了一声，两颊一直紧绷的肌肉舒展了，泛出一丝明朗。他的震惊被掩饰得很好，看上去似乎只是捅破了一个陈年谜团最后的那层窗户纸。而楚云树张成O型的大嘴都可以吞下一颗鸡蛋了，她先前一直以为钱挚这几年样貌没变是因为保养得太好。震惊过后，楚云树不禁想起，这几年她和同事的研究也反映了在这个世界之外，还有更加强大的存在，如今恰恰印证了这个猜想。

　　看到夫妻俩与往常无异的笑容，钱挚搓了搓手心里的汗。